呼啸的炮弹

周大新　著

中国文联出版社
http://www.clapnet.cn

图书在版编目（CIP）数据

呼啸的炮弹 / 周大新著 . -- 北京 : 中国文联出版社，2018. 6

ISBN 978-7-5190-3490-0

Ⅰ . ①呼… Ⅱ . ①周… Ⅲ . ①长篇小说—中国—当代 Ⅳ . ① I247.5

中国版本图书馆 CIP 数据核字（2018）第 060296 号

呼啸的炮弹

作　　者：周大新

出 版 人：朱　庆

终 审 人：奚耀华　　复 审 人：胡　笋

责任编辑：蒋爱民　　责任校对：傅朱泽

封面设计：大德文化传媒　　责任印刷：陈　晨

出版发行：中国文联出版社

地　　址：北京市朝阳区农展馆南里 10 号，100125

电　　话：010-85923066（咨询）85923000（编务）85923020（邮购）

传　　真：010-85923000（总编室），010-85923020（发行部）

网　　址：http://www.clapnet.cn　http://www.claplus.cn

E - mail：clap@clapnet.cn　jiangam@clapnet.com

印　　刷：中煤（北京）印务有限公司

装　　订：中煤（北京）印务有限公司

法律顾问：北京市德鸿律师事务所王振勇律师

本书如有破损、缺页、装订错误，请与本社联系调换

开　　本：787 × 1092　　1/16

字　　数：240 千字　　印 张：12.75

版　　次：2018 年 6 月第 1 版　　印 次：2018 年 6 月第 1 次印刷

书　　号：ISBN 978-7-5190-3490-0

定　　价：30.00 元

目　录

汉 家 女

日影在一点一点地移。待检的新兵排了队，准备工作已经做好。于是，接兵的副连长宗立山，便伏在桌前，带一缕困意缓缓地翻着一摞体检表。这时，一个农家姑娘走进来，拍了拍他的肩。他以为又是哪个待检新兵的姐姐来提什么要求，就起了身，随她走。他被领进体检站旁边的一间空屋里，一过门槛，姑娘便把门无声地关了。

“找我什么事？”他的声音颇矜持。

“听着！”姑娘喘着粗气，“俺要当兵！俺晓得你们要接六个女兵。你不要摇头。俺家无权无钱，不能送你们东西，也不能请你们吃饭。可你必须把俺接去，你们既然能把公社张副书记的那个近视眼姑娘接走，就一定也能把俺接走！俺不想在家拾柴、烧锅、挖地了，俺吃够黑馍了！你现在就要答应把俺接走！你只要敢说个不字，俺立时就张口大喊，说你对俺动手动脚。俺晓得，你们当兵的总唱‘不准调戏妇女’。你看咋着办？是把俺接走还是不要名声？！”

副连长的那点矜持早被吓跑，眼瞪得极大；白嫩的脸一会儿红，一会儿青，一会儿又白；两脚也不由自主地收拢，竟成了立正姿势。屋里静极，远处的狗叫从玻璃缝里钻进来，一声一声的。不知道过了多久，他才张了口，微弱嘶哑地问：“你，叫……什么，名？”

“小名三女子，大名汉家女！”

这幕情景，发生在豫西南榆林公社的新兵体检站。时间是十六年前。

汉家女就这样当了兵。

刷痰盂，擦地板，揉棉球，给病号送饭，放下拖布抓扫帚，还总一溜烟儿地追着队长问：“有啥活？”老队长慈爱地笑笑：“没了，歇歇。”“累不着，送三天病号饭，顶不上在家锄半晌地。吃的又是白馍。”

人勤快了还是惹人喜欢。当兵第三年，她提了护士。领到的工资多了，除了给娘寄，也买件花衬衣，悄悄地在宿舍里穿上，对着镜子照。少了太阳晒，脸也就慢慢地白。早先平平的胸，也一天一天高起来，原先密且黑的发，黑亮得愈加厉害。

于是，过去不大理会她的那些年轻军官，目光就常常要往她身上移，个别胆大的，还常常走上前极亲切地问一句：“汉护士，挺忙？”“挺忙。”她嘟起丰润的唇，冷冷地答。于是，那军官就只好讪讪地走开去。老队长见状，曾蔼然地对她说：“家女，中意的，可以和人家在一块谈谈。”但她总是执拗地摇头。

却不料突然有一天，家女红了脸，找到老队长：“队长，俺找了。”“找了什么？”队长一时摸不着头脑。“是三营的，叫宗立山。”老队长于是明白了，于是就含了笑说：“好！”

蜜月是在三营部度的。新婚之夜，客人们走后，家女推开丈夫伸过来的手，脸红红地说：“讲实话，你当初在体检站把没把俺当坏姑娘？”“没，没有！”丈夫慌忙摇头。家女这才把脸藏到丈夫的怀里，低而庄重地声明：“除了你，没有一个男的挨过俺的身子！”

蜜月的日子过得真妙，但谁也料不到，就在蜜月的最后十天，家女会受个处分：行政警告！

处分来得有些太容易！那是一个早饭后，她在屋里打毛裤，听到隔壁七连长的妻子在哭，于是忙赶过去。一问才明白：有两个女儿的七连长的妻，还想再要一个儿子，就偷偷地怀了孕。风声走漏到团里，团里今天要派计划生育干事来“看看”她，怀了已经三个半月，一看自然要露马脚。女的于是就慌，就急，就哭；哭她的命苦，哭她家在农村，没男孩就没劳力。不一会就把家女诉得心有些软，哭得心有些酸。于是，家女便把手一挥：“没事！这个干事刚从师里调来，不认识你，也不认识我。你去我家坐着，我来应付他！”

她在蜜月里穿的是便衣，就那么往七连长家一坐。待那干事来时，她便迎上去，开口就说：“你是不是怀疑俺怀了孕来检查？你看俺像不像怀孕的？！”边说边拍着下腹，一只手还装着去解衣服。那干事见状，慌慌地摆手：“没怀就算，没怀就算！”急急地退出屋去。这事儿自然很快就露了馅，第三天她就得了个行政警告。

家女当时对这个处分倒没怎么在乎，笑着对女伴说：“俺也是好心。”一年之后，她丈夫调师里当参谋，她也提了护士长。料不到，后来调级时上级规定，受过处分的不调。要在平时，家女也许就罢了，可当时，她本打算和丈夫一块转业回河南宛城。这一级不调，一到地方，亏就要永远吃下去。她于是就吵，就闹，但级别到底没调。一怒之下，她下了决心：先让丈夫转业回宛城，自己把级别争到手了再走。

也真是巧，就在她决定不转业的两个月之后，上边突然来了命令：全师去滇南参战！

那晚的月亮真圆。丈夫刚从宛城回来看她，一家三口正围桌吃饭，邻居刘参谋的妻子变脸失色地冲进来：“听说了没？部队要去打仗了！”家女听到这话，惊得好久都没把口中的筷子拔下。丈夫急急地催她：“还不快去问清楚！要是真的，就要求留守，我已经转业到地方，你一个人带个孩子咋去打仗？！”她愣了一霎，就拉了儿子星星的手，慢慢地向医院走。

见了院长，她刚说一句：“院长，俺星他爸转业了，星儿又正学汉语拼音，离不开我——”院长就打断了她的话：“我这会儿可没心听你说儿子学拼音，马上去通知你们科的人来开会。部队要打仗，你得把孩子交给他爸带回宛城去！”她顿时无语，就又拉了孩子回去。

进屋看到丈夫那询问的目光，她就叹了一口气：“罢了，该咱轮上，就去吧。这会儿要求照顾，说不出口，日后脸也没地方搁……”稍顿，又望了丈夫说，“我去了之后，有一条你要记住，你到地方工作，女的多，要少跟人家缠缠扯扯。给你说，俺的身子是你的，你的身子也是俺的，你要是敢跟哪个女的胡来，老子回来非拿刀跟你拼了不可！”

部队上了阵地不久，就爆发了一场挺激烈的战斗。伤员们不断地送进师医院，断腿的、气胸的、没胳膊的，啥样的都有。这情景先是骇得家女瞪大了眼，紧接着，伤员还没哭，她倒先呜呜地哭起来，边哭边护理，边护理边骂：“日他妈，人心就这么狠哟！把好好的人打成这样，天理难容呀！让他们也不得好死！”一开始她在骂敌人，后来，见伤员越来越多，她便骂走了口：“不是自己的娃，不知道心疼是不是？人都伤成这了，还不快点抬下来！日他妈！……”这些骂声刚好被来看伤员的一个副政委听到，副政委气了个脸孔煞白，立时就朝她训起来：“你在胡骂什么？！你还知不知道这是战场？听着！马上给我写检讨！不然，小心处置你！”她被这顿训斥吓得有些呆。但当天晚上，她一边写着检查，一边挺不满地嘟囔：“哼！为几句话，就训这么厉害？”

这场激战结束不久，后方就送来了不少慰问品，其中有一批男式背心和裤头。那天中午，男同志们排队领背心和裤头，家女竟也毫不犹豫地挤进了队。男同志们见状，就笑，就问道：“你来干啥？”她理直气壮地答：“领背心和裤头！”“这是发给男兵的，你能穿吗？”男兵们笑声更高。“凭什么只发给男兵？你没看那背心上印着‘献给南疆卫士’么？咋？就你们是卫士，老子不是？！我不能穿，晚点我儿子长大了给他穿！”领上东西回宿舍，几个女伴埋怨她不该去。她听后就很生气：“咋？背心裤头，在商店里买得三四块钱哩。凭啥只让他们男的沾光，不许咱沾？”女伴们直被她驳得哑口无言……

这之后，部队又打了一场恶仗。后方的亲属们便有些慌，接到前边亲人的信，也怀疑是别人模仿笔迹代写的。院领导就让每人都对着录音机向亲人说番话，再把磁带寄回去。

大家都觉这主意好，于是就轮流在院部的那台录音机前，向亲人说了一磁带的话。轮到家女录音时，她把录音机拎到附近一个防炮洞里，谁也不让听到。助理员觉得好奇，收齐录音带准备去寄之前，悄悄地把家女的磁带放进录音机里听。这一听，使他又好笑又难受了几天。原来，那磁带上录的是：

星儿爸、星儿，你们可好？星儿胖了没？长高了多少？想我不想？平日闹人不闹？汉语拼音学得咋样？会不会拼出爸妈的名字？夜里睡觉前没吃糖吧？牙没有再疼么？夜里撒尿知道喊爸爸拉开灯吧？这一段时间尿床了没有？早饭你爸都让你吃些啥？给你订牛奶了没？晌午饭能不能吃下一个馍？我去年给你买的那双皮鞋还能穿吧？你的裤头穿上小不小了？勒不勒屁股？你要觉着小了，就让你爸再给买一个！平日上街时要小心汽车！头发记着一个月理一回，理成平头就行！别玩弹弓，小心崩了眼睛！写字时看画书时记着头抬高一点！妈在这里很好，就是想你（带了哭音），想得很！妈恨不得这会儿就回去看你，可是不行，仗还没打完，待一打完妈就回去看你。你好好在家，听爸爸的话。好了，星儿，你出去玩吧，妈和你爸说几句话。星儿爸，下边的话你一个人听，让星儿出去。（停顿）星儿爸，你说心里话，想我不？你要是不想我你可是坏了良心！我可是想你！除了刚来那几天和打仗紧张时不想你，剩下的日子哪个夜里都想，每个月的下旬想得特别厉害。告诉你，不知道是因为这里气候的关系，还是因为我护理伤员太累了，反正这两三个月的例假总是往后推，已经推到下旬了，而且量少了，有时候颜色也不大对劲。不过你不要挂心，我会吃药的。我守着医院，没事的。你最近的身体咋样？胃病犯了没有？记着少吃辣椒，少吸烟，书也少看点，把身体养好！彩电买了没有？告诉你，我们这里吃饭不要钱，我的工资基本上都攒着，回去时差不多够买个电冰箱。日他妈，咱们以后也洋气洋气，过它几天排场日子。你现在就开始为我在宛城联系工作单位。我想部队一撤回去就转业，咱不要那一级了。我这会儿想开了，人家好多人的命都留到这里了，咱还去要啥级别？日他妈，亏就亏一点，只要咱一家人在一起就行了。最后还有一件事。我原想不说的，想想还是说给你。就是你现在宛城宿舍的隔壁，那家的女人好像不地道，两眼总在往你身上瞅。她男的在外地工作，你记着要少跟她说话，晚上不要去她家串门。我再说一遍，你要是胆敢跟哪个女人胡来，老子回去非拿刀杀了你们不可！你要把我这话记到心里……

仗，接二连三地打，医院也就紧紧张张地忙。家女身为护士长，自然忙得更厉害。看着那些血肉模糊的伤员，她常常流着泪给他们洗脚、擦身、喂饭，端大小便。有些伤员一点不能动，牙都不能刷，嘴老觉着没味。她就用棉球蘸了盐水，一颗牙一颗牙地给他们擦。累极了，她就倚墙坐在地上，垂了头睡。室内的伤员见状，便都涌出了泪，哽咽着喊一声："护士长，地下湿，快回去睡！"她吃力地睁开眼，笑笑，挣起身，晃晃地又去忙。听说医院要评功，十几个拄拐的伤员，就撞进院长的屋里叫："不给汉护士长记功，我们反了！"

一个报社记者听说她精心护理伤员的事迹，以为可抓住一个大典型，便兴冲冲地找她采访："护士长，你先谈谈来前线有些什么感想？"她默思片刻，极郑重地答："这地方拾柴可真方便！"记者有些发呆："什么拾柴？""你看，这满山的树和草，都能当柴烧锅。可在俺河南老家，拾一筐柴真不容易。俺小时候常拾不满筐，总挨娘的打。要是这儿离俺老家近，俺真想在这里拾两车柴！"

危重伤员转走后，家女好不容易得个空闲，便到附近镇上买东西。才进大街，忽听邮局门口有人在哭。原来，一个战士的妈妈从后方给他寄来五斤熟花生米，包裹单早收到了，来邮局领几次都回说没有。今日那战士无意中发现，邮局女职工的孩子拎着玩的一个布袋，正是妈妈寄花生米的包裹袋。于是那战士就来论理，就委屈地蹲在那里抽泣。家女一听，这还了得！三下两下拨开众人，冲着那女职工就骂开了，"好你个没脸的东西！人家在前边打仗，老妈妈几千里寄点花生米，你还把它吃下去，你还有没有良心？你不怕吃下去烂了肠子烂了肺？不怕再不会生孩子？！……"

街上人越围越多，丢花生的战士早走了，她却从邮局吵到镇政府，东西也忘了买，回到宿舍还生了半天闷气。直到傍晚，院长通知女兵们收拾一下，准备第二天参加誓师会，给即将出击的突击队员敬酒时，她才算把这事丢开。

那天傍晚，破例地雨止雾消。于是，天就很蓝，西天霞映过来，树叶便很红。一个女伴就讲，天哟，这些日子咱们只顾忙，身子总没擦，内衣也没换，身上都有味儿了。明日给出征的突击队员们敬酒，叫人家心里骂：都是些脏女人！咱们是不是弄点水洗洗？于是，便分工，哪几个抬水，哪几个烧水，哪几个用雨衣遮门窗。水烧好后，天也就黑了。一人一桶，轮流到木板房里洗。

家女是最后一个洗的。进了屋脱了衣服，她就在那里看自己的身子，估量着是胖了还是瘦了。自从那次丈夫附了她耳说：我特别喜欢你的丰满！她便暗暗地希望自己胖上去。刚洗了几把，忽觉一丝风吹来，抬头一看，发现窗户上遮着的雨衣被掀了一条缝，缝里露出了一双眼睛。好个狗东西！家女只觉得气涌上心，呼地拿起旁边的一件雨衣穿上，猛地拉开门冲了出去。窗外那男的刚要扭头跑开，被她赶上，抓住耳朵，啪啪打了两个耳光。男的慌慌地挣脱逃走，但家女已认出：是七连二班长！狗东西！家女怕招人来，不敢高声骂，只好跺了脚在心里恨恨地咒："狗东西，叫鹰叼了你的眼！"熄灯前，她按惯例到病房巡视一周，回来开宿舍门时，忽见门底下塞着一封信，展开一看，竟是七连那个二班长写来的——

汉护士长：

求您原谅我！我本是去医院同老乡告别的，从那个房前过时，听到屋里有撩水声，便鬼迷心窍地把雨衣掀了个缝。我求您宽恕我，千万不要报告我们连长。我参加了出击拔点的突击队，明天喝罢出征酒就出发。您知道，突击队员能活着回来的很少。倘您报告了连长，那我死后，上级肯定不会再给我追记功了。一个无功的阵亡者，又落个坏名声，父母是很难得到政府照顾的，日子咋过呢？求您看在两个老人的份上，宽恕我吧！我当时也知道不该偷看您洗澡，可想想自己长到十九岁，临死还没见过女的身子是啥样，看一下也不枉活了一场，就忍不住了……

家女看着那张信纸，身子一动不动，怔怔地坐在那里。

第二天开誓师会敬出征酒时，她手抖着，捧了一杯酒走到二班长身边，默默地把酒递到他的脸前。二班长惴惴地接过杯，手也在抖，一口喝下之后，就垂下了头。她低低地说了一句："散会后去我那里一趟！"二班长恐惧地抬起头，眼中露出了哀求。但这时她已转身，去给另外的战士敬酒。

会散了之后，二班长战战兢兢地推开了家女的宿舍门，他不知道怎样的惩罚要落到头上，但又不敢不来。

他进屋后，家女关上门，慢慢地朝他身边走。他慌慌地向后蹭着脚，以为巴掌立刻就要落到自己的脸上。却不料，家女突然伸臂把他揽到自己怀里，用颤抖的声音说："昨晚，我不该打你。现在，你可以亲我、抱我，来！"他在一瞬间的惊怔之后，忙惶恐地挣脱着自己的身子。这时，家女那带了泪水的脸已贴在了他的脸上。"嗵"的一声，二班长朝她跪了下去……

那场出击作战过后，天气愈见热了，阵地上烂裆的战士也就更多。家女和另外一位男兵坐一辆救护车，去给前沿送治烂裆的药物。那几天战场比较平静，原本没有危险的，可她坐的车竟在一个山道转弯处翻了。车在山坡上滚了三下，家女的头撞在了岩石上。

她死了。死在去前沿的路上，没有什么壮举，没有追记什么功。

女伴们收拾她的遗物时，发现了一封没写完的信。十二个女伴含泪传阅着——

星儿爸：身子可好？

你上封信说，给我联系转业单位时，需要向人家领导送点礼。也巧，昨天我去师机关办事时，见管理科正在分发后方慰问来的“大重九”烟。这烟一般只送给师首长和最前沿的战士吸，很少分到我们医院里。我趁他们没留意，就偷偷拿了两条。反正我也在前线，慰问前线的东西我偷拿一点没啥不得了的。过两天我把烟捎回去，你拿上送给人家领导。听说这是好烟，会吸烟的人都喜欢。

下一步，还要打大仗，我们医院要上前沿开设救护所。我在想，万一我有个意外，对你可有一个要求：不要给星儿找后妈，有后妈的儿子太可怜。我一想到星儿有个后妈，心里就怕得慌。哪怕等到星儿能独立生活时你再找，也行。当然，我这只是说说，前线至今还没有死过一个女兵，领导不会让我们去很危险的地方。

另外，有一件事我想告诉你，半月前，我亲吻过另外一个男人，因为……

信没完。女伴们看过之后，一致决定：为了维护家女姐的声誉，为了小星儿和星儿爸，把这封信毁了。当那封信被火柴点着的时候，十二个已经结婚和将要结婚的女伴发誓：“谁要对外人泄露一句，让她的丈夫和孩子不得好死！”

“黄埔”五期

一

自习。阅读“步兵团对野战阵地防御之敌进攻的理论原则”。

宿舍里很静，只有间或响起的书页翻动声。

“哐啷。”宿舍门被推开，去传达室接电话的范尚进走进了门。“新闻！”他声音挺高地开口说道，一下子把大家的目光都拉向了他。

“那个，那个，小范！抓紧时间看书吧。”我们这个学员班的班长冀成训，用他惯常使用的“那个、那个”口语开头，想要制止“新闻”的传播。

“重要新闻！”范尚进没有理会班长的制止，他习惯性地抻了抻他那叠缝笔挺的军服，在“新闻”二字前还加了个形容词。

“什么事？”我忍不住问道。但话一出口，又有些后悔，三十二岁的人了，好奇心还这么重。

“我刚才从校务部门前过时，见全校的团以上干部都在那里试穿将来实行军衔后的校官服。”范尚进那两道浓密的眉毛大概因为兴奋向上翘起了，“嗬！少校以上军官的衣服全是呢子的！”

我的那份好奇随着呼出的一口长气消失了——这消息与本人无关。

“式样也实在漂亮，既吸收了外军校官服的优点，也吸收了西方晨礼服的长处，还吸收了我国中山服——”

“我说‘侍卫官’，”旁边的单洪此时微笑着打断了小范的话，“你报告这则新闻对我等这些副营长们有什么意义？”——范尚进原本就长得十分英俊，加上他又特别地爱干净、会打扮，一身戎装总是收拾得十分整洁、笔挺，便更增添了几分漂亮，惹得学校里那些女兵的眼睛老往他身上溜。不少学员称他是石安陆军学校仪仗队的首席队员，单洪则说他有几分当年的俄皇叶卡捷琳娜身边侍从武官的派头，有时就干脆称他“侍卫官”。

“什么意义？”小范有些意外地望着单洪，样子显然是觉得他不该提出这个问题，“谁都知道我们学校素有‘黄埔军校第二’的美名，连外电都评论我校是‘未来中共军队校级军官的摇篮’，我们将来毕业后，还不……”范尚进把下边的话省略了，但大家都能听出他省略的是什么。

范尚进属于那种对前途充满信心的雄心勃勃的少壮派人物。他今年才二十五岁，是我们第五期学员中最年轻的一个副营长。他从战士升至副营长只走了三个台阶：警卫员——军务参谋——副营长，在仕途上一直是阔步前进的。在他这种年龄，还不善于把自己的追求全藏在心里，他的踌躇满志几乎随时都从他那矜持的脸上和平时的言行中流露出来。刚入学讨论学习动机那天，他先是激昂慷慨地说了一通："……一定要树立为革命而学，为加强部队现代化建设而学的正确态度……"但这段话刚说完，他就又接着讲道："听说去年第四期毕业生中，有一个副营职参谋，从这里拿到大学文凭后，一回部队就被提为副师长，不知我们这期学员将来的命运如何……"前天，他听说三大队一个学员有一本《将帅修养》，是一个欧洲人写的，马上特地跑去借了来……

"不管怎么说，反正我老单是穿不上呢子军服了，从这‘摇篮’里出去，就差不多该告老还乡了！"今年刚好三十岁的单洪摇头晃脑地感叹道，"我说‘侍卫官’，将来你要是发了校官呢子服，能不能借咱穿一穿？我们那口子老说她跟我结婚是鲜花插在牛粪上，我穿回去也好让她看看，我老单其实也是很帅的，归根到底是她沾了我的光！"

"哈哈哈……"班里的人都笑了。胖子景超的笑声最高。

单洪这小子最爱说笑话、开玩笑，班里人哪天都要让他逗笑几场。听他们同一单位考来的宋副营长说，他在自己的结婚仪式上也没有忘记开玩笑。他是在部队举行的婚礼，当婚礼结束，前来参加婚礼的首长和同志们要告辞时，他一本正经地站起来说道："由于本人初次结婚，没有经验，今晚的招待多有不周，请大家留下宝贵意见，以便下次改正！"逗得他那位新娘当着客人们的面在他肩上捶了一拳愠怒道："你现在就想再结婚了？……"

"泄什么气哪，老单！"小范笑着解劝，语气中却带了一种居高临下的味道，"你毕业后有了大学文凭——"

"那个、那个，小范！先不要说了，现在是读书时间，抓紧读书吧！"冀成训这当儿打断了小范的话。

小范正在情绪高的时候被人打断话音，脸上露出了明显的不悦："怎么，说几句话都不行了？"

范尚进平时对冀成训就很有些看不起。这除了冀成训长小范八岁却也还是个副营长这个原因之外，还有三个因素：一，小范立过一次三等功，而曾经参加过对越自卫还击战的冀成训，却连一次功也没立上。那次学校让学员填写"立功受奖情况登记表”，当小范看到冀成训名下是一个“〇”时，曾很有些自傲地说：“这么说，本人没参加过实战，立一个三等功也就可以了！”二，冀成训的军人风度远不如小范。冀成训说起话来总是以“那个，那个”开头，解放鞋常常一个月不刷一次，走路慢慢腾腾没一点精气神。小范最看不起没有军人风度的人，他曾几次在班里说，“倘将来让冀成训当着上万将士讲话，开头先‘那个、那个’一番，成何体统？”三，冀成训那点审美水平太可怜。刚入学那天，小范从提箱里掏出一个非常英武的军人石膏塑像摆在自己的床头桌上，大家围着称赞了好一会儿。当时，冀成训也从提包里掏出了一个五面木板一面玻璃的小匣子放在桌上，大家以为又是一件精美的工艺品，忙赶过去看，谁知里边装的竟是一块暗红色的、不规则的、粗糙的石块。我当时变了几个角度观察，也没看出这块石头的造型美来，小范当时连着“哟、哟、哟”了三声，便扭头走了……

“那个、那个，小范，我是说读书时间不多，我们要抓紧才是。”冀成训这当儿又解释了一句。

“放心！毕业时你能拿到文凭，我姓范的保险也能拿到文凭！”小范冷冷地说罢，啪的一声，把教程翻到了“步兵团对野战阵地防御之敌进攻的理论原则”一章……

二

个人预习：“集中兵力原则在战术部署上的运用和贯彻”。

预习照例在宿舍里进行。

看了一会教程之后，为了休息一下酸涩的眼睛，我抬起了头。立时，窗外校园中心大操场上，那用于反空降教学的高高的飞机模型牵引架，那用作战术教学的层层环绕的蛇型堑壕，那进行日常越障训练的各种障碍物，又一一映进了眼中。在这一刹那，我心中又一次涌起了那种终于成为这所军校学员的如愿以偿的欢欣。

当然，这不是那类欢欣——像高中生终于考进高等学府可以拿到大学文凭的那类欢欣。对于已经步入人生途程中段的我来说，那类欢欣已经体验不到了，尽管这所学校的毕业生也发大学文凭，但生活中还有比文凭更重要的事需要我去考虑。我的欢欣只是：我终于实现了返回石安市的第一步计划。

返回石安市是我几年来迫切希望实现的目标。母亲瘫痪在床，一双儿女尚在懵懂之中，伺候老人、照料孩子的重担全落在了有时还要上夜班的妻子身上。每次探家，都要听妻子的一番哭诉。让她随军，有些舍不得这座城市，我转业回来，无奈部队一是不批，二是脱军装回来工资一下减去许多，也不是上策。最好的办法是我穿着军装调回本市工作。但我深知道，像我这个父母都是一般工人的守岛部队的一个小小副营长，实现这个目标是不容易的。经过反复考虑，觉得要实现这个目标只有分两步走才有可能：第一步，争取考上设在石安市的这所军校；第二步，争取毕业后分到驻守市内的部队。我知道凭自己的水平，要留校当教员是不可能的。经过近一年的刻苦学习，我终于考进来了，第一步计划实现了。

我看了看手表，离下课还有三十五分钟，便开始轻手轻脚做着回家的准备。我很高兴学校把星期六下午这最后两节课安排成预习，这使我可以有时间预做准备，以便下课号一响就往家奔——学校规定，凡家在本市又结过婚的学员，每星期六晚上可以回去。

当我把牙刷、牙缸往挎包里装时，没注意碰响了桌子，尽管这响声不大，还是惊动了旁边桌上的单洪，只见他立刻扭过头来大声大气地叫道："老项，看你这每周末回家都要带牙刷、牙缸的样子，是不是晚上不刷牙嫂子不让亲嘴？"

"哈哈……"宿舍里不少人都从书本上抬起头笑了。

"去你的！"我瞪了他一眼。

"看报刊资料了么？西方现在把男女接吻的深度分为三个等级，"单洪这当儿又笑着朝我叫，"凡不接触嘴唇的，都只能称为三等，你应该争取和嫂子的接吻向一等迈进！"

"乖乖！亲嘴还分等级？"胖子景超发出了一声惊叹。他一激动就要叫声"乖乖"。

我笑了笑没再理会单洪。我知道倘要接一句，又会引出他十句笑话来。我只是忙着把要带回家的几件东西往挎包里装，不想就在这时，一直默坐在那边桌上看书的冀成训又缓缓开口说道："那个、那个，老项，不要急着回家嘛，现在还没到下课时间，先预习教材吧！"

我觉得我的脸一下子红了。刚才单洪的那些大声说笑没使我觉得难堪，但这一句却使我感到耳热脸臊。一个成人被当众来这么一句，其实已等于一个中学生挨一顿"你为什么不守课堂纪律"的重斥了。

我重重地把挎包扔到床上，转身捧起了桌上的书。

"我说'侍卫官'，你那本《将帅修养》中有没有关于将帅不准想老婆的条款？"单洪此时转向坐在他旁边的范尚进一本正经地问。我知道，单洪这是在变着法子反驳冀成训，为我说话，但我还是狠狠瞪了他一眼。

"没有。"小范大概没有听出单洪问话的意思，拍了拍他桌上的那本《将帅修养》，很认真地答道。

"这么说，将帅们尚且允许想老婆，那咱们老项，只是一个副营长，他在周末因有些想老婆打算早点回家，也完全是应该的了？！”单洪边说边用眼角瞥了一下冀成训。

“那个、那个，好了，不要说了！”冀成训此时站起身来，声调中很带了点威严，“大家还是抓紧时间预习教材吧。”

单洪撇嘴坐下了。

我扭头望了冀成训一眼，我估计自己的目光中一定带上了鄙夷。说实在的，刚入学时，他给我的印象不错。我从他那消瘦而黝黑的脸孔上，从他那骨节粗大、布满老茧的手上，从他脚上那打了两个补丁的布鞋上，判断出这是一个农村出身、老老实实凭自己的力气苦干而跻身军官之列的人，是可以信赖的。尤其他三十三岁了也才只是个副营长，这证明他和我自己一样，也属于那种“不得志”的人，所以在感情上更增加了几分对他的亲近。当学校宣布他当我们这个学员班的班长后，我第一个表示拥护。但慢慢地，我发现自己的看法错了。冀成训当了班长后——这本是一个临时性的、义务性的虚职——乖乖，立时摆出了一个当官的样子，一会督促大张读书，一会督促小韩做作业，一会要求老秦抓紧时间学习，俨然一副班主任的样子。他时不时地还要检查大家的课堂笔记，组织小型测验，搞什么学习讲评，都三十来岁的人了，用得着像管小学生那样管吗？更有甚者，当某个同志考试成绩不好时，他还要组织全班帮助这个同志分析考不好的原因，弄得那人更加狼狈、尴尬。为此，他很受了学校的几次表扬。我很怀疑，是否对名利的追求已经磨蚀掉了他那农村人的憨厚品性，教会他玩弄心计？他好像要通过当上优秀学员班长，进而踏上更高的官阶——学员毕业时，学校有提任职建议的权力，军校前几期有过先例，对优秀的学员班长，学校提任职建议时是可以优待的。

下课号终于响了，但我仍一动不动地捧着书本，直到大家都收拾完书桌上的学习用具，我才慢慢起身去拿挎包。我要用这无言的行动向冀成训表明：我其实并不是急着回家！……

三

作业题：谈谈进攻部队在主攻方向选择上应注意的问题。

这节课做作业。

我注意到单洪没拿出作业本，只是在翻看着一沓写满了字的稿纸。我知道，那是他要撰写的专著《军界道德评价浅说》一书的写作提纲。别看单洪这人整天嘻嘻哈哈的，但也还有干一番事业的雄心。入学没多久，他就告诉我说，他打算写一部名叫《军界道德评价浅说》的专著，提纲已基本拟就。他当时还恳切地劝我道：

“老项，像你我这些年过三十的军人，要想在军界扬名，单靠职务上的晋升已经不行了，必须另寻他路。记得克劳塞维茨吗？他不是以‘元帅军衔’闻名于世，而是以他的《战争论》让全世界的军人知道了他的名字。我们应该吸取他的经验，走撰文著书的道路。在学校这两年，可是个写东西的好机会！”并告诉我，“学术研究最容易在两学科相接的边缘地带取得成就，撰文著书的题目最好选择那些与军事有些关联的。”我当时曾笑着对他说：“算了，我虽只比你大两岁，两岁对一个中年人来说可不是一个小数字，我这一辈子已没这份雄心了……”

这当儿，只见单洪提笔在稿纸上写起来了，大概，他已经正式开始动笔写书了。反正这作业只是作为督促课后复习的一种手段，教员并不收去看的，做不做都一样。

我把作业做完之后，便仰靠在椅背上，预想着实现自己第二步计划的步骤——凡事预则立，不预则废。毕业分配的事，要早活动才是。

“老项，你看一下，给提提意见。”旁边的单洪轻轻摇了摇我的胳膊，打断了我的遐想。他向我递过来两张稿纸，我接过一看，原来是他写的《军界道德评价浅说》一书的前言，只见上边写着：“道德评价，就是人们在社会生活中依据一定的道德标准，对自己和他人的行为所作的一种判断。军界道德评价，就是活动在军事领域的人们，依据一定的道德标准对自己和他人的行为所作的一种道德判断。军界道德评价是军人道德活动的一个重要组成部分，是一种精神力量，能对军人的行为产生重大的影响。军人要进行道德评价，就要弄清进行道德评价的重要意义，明确评价的标准和根据，了解评价的方式等问题，本书正是打算从以下——”

“冀成训，下课后把班里作业收起来交到我那里看看。”教员这当儿在门口朝冀成训说了一句，走了。

“什么？要交作业？”单洪此时有些吃惊地叫道。我抬腕看了看表，还有十分钟下课。

“老项，你是从哪几个方面回答的？”单洪这当儿边低声问我边火急慌忙地从抽屉里拿出了作业本。

“我是从四个方面来——”我刚说到这儿，那边的冀成训猛地叫道：“那个、那个，单洪！要独立思考！”

冀成训的这句话把全班同志的目光一下子都引到了单洪身上。

“那个、那个，我不是反对你写书，你毕竟还是一个负责指挥部队打仗的军官，要先把学业完成好！”冀成训这时又缓缓说道。看来，他也早已发现单洪没做作业。

单洪有些尴尬地抬起头来，但随即，他便又笑了：“那是、那是。感谢冀班长的提醒，做作业要独立思考，学业要优先完成。冀班长常常不吝赐教，老单我这边深表谢意了！尚望冀班长以后继续多多指教！多多指教！”说罢，飞快地在作业本上写了“不会做！”三个字，跟着便把作业本旋转着扔到了冀成训的桌上。

胖子景超有些好奇地走过去翻开了单洪的作业本，立时吃惊地伸了下舌头：“乖乖……”

四

课堂讲授：夜行军路线的选择及行军的组织实施。

讲课的郝教员大概有五十二三了吧，头发已经白了一半，额头上那些横纹和竖纹所构成的方格有些像地图上经纬线所构成的地理坐标网。他讲得很卖力，边讲边不时地掏出手绢去擦脸上的汗，殊不知这些内容对于我们这些营职干部来说已无讲解的必要，哪个营职干部还不懂得怎样选择夜行军路线？不懂得怎样组织夜间行军？

坐在我身子两边的单洪和小范，显然已无心听下去，单洪从挎包里掏出了他那本专著的“前言”修改起来，小范则又翻开了他那本《将帅修养》。

老教员那略显沙哑的声音也慢慢从我的耳畔消失，我又不由自主地想到了我的“第二步计划”……

“老项，你看！”正当我沉浸在“第二步计划”的思考中时，一旁的小范低低喊了我一声，把他手上的那本《将帅修养》向我移了过来，“这上边说，将帅的服饰一定要‘透出庄重，显出威严，露出干练’，达到十二个字的要求，我看这话颇有道理！”

我刚扭过头去看他手上的书，背上突然被人用指头戳了一下，回头一看，是坐在后面桌上的冀成训。小范和单洪显然也同时被捣了一下，两人都回头瞥了一眼冀成训。

“那个、那个，先不要看别的、干别的，注意听讲！”他低声说道。

一定是他的这句话被讲坛上的郝教员听到了，只听郝教员蓦地停止讲授，喊道：“项西洲同志，关于‘夜间行军路线的选择’我刚才一共讲了几个问题？”

我感觉到我在站起的同时身上的血涌到了脸上：“刚才没听清。”我只能这样答了。我听见有几个学员在讪笑。

“单洪同志替他答一答。”教员又喊起了单洪。

“一共讲了……，一共……”单洪终究没有“一共”出来。

“范尚进同志替他答一答。”郝教员又喊道。

小范有些慌张地站起来：“大概讲了三个问题。”他匆忙中用上了“大概”这个词。

轰的一声，教室里的人都笑了。小范那因年轻有为而一贯矜持地高昂着的头第一次垂下了。“注意听讲！夜行军在我军未来作战中仍会经常遇到。坐下吧。”郝教员说罢又接着讲了……

下课后一回到宿舍，因丢了丑而升起的那股火气，差点让我把含在嘴里的几句讽刺话朝冀成训吐过去，但我终于还是忍住了——毕竟，克制力是随着年龄的增长而增强了。不过，这当儿小范已冲着冀成训叫了起来：“班长同志，干吗存心让我们丢人？告诉你，用损害别人自尊心的办法来建立自己的权威，那是危险的！”

“那个、那个，我不是想让你们——”冀成训刚要解释，不想被单洪笑着打断了话音：“我说‘侍卫官’同志，怎么能这样对冀班长说话呢？冀班长是本着对自己工作的负责态度，从保护我们脸面的目的出发，让我们在课堂上当众亮亮相，这不是对我们的最大关心嘛！”

“哈哈哈……乖乖……乖乖……”景胖子笑着连叫了两声“乖乖”。

单洪却没有笑，只是一本正经地脸朝着冀成训闭上了眼睛。

“你这是干什么？”景大胖子停住笑声有些奇怪地问。

“听人讲，闭眼是观望一个人灵魂的最好办法，我想看看班长的灵魂！”单洪微笑着说。

“你小子！哈哈……乖乖……”景大胖子的笑声又爆发了……

五

课间操。做广播体操第六套。

全校师生都在宿舍楼前列队，随着扩音喇叭中的口令做操。

单洪和小范站在冀成训身后，两人的目光都盯在冀成训身上。刚才下楼时我听见他俩笑着嘀咕了一句：“今儿个咱们也让班长尝尝当众亮相的味道。”我不知道他们要干什么，但我却期待着他们干点什么。

冀成训在前边很认真地做着体操。其实，他的动作很多不标准。我前些天特别注意到：他每逢到做第七节腹背运动时，只是象征性地弯弯腰，严格说来，那简直不是弯腰，而应该叫弯脖。

又该做第七节了，冀成训仍像往常一样，只是简单地弯了弯腰，就在此时，只听单洪大声说道：“我说班长同志呀，做广播体操可要认真一点哩！腰要弯到规定的程度才能达到锻炼的目的哪！”

周围的学员听到单洪的话音，一齐扭过头来看着冀成训。

冀成训那张黑黑的脸立刻全红了。

“就是嘛！”小范这时也接了口，“要想当优秀学员班长，不论干什么都应该一丝不苟！”

冀成训没有吭声，只是在继续做动作时把腰慢慢地弯下去了。

“怎么样？咱们冀班长到底是老革命军人了，接受批评十分虚心，你们看，这不是把腰都弯下去了么！”单洪又大声地像煞有介事地夸奖道。

周围的学员都轰然笑了，景超又哈哈笑着叫了声“乖乖！”

广播操做完了。冀成训抬起他那涨得紫红的脸孔，一边抹了一把额头上的汗水——那一定是连羞带气急出的，一边慢慢地向宿舍走去。

我感到心里升起了一股莫名的快意。

回到宿舍后，我发现冀成训默默地坐在他的书桌前，双眼直直地望着桌上摆着的那个装有石块的匣子。听人说，凡动不动就教训别人的人，最难容忍别人的教训，大概，他也尝到了自尊心受伤的滋味了吧？

应该让每个人都有不适意的时候，否则，他会忘乎所以！

六

实地演练：带战术背景的夜间生疏地形上利用地图行进。

出发前，郝教员严肃地宣布：“今晚的演练四人一组，每个学员都要以步兵团团长的身份参加演练，当你选择行进路线和行进时，都要想到，我的身后有许多兵马……”

冀成训、单洪、范尚进和我四人一组。

帆篷卡车在黑夜中把我们拉到了远离石安市的一个陌生的山区。车厢在雨后初晴的沙土路上颠簸着，每隔三四公里就下一个小组。我们这组是最后下车的。

“集结地点：卧虎岭。到达时间，凌晨三点四十。注意管制灯火，不到万不得已，不准使用电筒！”郝教员简单地交代完毕，便坐汽车走了。

我们四人站在公路当中，周围一片漆黑，一阵夜风把雨后山间那股清新的味儿吹了过来。

“这地方适合谈恋爱，多静！”单洪小声说了一句。

“那个、那个，先确定站立点位置吧。”冀成训边说边把地图摊放在地上——他是演练小组长。

我们用手绢包着电筒，很快在图上确定了站立点位置。教员今晚出的情况尽管复杂，但还是难不住我们这些营职干部的。不过，当我在图上数了数从站立点到集结点的直线距离，还是禁不住轻轻叫了一声：“嗬！二十二个方格，四十四里路！”

“郝教员挺舍得锻炼我们！”单洪感叹了一句。

接下来是确定行进路线。从地图上看，从站立点到集结点有四条路可走。

“两点之间直线最短，走这一条最短的！”小范首先指着地图发表意见。他给首长当了几年警卫员，坐惯了小车，最不愿多走路。

“嗯，可以。哪条近从哪条走！”单洪表示赞同。

“那个、那个，不行吧，”冀成训此时开了腔，“这条路是小路，我们身后还有大批兵马哩。”

“什么兵马？”我们三个同时一愣。

“那个、那个，郝教员出发前不是说过，每个人都要时刻想到自己身后跟着的是一个团吗？”

“嗬嗬嗬……”单洪的笑声在这空寂的山野里显得十分响亮，“冀副营长不愧是老军人了，执行命令到底坚决！”

“我们走吧！”小范此时不屑地瞥了一眼冀成训，站起身看着我说。

“好！”我也站了起来。

“那个、那个，不行！”冀成训这时又固执地叫道，“就是单我们四个也不该选择这条路走。你们看，这条路从四羚山与牤牛山之间穿过时，是与一条时令河并行的。现在是仲秋，又刚下过雨，万一时令河中水大，漫住了路面怎么办？郝教员讲过的，确定夜行军路线时，除了要考虑到敌情、我情和道路的原有状况外，还要注意到当时的季节和气候，我们不到万不得已是不该从这条路上走的。”

“行了，行了！”小范不耐烦地打断了冀成训的话，“刚好就那么巧？偏偏我们走这条路时路就断了？再说，即使路真断了又有什么了不起？‘高明的将帅从不惊怯意外情况的出现，他们总是把其视为锻炼自己临机处置能力的最好机会’，这在《将帅修养》上写得清清楚楚！”

“冀班长，我看咱们还是少数服从多数吧。”单洪又笑着开了口。

“走吧。”我也开口说道。

冀成训默默蹲在原地，直到我们三个向前走了几十步之后，他才起身跟了上来……

走了大约两个小时，小路进入了图上标示的四羚山与牤牛山之间。果然，与小路并行的时令河中的水增大了，夜色中只听河水发出哗哗的瘆人的响声。拧开电筒一照，路面已完全被水漫住。冀成训的判断被证实了。

我们四个人静静地站在那儿，足有一分钟，谁也没有发言。

“这没有什么了不起！走，从右侧这条山沟里过去，绕过这段鬼路！”小范指着旁边的一条山沟，最先打破了这沉默

是的，眼下只能这样办了，倘再返回去，三点四十分是根本赶不到集结点的。

“好吧。”冀成训表示了同意。

我们四个开始沿着右侧的山沟向前绕去。不料这里的山包一个接一个，山沟曲曲弯弯一条连一条，我们顺着山沟走了一个多小时，按说早该绕到原来的路上去，但打开电筒一照，前面依旧是曲曲弯弯的山沟。更为麻烦的是，走着走着，山沟突然被两个小山包一分为三,三条小山沟虽眼下是朝一个大方向，但可以想象出，它们决不会一直通往一个方向，并且有的可能最后是一条绝路。究竟沿哪条山沟前进好？我们又不得不停下步子。

“先标定地图，确定一下现在我们到达的位置。”冀成训停步掏出了地图和指北针，小范拧亮了电筒。然而，当老冀打开指北针时，那针尖却没像惯常那样一下子指出北方，而是忽忽闪闪地动个不住，一会变换一个方向。

“怎么搞的，指北针坏了？”小范惊问。

单洪和我急忙抬腕去看表带上的指北针，然而，糟糕！两人表带上的指北针也摇摇晃晃地乱指一通。

“这山上有铁矿石！”冀成训此时低低地说了一句。

“哦？”我们三个同时一怔。军人夜晚在生疏地区无向导行进，最怕经过这种地段，在这里，各种指北针都会失去作用，而一旦判不清方位，就无法标定地图，明确自己的位置。

“找北极星！”单洪这时叫了一声，然而当我们抬头仰望天空时才发现，天早已不知不觉地阴了，一层乌云罩在当空，哪里还有北极星？

“那个、那个，上山坡，只要能发现平时常见的一颗星星就行！”冀成训紧接着说。

我们几个急忙向山坡上爬去，但在上边站了半天，也没见到一颗星星。附近也根本没有独立树、建筑物等可供概略判定方位的东西。

“报告军座，先头部队失去前进目标！”单洪这当儿学着电影《南征北战》上敌军参谋长的口气开了一句玩笑，但小范和我都已没心思去笑了。真没想到，四个营职干部竟会迷失方向。

“怎么办？”小范望着冀成训问，声音里露出了一点惊慌。

“那个、那个，现在退回去已没时间了，”他沉吟了一会，声音变得坚决起来，

“就从中间这条最宽的山沟走吧！”

小范、单洪和我也没别的主意，便默默地下到沟底，随他向前走去。四个人以尽可能快的速度走着，但却始终没有找到卧虎岭。直到这个阴霾的清晨的曙光来到山间，我们辨清了方位、标定了地图之后才明白，我们已经东偏卧虎岭十公里了……

当我们终于赶到卧虎岭时，其他参加演练的学员早已回校了。山下的公路上，停着一辆等候我们的汽车：山头上，只站着郝教员一个人。

我们做好了挨剋的思想准备，然而，当冀成训敬礼报告：“第十一组到达集结地点”之后，郝教员却什么也没说，只是缓缓地抖开手中的一份大幅地图——这是一份“围歼卧虎岭以北地区敌摩步三团的战斗决心图”，只见他挥起手中的蓝色铅笔，倏地从敌人的集结地画一个箭头向卧虎岭冲来，蓝色箭头直压过了设在卧虎岭南侧的我军一个野战医院。稍有标图知识的军人都能看懂，他这是在说：由于你们的迟到，被围的敌人从你们留下的空隙里溜走了，并趁势吃掉了我军一所野战医院！

“不要紧，下次标图时再把这个摩步三团围起来！”单洪小声笑着来了一句。

郝教员一边卷着地图一边冷冷说道：“上车，回校吧！”

我和单洪、小范同时长舒了一口气，尔后相视一笑：看来，事情过去了。

“老项、小范，记得运动生理学家列尔夫人那句话吗？”单洪笑着转向我俩问道，“‘多走路是文明社会所有成年人都要服的一剂良药！’我等无意中服了剂良药，感觉如何？哈哈……”

我们说笑着向山下走去，只有冀成训还木然地站在山顶，双眼呆呆地凝视着远处的什么地方……

七

自由活动。各人干各人喜欢干的。

由于昨晚演练，今天下午四点钟以前为补睡觉时间，四点钟到晚饭前，自由活动。

小范正用军用水壶盛满了开水细心地俯身在床上熨他那件军上衣。单洪伏在桌上继续写他那本《军界道德评价浅说》的专著。胖子景超正对着军棋棋盘苦苦地思索——前天中午他连输单洪三盘，被单洪不屑地称为“臭棋篓子”，此刻大概在做再次交战的准备。我在写信。其他的人也都在忙着个人的事，只有冀成训坐在自己的书桌前，双眼定定地望着桌上匣子里的那块石头，默无声息的如同一个雕像。

我望着他的背影无声地笑了一下。是的，我完全理解他此刻的心情。这次演练我们这个小组出了差错，这无疑是让他这个演练小组长丢了人，从而给他向“优秀学员班长”奋斗的路上罩了一点阴影。可想而知，他心里不会好受。

楼下传来一阵摩托车的引擎声——听声音知道，这是收发室给学员送书报信件的摩托车。正潜心研究棋道的胖子景超听到这声音，倏地从座位上跳起来欢叫道：“乖乖，报纸来了！”他飞快地起身向门外跑去，撞到了小范拿水壶的胳膊，水壶掉在了床上，热水立刻从敞开的壶口流出来，洇湿了那件已基本熨好的军衣。

“眼瞎了？景大胖子！”小范气恼地叫道。

景超根本没理会小范的怒叫，早已飞步下楼了。

胖子景超这么积极地到楼下去，并不是因为他真的急切地想看到当天的报纸，而是要去看他的“家庭周报”——他妻子的来信——到了没有。全班所有结过婚的人中，就数他盼老婆的信最心切。老婆每次来信，他都要捧读几遍，并且总是聚精会神，达到忘记一切的地步。单洪那次就是趁他聚精会神看信的当儿，悄步绕到他的身后，偷看了信的内容。当单洪在班里公布了那信上一共写了三句“夜里做梦总梦见我的‘超’时”，景超气急败坏地叫道：“你小子偷看别人信件，违反宪法！老子将来要转业到地方法院，第一个批准逮捕的就是你单洪！走着瞧！……”

“这怎么办？这怎么办？”小范此刻抖着他那件本已熨好又被热水浇湿了的军上衣连连叫道。

“我说‘侍卫官’，不要过于讲究了吧！”单洪这时放下手中的笔转过身对小范说道，“就你现在这样打扮，都已经把学校那帮女兵一个个弄得神魂颠倒，要再讲究下去，是不是存心要让她们得相思病？”

“别瞎扯！”小范白了单洪一眼，“要增加衣服的庄重感，方法之一就是要使其笔挺，懂吧？’他边说边悻悻地把衣服又重新晾在了铁丝上。

这当儿，景超胳膊下挟着报纸，手中拿着一封信和一个包裹——学员的包裹一律由收发室代领——走进了门。

“夫人这封信中又梦见几次‘我的超’了？”单洪含笑问景超。

“去！根本没来信。呶，信和包裹都是班长那口子来的。”景胖子垂头丧气地把信和包裹放在了冀成训的桌上。

然而，冀成训根本没注意到那信和包裹，目光仍直直地盯着面前的木匣。

“我说班长，”单洪含笑上前拍拍冀成训的肩膀，“孩子他妈来信了，还不快看看？”

冀成训这时才如梦方醒地“哦”了一声，站起身来，拿过信撕开了信封。

“我说班长，能不能让咱参观参观嫂夫人寄来的是什么好东西？”单洪又顺手拿起了那个包裹，没待冀成训应允，已扯断了包裹皮上的线头。立时，一件上半部缀两条襟带、下半部系一个用毛线织的厚厚腰围的造型奇特的上衣，提在了单洪手上。“哟，这是什么新式服装？”

单洪的一声惊叹，把班里的同志都引了过来。

“给我、给我！这是她随便织的。”冀成训见状放下手中的信，急忙去夺那件上衣。

“他爸，天冷了，给你寄去——”景大胖子这时趁机念起了冀成训放在桌上的信中的句子。胖子这一念，慌得冀成训又赶忙来抓信。

“我说，咱帮班长穿上这件衣服怎么样？”单洪笑着发了声号召。我知道，这是恶作剧，想当众出冀成训的洋相。谁都能看得出，这件奇特的衣服穿到身上不会很雅观。

“同意！”一直站在一旁看热闹的小范首先响应，我猜得出他的用心和单洪一样。

“好！”景大胖子也表示赞同。于是，单洪、景大胖子、小范和班里另外两个人笑闹着上前，不由分说地硬脱了冀成训的外衣，要把那件衣服往他身上套，但就在这时，只听景大胖子惊叫了一声：“哟？！”

坐在旁边看热闹的我听到这声惊叫，急忙好奇地趋前观看，我的眼睛在这一瞬间也吃惊地瞪大了——景大胖子一手掀着冀成训衬衣的后襟，在那下边，露出了一个长长的、显然因当初愈合不好而变得高低不平的紫色的伤疤。

那是枪伤！是子弹穿越炸裂后留下的！凡是军人都能辨得出。

屋里一下子静了下来，人们脸上的笑容倏地被惊愕所替代，从入学到现在，谁也不知道他竟负过伤。也许就在这一刻，大家明白了那件奇特衣服的功用。

“那个、那个，没什么，是让‘他们’用机枪打中的。”冀成训边说边又急忙穿上了外衣。

我眼前突然晃过了那天冀成训在单洪、小范的笑逼下，弯腰做完广播操第七节后满头是汗的情景。

我觉得心脏陡地一缩……

八

演练总结。晚饭后以班为单位总结实地演练的情况。

郝教员和学员大队的队长、政委，破天荒地一齐来我们班宿舍参加总结会，显然，他们是为我们这个小组来的。单洪、小范和我交换了一个不安的眼色。

总结会开始后，其他几个演习小组的成员都非常轻松地发了言，当然，主要是介绍经验。

只剩下我们小组的四个人没发言了，郝教员和大队队长、政委以及班里的同志，都把目光投向了我们。

怎么去讲演习出错的责任？我有些犹豫地垂下了头。

“关于我们小组的演练情况，我先谈点看法，”小范看了单洪和我一眼后，先开了口，“在这次带有战术背景的演练中，我们小组没有按时到达指定地点，致使‘被围的敌人’得以逃脱，后果是严重的！这一过错虽然由担任组长的冀成训同志负主要责任，但我作为小组的一员，也应检讨！正如《将帅修养》一书中指出的，任何一场战争、战役、战斗的失败，都可以从将帅身上找到70%的责任，从下属和士兵身上找到30%的责任……”

我有些愕然地望着小范，他这样说，岂不等于把责任推向了冀成训？

“我说几句。”单洪清了一下嗓子，紧接着小范的话开了口，“我们小组演习出错的问题，虽然应由小组长冀成训同志负主要责任，但我认为，这是要做一点分析的，马克思主义要求我们不论分析什么问题，都要注意全面性，就是说，既要看到内部的原因，又要看到外部的原因，既要看主观因素又要看客观因素。昨晚冀成训同志所以没有率领我们按时抵达指定地点，在客观上一是水把原来的道路漫住了，二是刚好那附近山上有铁矿石……”

单洪一本正经地说出的这番话，我听出了他的真实含义：“过错的责任不在我！”

若在以往，我也许会毫不迟疑地对小范和单洪的话表示赞同，但在下午看了冀成训腰上的那道长长的伤疤之后，我却感到再那样做有些于心不忍了。究竟怎么发言？详细说出演练的全过程？那样一来，恐怕就要得罪单洪和小范了，并且大队长、政委在场，他们听了以后会对自己产生一种什么看法和印象？自己将来的毕业鉴定是要经过他们手的，会不会因这件小事而影响到自己将来的分配？

“那个、那个，我也讲一点，”冀成训这时缓缓地开了腔，“我们小组这次演练出错，主要责任，也应该说全部责任，在我！！”

我有些意外地望着冀成训那张黝黑而平静的脸孔。

“我们选定要走的那条路线固然不好走，但在战时，由于敌情和其他意外情况的限制，必须要走这条路的可能性是完全存在的。作为一个指挥员，在这种情况下，同样应该保证把部队按时带到指定地点。然而，我却因为中途辨不清方位，无法确定站立点位置，当三条山沟摆在面前时，下错了决心，致使错误发生。当时辨清方位是有点困难，但我回来查了书后才明白，其实还是有辨清方位的方法的。譬如，当地山上的石头风化比较严重，尤其是大石块，南北两面的风化程度是不同的，据此完全可以弄清方位。可当时，我却手足无措地下错了决心。可见，主要的教训是：我缺乏夜间复杂条件下组织行军的知识和本领！”

单洪、小范和我都有些吃惊地望着他，我们根本没料到他会说出这番话。

“那个、那个，类似这样下错决心的事，在我已经是第二次了。”冀成训又接着说道，同时，缓缓转身拿过他床头桌上那个五面木板，一面玻璃的木匣，“第一次下错决心是在那场战争中，这个石块就是我那次下错决心的见证。它上边这种暗红的颜色，是一个排长的血染的！”

屋里所有的人一齐把惊异的目光投向了他手中的那个木匣。

我一直以为那石块的颜色是天然的。

“那个、那个，在对越自卫还击战中，我是一个连长，”冀成训为了回答大家眼中的那股疑问，又低低地开口说道：“我们连奉命攻打 347 高地时，从图上分析和实地观察，攻击道路有三条：一条位于正面，坡度较缓，另外两条在左右两侧，坡度较陡。从望远镜里可以看出，正面敌人防御阵地上明显地修着不少地堡，地堡的射击孔甚至都看得清清楚楚，于是，我便不假思索地决定避开正面，从两侧迂回攻击，一侧助攻，一侧主攻。但一排长却极力反对，他坚持认为：敌人敢把正面的防御工事显露在外，恰恰表明他们没有把这个方向作为主要防御方向，他们知道我们一般不作正面强攻，习惯于用两侧迂回攻击的战术，主要兵力肯定会放在两侧，我们应从正面主攻，一侧助攻。我对一排长平时就有些看不惯，他因为读了不少书，常在一些问题上同我争论，让我下不了台。何况此刻我自以为自己的判断正确，更不会去考虑他的意见。我随即下了决心，命令一、二排随我从右侧主攻，三排在左侧助攻。结果一打起来，我们就遇到了顽强的抵抗，仗打得很残酷，等我们从右侧攻上山头时，两个排只剩下了二十一个人。一排长在刚刚攻上山头时，也中弹倒下了。我的腰部也中了一弹，就是你们下午看到的那个伤疤。站在山上我才看清，敌人的主要防御工事果然如一排长所说，是设在左右两侧的，正面只有那几个在山下可以看清的地堡和几个单人掩体。一排长趴在那儿声音微弱地对我说：‘连长……敌人这是在利用我们的习惯性思维！……他们懂得军事心理学……我们至少多付出了两个班的代价……连长，你也得学点真本领啊……’说罢，他就牺牲了。我后悔莫及地哭叫着摇撼着他的躯体，但是，一切都晚了……就在那一刻我懂得了，别的行业使用庸才付出的代价是金钱，而军队使用庸才则必须付出鲜血和生命……为了永远记住自己的这桩过失，也为了永远记住一排长最后说的那句话，我把一排长牺牲时胸口下压着的这块被鲜血浸红了的石头收了起来……战后，因为连队攻下了 347 高地，部队给我记了一等功，我再三推辞没有推辞掉，其实，只有我知道，这个‘功’是和‘过’连着的！从那以后，我处处小心，唯恐下错决心的事再在自己身上发生，但不料，终究还是没有避免。所幸的是，这次是演练……哦，顺便说一句，到了这里后，我之所以总在学习上催你们，”他把目光移向了我、单洪和小范，“是因为我怕你们再像我一样……你们将来也要掌管着战士生命的支付啊……”

屋里寂然无声。

小范直直地盯着那个木匣，平时眼中的那种傲然、矜持之色彻底消失了。

单洪慢慢地伸出双手，从老冀手中拿过了那个木匣，目光凝定在匣中的石块上，手在微微地抖动。

“那个、那个，单洪，”老冀转向单洪轻轻地说道，“你不是在写书吗？我不懂得写书的要求，但我觉得，你那本书要真写出来，上边最好能有这句话：‘那些没有实际才能而又企望当上军官或保持军官职位的人，是军界最不道德的人！’”

我觉得自己的呼吸蓦然变粗了……

九

就寝了。

校园的宁静和室内的宁静融为一体，显得越发的静谧。

老冀和班里的同志都已入睡，只有单洪、小范我们三个还拥被默坐在床上。

那个装有暗红色石块的木匣放在靠窗的桌子上，浸入室内的蒙蒙星光映出了它那不规则的轮廓。

远处的火车站内，传来一声长长的汽笛。大概，又一列夜行的火车要启程了。

汽笛声过后，一切又归于沉寂…

蝴蝶镇纪事

一

我总共当了十一年兵。一入伍就来到驻在苑城西郊的七师。从山东猛地来到豫西南，一开始最不适应的就是两条：一个是这里的黏土地，乖乖，只要天一下雨，人在地上走一趟，那黑黏土能把人的鞋粘成两个大泥坨，实在难受，而且，即使天晴后，倘你不用水冲洗，那黏土还会长久地粘在鞋上。再一个就是总吃面条，面条这东西吃到肚里很不禁饿，有时只训练到半晌，饿得就受不了了。不过，慢慢地，也就习惯了。大约是我当了排长的第二年吧，记得那是一个初秋的黄昏，我一向敬重的胡子连长突然派人把我叫到连部，要我带上二排，去蝴蝶镇负责警卫师里的一个军械库。

蝴蝶镇离苑城的营房近百公里，紧挨着鄂北地界，是豫西南地区最偏僻的一个去处。我那时正当喜欢热闹的年纪。对去那里自然是很不乐意。仗着自己是连长接来的兵，加之平时因枪法好又受着他一点点偏爱，所以也就敢于当面摆了些不想去的理由。可连长最终还是忧郁地摇了摇头："去吧，小魏，城里现今乱成这样，今日要支持这派，明天又要支持那派，弄不好是要倒霉的。去吧，那儿偏僻，当兵的日子好混！"

看着连长那双忧郁的眼睛，我就不敢再说下去，于是，便不甚情愿地点了点头。

我们是在接受任务的第三天上午到达仓库的。也真巧，我们刚到，天就下起了雨。于是，我们在安营的整个过程中就很遭了点殃，每个人的鞋子被那湿黏土粘得一塌糊涂。当全排终于安顿好，同先前在这里负责警卫的一个排长办完了移交手续之后，我就一个人绕着仓库察看起来。这座仓库建在一个树木葱郁的小山丘下，三大排石砌的库房和警卫分队的宿舍、厨房，盖成了一个四方形的院子，院子的四角各设了一个岗楼，院外十来米的地方，又围了一圈铁丝网。院门前是一条沙石公路，一端通往苑城部队的营房，一端通往不远处的蝴蝶镇。仓库和镇子中间，隔着一条小河，河上架着一座不宽的石桥。我发现，这儿的蝴蝶果然很多，一群一群，一对一对的，在空中飞舞，在树枝草叶上栖落。看来，这镇子的名字倒是没有起错。我环视着四周的地形，猜测着这地方可能是因为树多草茂，气候温润，才宜于蝴蝶们生长。

巡看一周后，我站在仓库后边的一棵枣树下，望着沐在晚霞中的蝴蝶镇，心里就想，明天该去镇上拜访一下镇子的领导。临走前连长一再交代我，要注意搞好同驻地周围老百姓的关系。我现在是这里的最高领导，诸事都应该想到才好。

正当我站在那儿漫想时，东北角的岗楼上猛响起了一阵拉枪栓的声音，跟着传来一班长的粗声喝叫："不准动！"我一听，心就一紧：刚接防就有事？忙疾步走了过去。到那里一看，

只见一班长正把冲锋枪对准铁丝网外的一个姑娘。那姑娘的双腿是蹲着的，一只手挎一个竹筐，另一只手拿着一个小铁铲伸进了铁丝网内，姑娘脸色发白地望着一班长乌黑的枪口，伸进铁丝网的那只胳膊僵了似的停在那里，手中的铁铲在索索地抖动。姑娘那一对眸子中所映出的受了极度惊吓的神情，使我立时就判断出，她不是存有什么坏心，于是便对一班长说道："收起枪。"随之走近，问那姑娘："你要干什么？"

"俺、俺不是要破、破坏。"她急急地仰起脸向我说，嘴唇依旧因为惊吓在哆嗦。

"噢，这我看得出来，那你手伸进铁丝网来干什么？"我把声音尽量放轻，生怕再吓着她。

"俺想、挖那棵玉簪。"她伸进铁丝网的那只手指了指。这时我才注意到，在我的脚边，她手中小铁铲指的地方，有一棵叶片如心脏形的草。

"哦？要这干啥？"我很有些意外。

"它也叫催生草，孙七嫂要产，孙七哥去俺家要这种药，俺家已经没有了，俺爹就让我来找，可在地里找了半天，只找到一棵，从这里过时，看到有一棵，俺就……"

原来是这样，我弯腰拿过她手中的铁铲，将那棵玉簪挖了递给她。

"感谢你了，首长。"她脸上的惊吓已经消失，露出了两抹红晕，显出了本有的清秀，看样子，她的年龄在二十岁左右。她起身很恭敬地向我鞠了一躬。

"没什么，走吧。"我向她摆了摆手。

姑娘两脚上的鞋，也已被湿了的黏土粘成了两坨，走起来一副吃力的样子。她还没走出多远，一班长就背了枪过来，在铁丝网附近弯腰察看。

"看什么？"我有些诧异。

“得小心！别让她借挖药在这里埋了地雷。”他神情十分严肃。他是团里的理论学习积极分子，警惕性一向很高，立场更是非常坚定。那次排里去农场执行任务，他突然得了急性痢疾，恰巧那天农场医生不在，我便慌忙去附近村里找了一个下放的右派医生，可他竟至死不吃人家给的药，闹得他险些脱水丧命。

我知道他的脾气，就没有劝止，随他去检查，只把目光移向那姑娘已显模糊的背影。

一群蝴蝶带了一阵轻微的拍翅声，轻轻盈盈地落在了铁丝网上，顿时，那黑色的铁丝网眼间，便像陡然开了五颜六色的花朵。大概是因为心情还好，我便去数这群蝴蝶的数目，嗬，二十八只，是个双数……

二

第二天上午，我便带着三个班长去了镇上。对于镇子上的萧条，我原是在心里作了估计的，在这偏僻贫瘠的豫西南黏土地上，是不会生出多么繁荣的市镇的。然而走到镇上一看，那副萧条的样子还是令我吃了一惊：整个镇子就是一条沙土路面的街道，街两边净是一些土坯垒就的低矮的瓦房、茅屋，街上只有一家门面不大的综合商店，一个摆了四张饭桌的小饭馆。街面上并无熙攘的行人，只有几个老太太坐在自家的屋门前晒着太阳；几头不大的猪，在街上大摇大摆地走；一位妇女正用脚尖指着孩子拉在街上的屎，响亮地叫着狗来吃；一个五六十岁的女疯子，站在当街喊着奇怪的疯话：“庙里哟——”

我们走进镇革委会的院子，就听到正房里一个人正用洪亮的嗓门儿在训着什么人：“你不知道那是什么地方吗？你咋敢让你的女儿去那里？是不是又想让抓你们的阶级斗争？……”我们走到门口，看见屋内的一张条桌旁，坐了一个噙着香烟的四十来岁的汉子，他正训斥着站在门后暗影里的一个老头儿和一个姑娘。那汉子看见我们，立时便含了笑招呼：“是新到的魏排长吧？我猜是的。我姓吴，是镇革委会主任，快进来坐，快进来坐。”

我估计是先前的那位排长把我的姓名和情况告诉了这位主任，便也含笑同他握手。那主任这时就又转向站在门后暗影里的一老一少喝道：“听着！以后再见到你们家的人跑到军队仓库那儿，就算存心破坏！去吧，罚你们把街扫扫！”

我一听“军队仓库”这几个字，不由得认真地去打量那父女俩，我认出了那姑娘，不用解释，就明白了吴主任训斥他们的原因：“吴主任，你是不是因为那位姑娘昨天去了仓库在批评他们？”

“对！”吴主任一脸郑重地点头，“那是军队的仓库，历史反革命家的人去还能安什么好心？幸亏昨儿个有人看见了，要不，我还不知道哩！这是我们监管不周，魏排长多原谅！”

我当下就一愣：这姑娘原来是这种家庭出身。不过，我觉得还是有说明真相的必要，便解释道：“这位姑娘昨天去只是为了挖一棵催生草，并没有其他用意，不必罚他们的。”

一班长这时就在旁边拉了一下我的衣襟，显然是提醒我不要干预这件事，但我没理会他，依旧望着吴主任说：“为这件小事就处罚他们，那镇上的其他人就会对我们当兵的产生一种畏惧心理，这不利于咱们的军民关系，你说哪？”

一丝意外和不快，分明地从吴主任脸上露出来了，不过，可能碍着我的面子，他也没再多说，只是不甚情愿地朝那父女俩挥了挥手：“回去吧，不扫街了，以后记着要老老实实！”

那父女俩便慌慌地走了出去。

没有料到的是，当我们结束这场礼节性的拜访返回仓库时，那姑娘会突然从一个街角闪出来，很快地向我鞠了一躬。

我刚要向她说句“不必客气”的话，她却已转身，急急地向远处走了。

我望了一眼她那柔弱的背影，心上莫名地感到了一股难受。

一群蝴蝶飘然掠过眼前，我的目光随着它们，转向了有着铅色云块的天……

三

初到一地驻防，当地的风俗是该了解一些的，否则，同老乡们相处，有时就会因做事违了风俗而伤和气。所以，在吃、住、岗哨勤务的事安排就绪之后，我就去镇上找老人们了解。几天之间，这方面的情况便也知道了不少。比如，这地方的妇女生了孩子后，那胞衣是要拴一只旧鞋挂在树枝上的，镇子四周的好多树上，都挂有这种风干了的东西，对此，不要去问，更不要去摸，否则，便会招来鄙夷的目光和暗骂。又如，这地方的人把炸油条称作下锅。下锅时，门前都要摆上一碗清水，清水上横放一把菜刀，外人若见了别人家门前摆了这东西，便不能进屋去，否则，这家锅里的油就会耗去很多，来人便会遭到咒骂。再如，这地方的人对蝴蝶很敬重，他们认为这里的蝴蝶之所以多，是因为老天爷见这里风水好，每年让天女把花园里的蝴蝶向这儿撒下一批，因此，更不能随意捕杀蝴蝶。谁若无故弄死一只蝴蝶，是会遭镇人侧目的。我把了解到的这些情况给战士们讲了讲，让大家心里都有个数。

那日，我同镇上一个老人闲聊回来，刚进大门，忽听厨房里爆出一阵很响的笑，觉得几分诧异，便走了过去。进屋一看，只见几个战士正围住一个上唇有豁口的二十七八岁的男子说笑，那男子正手舞足蹈地说着：“俺全镇有八百多口人，男的四百多，女的四百多，内里有姑娘将近一百二十个，不过真正漂亮的姑娘也就两个，头一个叫豆苓，就是昨儿个来你们这里挖药的那个，不晓得你们细看她了没有，她牙白得像细瓷碗，头发黑油油的，俩眼珠活泛得很，叫人一看心里就舒坦得厉害，还有她那胸脯子，看了后着实饭都不想吃了。不过，你们别看她腼腆，你要真想动手去摸她一下，可不中，镇上的小六子就叫她咬过手指头——”

“排长，”炊事员大刘见我进来，忙过来指着那个豁嘴向我介绍，“这位是镇上的老三同志，专门负责给我们送菜的。”

“对，对，我家三个弟兄，我排行老三，老大老二都已经攀了亲，只有我还是光杆一个。今后众位叫我老三、三哥、三弟、三豁子、三同志，都中！家里几代都是贫农，自己人，自己人！”那三豁子立时笑着说道。

我朝他点了点头，差一点就要被他这番自我介绍逗笑。

这当儿，他又笑着凑过来，很带了几分亲热地问我：“魏排长，老家是哪里呀？”

“山东烟台。”我答，心里对他微微地生了一点厌烦。

“嗬，那地界儿咱没去过，”他甚是遗憾地摇摇头，“你们那里烟叶今年收成咋样？”

“什么烟叶？”我被他问得莫名其妙。

“你们吸烟都修烟台子，烟叶肯定错不了，得了，以后你要探家，给咱捎把来尝尝。”

“哈哈哈。”我和屋里的战士们都笑了。

“见笑，见笑。”三豁子也笑了，随即便又很郑重地说，“魏排长，镇上吴主任说，从今往后，还是由我老三给你们送菜。过去那个排在时，送菜的也是我，两天一次，保管够你们吃，咱们军民一家嘛，我老三理当尽力。至于菜钱，由你们一月去和镇上菜园算清一次。”说着，就伸出黑乎乎的手，从耳根后摸出一支揉皱了的香烟向我递过来。我忙摆手谢绝。因听了他刚才提到挖药的那个姑娘豆苓，遂生了问清根底的愿望，便开口问他：“那个豆苓家究竟是一个什么情况？”

“说出来吓你一跳。”三豁子咧开嘴，露出黑黄的牙齿嘿嘿一笑，“她爹过去是中央军的大夫，历史反革命分子，旧社会家里还买了几十亩地，土改时定成了富农。镇上吴主任特意让我负责监视他们家，就怕他们破坏咱们的专政。不过，豆苓那姑娘倒也是个好心肠，人又长得漂亮。”

“噢。”我应了一声，心里莫名地生出了点惋惜：那样秀气的姑娘，会生在这样的家庭。

这时，恰好馒头蒸熟了，炊事员大刘刚把笼屉揭开，站在我面前的三豁子就用手揉着肚子带了笑道：“揉肚揉肚当啷啷，肚里有个屎壳郎，屎壳郎飞了，小肚子饥了。”说着，就跑过去伸手抓起一个馒头叫道：“来，来，让我老三尝尝你们这馍蒸得咋样！”叫完，张嘴就咬了一口，牙齿嚼得很响。

我有些厌恶地看他一眼，便转身走出厨房……

四

最初一段时间过去之后，工作走上正轨。站岗、学习、训练，这些事情战士们也很快地就习惯了，并不用我多说，日子就这样过着。

一天，一班长向我建议：“排长，咱们是不是去镇上搞一次敌情调查，把地富反坏右分子和各家的政治面貌弄清楚，然后向排里同志讲一下，让大家心里有个数，好分清敌我，站稳立场！”

我迟疑了一刹那，到底还是点点头表示同意。说真的，我内心里对他还很有几分怯意：他是团里的学习积极分子，在上级那里说话是有点分量的，他万一去连里告我“立场不稳”，那麻烦怕立刻就会来了。

吃过早饭，我和一班长一起去镇里了解“敌情”。刚进镇口，就看见那个女疯子在街上站着，正喊着那句莫名其妙的疯话：“庙里哟——”几个孩子围在她身边，不停地拿小石子儿往她身上扔。我俩见状，就上前挥手赶走了那几个孩子。那女疯子此时不知是出于感激还是因为别的，猛地跑过来抓住了我俩的衣袖，尖尖地叫了一声：“庙里哟——”

她那脏黑多皱的脸和这声尖叫，弄得我俩都有些心慌。一班长倒还麻利，先挣出了胳膊。我挣了几下也未挣掉，加上她又连连地叫着“庙里哟——”使我很有些不知所措。就在这当儿，街那边走过来挎着一个柳条筐的豆苓。她看到我的窘态，并不待招呼，就急忙跑过来朝那疯子柔柔地叫道：“荷叶姑奶，走，我领你去，他在庙里！”豆苓这两句话还确实管用，那老疯子闻言立时松了我的胳膊，带了几分笑意地转身抓了豆苓的手。豆苓扭头向我们使了个“快走”的眼色，便领了疯婆向镇外走。

我和一班长转身刚要挪步，三豁子趿拉着鞋迎面来了，声音很高地向我们打着招呼：“咋啦，是荷叶姑奶拉你们了？”

“什么荷叶？那疯子叫荷叶？”我很惊奇，很难相信这个名字会属于那个老而脏的疯婆子。

“对、对，她就叫荷叶，当初是我们镇上有名的大地主夏侯坤的千金小姐，远近四方出名的美人。”三豁子边说边从耳背后摸出一支揉皱了的香烟递过来：“排长、班长，你们谁抽？”

“她是怎么疯的？”一班长推回三豁子让烟的手问。

“嘿嘿，”三豁子先笑了两声，“说来话长。听我七爷讲荷叶年轻时漂亮得很，脸蛋水灵得一掐就能流出水，两只胳膊白得像刚从塘里挖出的头节藕一样，她还常用她爹给她买的香胰子，她要从人身边走过，香得人直想大吸气。她爹那时专门送她到南阳城里学画画。她学了一些日子回家后，就常拿块木板给镇上的人画像。她家养了不少长工，内里有个叫包栓的，人长得很壮实，身上的肉一疙瘩一疙瘩的，五官也长得有模有样，还识几个字，常不知从哪里弄些共产党印的书看，有时也敢对荷叶画的画指指点点。那荷叶偏喜欢让他拉三轮车载她出去找景致画。后来，荷叶就直接给包栓画起像来，再后来，荷叶就让包栓脱了上衣让她看着画。这样日子久了，有一天，荷叶画着画着就扔下笔，跑过去亲包栓的胸脯子。那包栓也算胆大，就也抱住了人家。两个人抱着抱着，嘿嘿，就到一间屋里，干上了。”三豁子说着说着，一丝羡慕和陶醉就浮上了脸。一班长和我被他这些粗鲁的话弄得也有些脸红，我便开口催问他：“后来荷叶怎么会疯了？”

“嘿嘿，”三豁子又笑了两声，“从那以后，他俩就常常在一块儿亲热，风声慢慢就传到了荷叶爹的耳朵里。那老头儿因为没有儿子，平时也有些喜欢包栓，现在女儿一心想着包栓，生米已做成了熟饭，就有了要收包栓做女婿的打算。谁知正操办婚事时，从城里传来消息，说包栓和共产党的人有来往，县府里正在追查。老头儿一听害怕了，他怕包栓给他家带来灾祸，就坚决把包栓赶走了。可那包栓并不走远，还常在镇东的庙里同荷叶相会。荷叶爹这时就悄悄雇了两个人，让他们用强力逼包栓远走。那包栓是个倔汉子，就同两个来赶他的人动起手来，谁料那两人在同包栓动手的时候，失手把他打死了。当夜，荷叶就疯了。疯了以后，就只会说三个字：庙里哟——”

“排长，这正好是阶级斗争要天天讲的例证！”一班长这时边掏着笔记本边对我说。

“要我说，包栓那人死得也值，娘的，和一个漂亮的黄花姑娘睡上几夜，死了也值。你说呢，排长？”三豁子仍在兴致勃勃地说着，我没再理会，只是看了一眼远处荷叶的背影，便默默地转身向街里走去……

五

镇上的吴主任向我们介绍了敌情。我没有料到，一个这么僻远的小镇，情况竟是这样的复杂：有三家地主，两家富农，四个反革命分子，十一个右派分子，五个坏分子。吴主任介绍完之后说：“为了不使咱们当兵的在同镇上人打交道时误入敌门，我们镇革委会派人，领你们排里的战士挨个儿到这些人家门前认一下。”我还没来得及对这个主意提出异议，一班长已先向吴主任表示了感谢，无奈，我也只好默允。

几天之后的一个下午，除了上岗的之外，排里的同志就由镇上派来的一个人领着，到地富反坏右家去挨个儿地认门。每到一家，这家的人就全体走出屋门，在院子里站好，让我们辨认，并且由家长报告自己的罪状，好让我们了解清楚。

就这么一家一家地走，一户一户地认，到了豆苓家时，已是半下午了。豆苓爹一见我们的队伍进了院门，就慌慌地从屋里出来，伛偻着身子站在我们的面前。正在那边用镰刀削着青麻枝叶的豆苓，先是怯怯地看我们一眼，随即垂下头，拉了两个妹妹默默地挨着她爹站下。

“我是个罪人，我剥削过镇上的人……”当豆苓爹絮絮地说着自己的罪行时，豆苓那最小的妹妹大约被这种威压的气氛所吓，突然抱着豆苓的身子哭了起来。

“不哭，不哭。”豆苓急忙弯了腰哄她，但那小姑娘的哭声越来越大，豆苓爹的交代便被这哭声完全打断了。

我看到一班长有要发火的架势，便忙上前示意豆苓和我一起把她的小妹妹扶到屋里。当我扶那小姑娘进屋后转身要走时，豆苓突然一把抓了我的手带着哭音低声问：“魏排长，俺家不会出啥事吧？”

我感觉到她的手在哆嗦，忙摇了摇头安慰她说：“没什么，我们只是来认认门。”

“俺给俺爹说过，让他老老实实，别做啥坏事，打俺记事起，他真的啥坏事也没干。”她轻而急切地说，手仍紧紧地攥着我的手腕。

“只要不做坏事，我们并不会为难他的，放心。”我说着，就想抽回我的手。

“真的吗？”她却把我的手攥得更紧了。我于是只好又点点头。

“你是好人！”突然，豆苓一下子双膝向我跪了下来。“俺感激你！”

我被她的这个举动弄得有些着慌，忙弯腰去扶她。恰在这时，身后传来一班长冷峻的声音：“排长，走吧。”

“走，走。”我尴尬地转过身，分明感到自己的脸全红了——因为我的双手还在搀着豆苓的两臂。

当我们走出豆苓家的院门时，我慌忙向一班长解释："那个姑娘怕我们带走她爹，所以向我下了跪。"

"排长，敌人可是什么计谋都会使的！"一班长的声调冷得有些怕人。

我不敢再同他辩解下去。我担心如果惹恼了他，他会把看到的情况一股脑儿向上级报告。

我忐忑不安地把目光移向天空，空中，有一群蝴蝶在自由自在地上下翻飞。哦，那些蝴蝶！

六

几天之后，一班长又向我建议，排里最好能办个"树立阶级斗争观点，坚定无产阶级立场"的墙报，来教育战士。自然，我只能点头应允。不过，接下去我就不再过问，随他去办，自己只是把时间消磨在查哨上。

一天，我去东南角的岗楼查哨。刚上岗楼，当班的哨兵就竖了指头在嘴边，示意我噤声，我顺了他的手指的方向看去，原来，在爬上岗楼的一棵丝瓜秧上，正栖落着一对很大的蝴蝶。那对蝶儿似乎正在做着一种什么游戏，每隔一两秒钟，不是那只花翅儿的蝴蝶飞起用翅膀拍那只白翅儿的蝴蝶一下，就是白翅儿拍花翅儿一下。"我听镇上人说，这种不合群的成对儿飞的蝴蝶，叫梁祝蝶，"哨兵低声向我说道，"镇上人说它们是梁山伯和祝英台变的，你瞧，它两个多亲热。"

"是么？"我饶有兴趣地观察着那对蝶儿，不想就在这时，岗楼上的电话响了，西南角岗楼上的哨兵向我报告：那里的铁丝网外聚集着一群人，男女都有，且赶着一辆牛车。并问我是不是可以鸣枪惊散他们。我听了报告后一愣：他们总不至于在大白天聚众抢劫军械仓库吧？我在电话中要那哨兵稍等，自己带了几个全副武装的战士跑步赶到西南角的铁丝网外。到那里一看，果然聚了不少男女，还停着一辆牛车，但看那架势，似乎又不像闹事儿的样子。几个妇女把一个穿了一身新衣的二十多岁的姑娘围在中间，正嘻嘻哈哈地说笑；几个男的，抬着两口木箱站在那儿，一副十分轻松的样子。我们几个带枪的一出现，人群中的说笑声便停了下来，一个五十多岁的妇女走过来向我说："魏排长，俺们今儿个要在这里打发姑娘，办件喜事儿，搅扰你们了。"

"哦？没什么，没什么。"我一听说人家要打发姑娘办喜事，心里立时就为自己的唐突行动感到不安，但一些怀疑仍存在心里：打发姑娘怎么会在这个地方？离镇子有里把路，这是什么风俗？我带着几个战士疑惑地刚回到仓库大门口，恰巧看到三豁子挑着一担青菜走过来，一个战士便抢先向三豁子问道：“喂，他们怎么回事？在这里办喜事？”

“嘿嘿，这你们当然就不懂了，”三豁子放下菜担，一边撩起衣襟去擦脸上的汗，一边笑道，“今儿这个新娘子，并不是俺镇上的人，是早些日子从四川跑来的。这几年四川的姑娘、媳妇一个劲儿地往俺河南这个地界跑，光俺镇上，就已经留下了三个。这姑娘前几天在俺镇上要饭，被媒婆五奶奶撞见，就问她愿不愿在这儿找个主儿过日子，她说愿，只要男家是贫下中农、有饭吃就行。原来她家是个富农成分，她爹给她又说了一家富农成分的对象，她怕再跟了坏成分的人继续受罪，就咬咬牙跑了出来。五奶奶后来找了七墩爹，要把这女的说给七墩。七墩家是下中农，今年又分了五十多斤麦子、五百多斤红薯，吃的也有。这事七墩和他爹当然都愿意。昨儿黑里五奶奶已经把那女的送到七墩家，跟七墩睡了一夜，今儿早上我去问七墩咋样，他就只是笑。我后来特意又看了看那女的，还真不赖，两个奶子鼓鼓的，怪大——”

“究竟他们为什么要在这儿办喜事？”我急忙拦住他那无边无沿的话。

“嘿嘿，这叫走走明媒正娶的套路，懂吗？七墩爹特别讲究礼法，说媳妇虽是外乡人，也要按规矩办，来个明媒正娶。可那女的家在四川，迎新的车咋去？没办法，就用以前的规矩，在镇外找个同镇子相隔着看不见的地方，把姑娘打扮好，然后让她坐上迎新的车，由镇上的响器班子吹着送到家里，这样子猛一看去，好像还是从姑娘的娘家接来的，遮遮老天爷的眼！”

三豁子刚说到这儿，镇口上就突然响起了鞭炮声，在这同时，仓库院墙西南角的那伙人，就簇拥着那辆车头挂了红布、牛脖上拴了红绸的牛车，慢慢地向这边走来。车前，四个人的响器班子，把那唢呐和芦笙吹得刺耳朵的响。

当这奇特的迎亲队伍经过仓库大门时，排里的战士们都挤在门口看。我十分清楚地看到，那头上盖了一块红布的新娘，在用手背抹着眼泪。

我觉得我的心像是突然被那缓缓移动的牛车轮碾了一下。

“三豁子，你当初怎么不把这姑娘要了去？”当那迎娶队伍走远之后，我听到炊事员大刘在同三豁子说笑。

“哼——”三豁子很鄙夷地叫了一声，“实话给你说吧，当初五奶奶最先找的是我，要把那女的给我，可我不要！不是养活不起，也不是嫌她成分不好，我就是担心这女的一个人走了这么远，说不定早让哪个男的占了便宜，不是黄花闺女了。我三豁子贫农出身，家里又不是没有东西，要找就找像俺镇上豆苓那样的黄花闺女。豆苓你又不是没见过，那姑娘和这四川女子相比，不强十万八千里？豆苓那脸面看着多美气，那性子多软和，最要紧的是，人家豆苓是黄花姑娘身，你总晓得啥叫黄花姑娘吧？那就是——”

“三豁子，把菜挑进来！”听到他这样地谈论那个纯洁可怜的豆苓，我的心里就禁不住来了一股火气。

“中、中，魏排长。”三豁子一边点头一边挑起菜担，不过，到底还没忘了再回头向大刘宣布一句，“明说吧，老弟，我这辈子非接了豆苓当老婆不可！咱是贫农，又不是不配！”……

七

一个排警卫这座仓库，实在说来，任务并不重，每天用来学习“老三篇”的时间挺多。考虑到当时正是秋收时节，我便决定组织一次助民劳动，帮助镇上的老乡干点农活儿。

那是一个阳光挺好的上午，我带着排里的二十来个战士来到一块高粱地里，帮助砍高粱。排里的战士们大都来自北方农村，对砍高粱的活儿自然都不陌生，大伙儿脱了上衣，就和镇上一些棒劳力一起，抡起短把镢头砍了起来。妇女们和一些老头，则跟在我们的身后，用磨得锃亮的镰刀头，在砍倒了的高粱秆上牵下高粱穗。

我砍了半个多小时，抡镢头的手腕就觉得有些酸痛。我虽也是农村长大的人，却因爹妈的娇惯和自小就开始的学生生活，农民后代的那份耐力和悍力，就丢失了不少。虽然感到了累，但我还是弯着腰砍，我不想落在战士们的后边。终于，当我又坚持挥镢向一棵高粱根部砍去时，手腕对镢头的控制就失去了准确性，镢头从那高粱根上一滑，一下子蹦到了我的左脚上，我只觉得左脚面上一麻，注目一看，鲜血已经涌了出来。

干活的人们见我受伤，都跑了过来，七手八脚地想要帮我止血，但都没有奏效。伤口似乎不浅，一班长和两个老兵虽学过战地救护，但因没有急救包，一时竟也慌得乱了手脚。这时，就听一个中年妇女可着嗓门儿高喊：“豆苓——快过来，这里有人砍伤了！”我模糊地听到不远处是豆苓那柔柔的嗓子应了一声。不一会儿，便看到头发上粘了些高粱叶屑的豆苓气喘吁吁地跑过来。她一看我那涌着血的脚，当下急急地向四周的地上一瞅，弯腰就从地上扯了两棵青青的刺脚芽，团在手上揉了几下，蹲下身子很麻利地把那团揉皱的刺脚芽往我伤口上一按，另一只手又紧紧地压到伤口上方的脚面上。转瞬之间，那血就不再涌流了。又过了片刻，血就彻底止住了。这时，她又迅速起身跑到地边的一棵桑树下，用镰刀在树干上削下一块巴掌大的树皮。她拿了还冒着白浆的桑树皮跑过来，往我伤口上一按，便解下她辫梢上的塑料绳捆扎起我的脚来。

“没大事了，不过他一时不能动，你们去忙吧。”她这时才抬了头喘息着对周围的人说。

“都忙去吧。”我也忍痛朝大伙儿歉意地笑笑。

待人们都去干活之后，她用十分温软的声音安慰我道：“别怕，这刺脚芽是一种吸血性极强的草，可以用来止血；那桑树皮中医又叫桑白皮，有愈合伤口、治疗风湿的作用，要不了几天，伤口就会好的。”我听了她这柔柔的话，疼痛感分明地减轻了许多。

她这时又站起身，麻利地捆了几个高粱秆捆，巧妙地把它们在我头上竖着交叉起来，转眼之间，一个遮太阳的高粱秆庵便搭好了。“你先在这里躺一会儿，不要动，要是疼的话就忍一忍，俺回去拿点药来。”她急急地对我说完，就转身跑开了。

大概有半顿饭的工夫，她又气喘吁吁地拎着一小瓦罐水跑来了。一到我身边，就从衣袋里掏出一种黑黑的中药丸子让我就水吃下，说那是为了防止得破伤风的。接着，又用清水冲洗了我的伤口，在上边撒了一种揉碎了的植物叶末，重新包扎起来，当她伏身细心地包扎着我的伤口时，我看到她那发辫已经完全散了，好多头发被汗水粘贴在那白嫩的脖子上；后背上的衣服也全被汗水濡湿，紧紧地贴在她那丰盈的身上。

“豆苓，麻烦你了。”我的声音被感激和一种莫名的激动弄得发颤了。

她扭过头羞羞地一笑，低柔地说道：“看你说的。”

我不知道接下去该怎么说，只好把目光移向头顶的高粱秆庵。

那庵上，不知什么时候落上了一大群蝴蝶……

八

我在床上躺了一个来星期，伤口就渐渐地好了。躺在床上的时候，不知是不是因为寂寞的缘故，豆苓的面影总是莫名其妙地在眼前晃，而且有时，又很想立刻看见她。到了可以下床的那天，便借口买香烟去了镇上，原是想在街上碰见豆苓的，不料一进镇口，却见一个十五六岁的小姑娘披散着头发，喊叫着迎面奔来。不过很快，她就被一个三十多岁的汉子追上，那大汉抓住那女孩的头发便按在地上打起来，巴掌打得啪啪响，那小姑娘的叫声惨不忍听。

我见状很生气：打孩子也不能这样个打法！便疾步跑过去，朝那男子喝道：“住手！你要打死她！自己的孩子打着也不知心疼？！”

我的话音一落，刚刚围拢过来的几个男女“哄”的一下便都笑了，我被这笑声弄得有些莫名其妙。

那汉子抬头见是我，脸上立刻露出惶恐之色，忙乖乖地站起身走了。

就在这时，我发现豆苓从街边跑过来去扶那小姑娘，当她伸手去擦小姑娘脸上的泪时，自己的眼泪也流了出来。她似乎没有看到我，只是无言地搀着那小姑娘向街里走去。

“我说魏排长，你弄错了！”三豁子这时不知从哪里钻了出来，站到我的面前笑着说。

“错什么了？！”我没好气地瞪他一眼。

“嘿嘿，人家这是打老婆，不是打孩子！”三豁子依旧含着笑说。

“什么！”我吃惊地瞪大了眼，看了一下走出十几步的被豆苓搀着的那个瘦弱小姑娘，她怎会已经成了那大汉的妻子？

“你不晓得哇，”三豁子把嘴凑近了我的耳朵，挥手赶走了在我们头顶盘旋的一对“梁祝蝶”，声音很低地说，“那男的是富农赵留耕的大儿子，他三十八九岁了，还接不来老婆，贫下中农谁敢把自己的女儿给他？没法子，他们就只好换亲，把他自己的妹子给一个右派的儿子，把右派的女儿给一个地主的儿子，把地主的女儿给他。可这个地主的女儿太小，夜里睡觉说啥也不脱裤子，男的一挨她的身子，她就又咬又抓，听说那男的至今也没和她睡上，所以那男的心里憋气，就总找理由打她。”

我的心里猛地一缩，十分震惊地望着那个还在嘤嘤哭泣的小姑娘的背影。

“其实，那男的是个笨蛋！”三豁子这时又低低地说道，“要是我，掏钱去城里买点那种让人睡觉的药，叫女的一吃，她还不是老老实实地让你脱裤子吗？还——”

“走开！”我忍不住爆发地朝他喝了一声。

“咋啦，魏排长？”他被我喝叫得有些发愣，“你生啥气？”

我没再理会他，急忙转身往回走了。

街那头，远远地又传来老疯子荷叶的一声叫喊：“庙里哟——”

九

日子久了，单调的警卫工作和单调的小镇生活，就使枯燥的寂寞的感觉，从战士们的心里一点点地生了出来。平时还好过，我尽力把站岗之外的时间安排满，使大家无暇去想别的，可星期天就颇难打发，无处可逛——小镇上可逛的地方大家都已逛了不知多少遍；无啥可玩——仓库里自然不会有什么文体设施；无东西可看——团里电影队半月才来一次，书籍除了“毛选”还是“毛选”。

又是一个星期天，为了消除大家的寂寞和枯燥感，我想了一个主意：让战士们去田野里采集野金针菜。听三豁子说，这四周的田野里野金针菜不少。干这事一来可让大伙儿到田野里转转、散散心；二来也可用采到的野金针菜改善改善生活。我要求每班分成两组或三组，走得远近都可，只要在中午十二点半以前回来且每人带半斤金针菜就行。战士们一听我这样宣布，都是一副欢喜的样子，早饭后，就相继拿上挎包走了。我给站岗的同志作了点交代之后，便也拿了挎包向西南方的田里走去。

蝴蝶镇四周都是丘陵地，地势一起一伏的，起处为岗，伏处为沟，沟岗之间的地方叫坡。我爬了两道岗站在岗脊上向远处望去，只见大地像起风浪的海面一样，一浪一浪地向天边推进，极为壮观好看。看着看着，肚子里那点儿雅兴就来了，立刻想去脑子里寻两句好听的话来描述所见到的景象。就在我低头琢磨的当儿，从沟中的一片柳树林中蓦然传来一个女人的歌声：

哎——
水在沟中淌，
谷在坡上黄，
草在岗上长。
哟——
女在水中洗衣裳，
郎在坡上锄谷忙，
牛在岗中啃草香。
嗨——
衣裳洗得干净净，
谷地锄得草不生，
牛肚吃得饱哼哼。
……

那歌调悠长如流水，唱歌人的嗓音又非常柔美，引得我不禁移步循声走去。下到坡底才发现，藏在柳林的这段河沟里长了芦苇。我拨开柳枝向沟边望去，顿时一愣：原来是豆苓正背对着我蹲在沟边，洗着一堆刚挖出来的芦根，边洗边哼着歌儿。我的确没有想到，那平日敛眉低首的豆苓，原来还有这么美的歌喉。

我没敢惊动她，就定定地立在那里听她唱着，直到我听得高兴时忘情地拍了一掌，才打断了她的歌声，暴露了我自己。

"噢，是魏排长。"她受惊似的扭过头，一见是我，脸孔就刷地红透了，声音很轻地招呼了一声。

看着她那害羞的样子，我不敢再去称赞她的歌声，就走上前指了她筐中的那些洗净的芦根和几束青蒿问道："你要这些东西干啥？"

"这芦根有凉性，熬水喝了可以败火、消炎，是一味中药；那青蒿清火解毒，对虚寒盗汗有特效。俺爹让挖些放在屋里，镇上常有人找俺爹看病，可没有药，只有靠自己挖一点。"她柔声地解释着，末了，就又问我："魏排长，你走这么远是来干啥？"

"我？来找野金针菜。"我这时才猛地想起要干的事情。

"找野金针菜干啥？"豆苓带了几分意外地问。

"改善生活。"我笑笑，转身便要走。

"哎，等一下，俺晓得哪儿有野金针菜，领你去，中吗？"她忽闪着长长的睫毛问。

"那太谢谢了！"我十分高兴，说实话，我自己心里也很愿和她待在一起。

"你跟我来。"她拎起筐领着我顺着沟边走，走了有一里多地，我们进了一片杂树丛，她指着树丛间的一小片空地说道："你看！"

我的眼立时瞪大了，嗬，那一小片空地上全是野金针，一群蝴蝶正在金针叶间翻飞着。我极欢喜地拍了一下大腿，就要跑过去采掐，不想这时豆苓扯了一下我的衣襟，轻声说："等等，我叫它们走了你再去。"说罢，就先轻步走去，挥手去赶那些落在金针叶上的蝴蝶，边赶边柔柔地说道："走吧，你们待会儿再来。"那声音，俨然像是对一群懂事的孩子说话。

我先是被她的这一举动弄得有些发呆，随之，我就想起了从镇上打听到的关于蝴蝶的传说，于是就明白了，这善良的姑娘是怕我惊吓了那些蝶儿。

"来吧。"她把那些蝶儿赶走之后，向我招了招手，就和我一起采掐起来。将要采掐完的时候，我才突然发现，这些金针一行一行地长着，排列得相当规则，就带几分怀疑地问道："这好像是别人种的吧？"

"不是，"她含着笑摇摇头，"开春时俺来这儿拾柴，歇息时没事，就把见到的野金针移栽到这块空地上，想待秋后一块儿来收了。"

"嗬，你真是个有心人呀！"我忘情地一把抓住她的手摇着，她的脸立时羞得红透了，却并没有挣出手，只是低了头，顺从地任我摇着……

十

可能是在一周之后的一个晚上吧，我去镇上找吴主任联系一件事，回来时刚走到镇外，忽然听到路边一个草垛后，传来两个人的喘息声和撕扯声，那声音虽然听来不甚分明，但内中有一个是女的却大致可以辨出。当兵已经几年，警惕性还是有的。我于是悄步循声找去，走了十几步，忽然听清那女的声音原来是豆苓的，只听她哀哀地说道："三哥，求求你……三哥……求求你……"我心中一惊，猛地拧开手电向草垛那边跑去，在手电光柱中，只见三豁子正紧抱着豆苓撕扯着她的衣服，豆苓的上衣已被撕开，她正双手掩着胸脯死命地挣扎。我恼怒至极地奔上去，照着三豁子的肩头就是狠狠的一拳："住手！"

三豁子被我的手电和这一拳惊愣在那儿，这当儿，豆苓已掩上怀飞快地躲到了我的身后。

"你竟敢侮辱姑娘，走！跟我到吴主任那里去！"我感到自己的身子因为气恨在哆嗦。

三豁子这时大约已听出是我的声音，脸上的惊惧竟慢慢地退去："嘿嘿，是魏排长呀，你军务怪忙的，就别管俺们这地方上的事了。豆苓早晚也是我的人，我给她爹已经说过两回了。"

"少啰唆！走！"我跨前一步，伸手想去抓他的胳膊，不料他身子极快地一缩，竟转身撒腿跑了。

"站住！"我刚要飞脚去追，豆苓却已死死地扯住了我的胳膊，哽咽着说道："魏排长，别、别，俺家成分不好，吴主任就是知道了也不会管的。还有，事情传出去丢人，丢人哪……"说着，就哀哀地哭了起来。

我只能恨恨地跺了一下脚。

"吃了晚饭，他去俺家说他侄儿伤风发烧，让俺去看看，俺听后就慌忙拿了几味中药随他走，谁知他把俺拉到这儿来……呜呜……"

我一时想不出该用什么话来安慰她，就只好默默地站在那里，任她抱住我的胳膊，静听着她那尽力抑低的哭声，心里感到一阵阵的揪痛。

"豆苓，时候不早了，你回去吧，以后小心防着他点。"我拍了拍她的手，终于这样说了一句。

她勉强地抑住哽咽，站直了身子。

恰在这时，黑黑的街里边，蓦然传出老疯子一声凄厉的叫："庙里哟——"随着这叫声的响起，几只狗就猛地吠了起来。

余悸未消的豆苓，立时又骇然地扑到我的身上。我即刻就感受到她那纤细的身子在索索抖动。

“别怕，走，我送你！”我抚慰地对她说。她紧紧地抱住我的一只胳膊跟我走，完全把我当作了她的依靠。

直把她送到她家门口，我才又返回仓库。

这天晚上，一股对三豁子的强烈气恼，折腾得我在床上翻来覆去的，怎么也睡不着。好像三豁子今晚不仅侮辱了豆苓，也侮辱了我。直到这时，我才极清楚地意识到，在自己的心灵深处，其实是爱着豆苓的。现在我会把任何人对她的不恭，都看作是对我的不恭。

意识到这点，一缕恐惧又来折磨我：“你难道不知道她是历史反革命分子的女儿？你怎么敢爱这样的姑娘？”

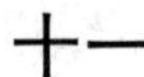

十一

恐惧虽是恐惧，然而对豆苓的那种感情却终不能逐出心里，并且有时候，为了抵御那恐惧，我就自己在心里给自己壮着胆子：你爱的是一个历史反革命分子的女儿，又不是历史反革命分子，怕什么？

几天之后的一个无月的晚上，我照例提了枪去查哨，刚走到东北角的岗楼上，忽然就听到小石桥头有一个小姑娘在哭喊着：“姐姐——姐姐——”声音十分慌张。时辰这样晚了，一个小姑娘在桥头喊姐姐干什么？是不是找不到大人了？我这样想着，就向哨兵交代了一句，急急地向桥头奔去。走近亮了手电一看，原来那小姑娘是豆苓的妹妹。我问她叫姐姐干什么，她哭着诉说：“俺爹傍黑时给俺姐姐说了一阵子话，自那以后，俺姐就趴在床上哭，一直哭到刚才，她又从屋里跑了出来，爹让俺拉她回家，可俺撵不上她，呜呜……”

我一听就觉得事情有些严重，黑更半夜的，以豆苓那样的胆量，一般是不会在此时向野外跑的。我问了一下她姐姐跑走的方向，就嘱她先回家，自己亮了手电急急地去追。我十分慌张地跑了几百米之后，手电光才照着了在前边踉踉跄跄走着的豆苓。我喊了几声，她并不停步子，直到我奔到前边拦了她的路，她才突然一下子双手捂脸蹲到了地上，发出了一阵抑低了的悲伤至极的哭声。

“出了什么事？”我急急地问，我觉得她的哭声已把我的心揉得很疼。

她并不回答，只是一个劲地哭。

在我连声的追问下，她终于哽咽着说道：“今儿后晌，三豁子悄悄提了两瓶酒去俺家，要俺爹把俺嫁给他。俺不愿，俺怕他。可俺爹当时并没有回绝他，还说让他三天以后来听准信儿……”

“哦？”我的心立时一缩，没料到三豁子竟真的敢上门求亲，“你爹为什么不回绝他？”我听出自己的声音里带着一些气恼。

“俺爹说，到如今去俺家求亲的，都是地富反坏右成分家的人，三豁子虽然长得不好看，但总是贫农成分，我今后到他家，受的罪会少些。再说，俺爹也不敢回绝他，怕他以后跟俺家作对，为难俺家。可俺实在是不愿跟他，不愿跟他！”

“这个狗杂种！”一股莫名的气恨涌上心头，我打断了豆苓的话，“你回去吧！我马上去找三豁子，警告他。”

“不中，不中，他不会听你的，他会说他这样做是高抬俺家，过后他还会缠俺的。”豆苓呜咽着摇头。

“那我明天去找吴主任，让他来制止三豁子！”我这样说罢，也立时意识到这主意的荒唐，三豁子求婚并不是什么违法的事，我怎能去说服吴主任制止他？

“吴主任不会管俺这样人家的事的，魏排长，你走吧，俺有办法，你走吧。”她这时停了哭说，同时，抹了抹眼泪站起来。

“什么办法？”她这种反常的平静起初让我感到一点宽心，但随之又让我产生一些怀疑，“你有什么办法？”

“你别管，你走吧，俺有办法，你走吧！”她的声音平静得有些出奇，好像刚才哭着的她与此时的她完全是两个人。然而，正是这种出奇的平静使我的怀疑加重了，我伸手抓住她的一只胳膊摇晃了一下，原是想催问她的，不想经我一晃，一个瓶子蓦地从她的衣袋里滚了出来，我按亮手电一看，禁不住瞪大了眼，那原来是一瓶剧毒农药“三九一一”！

“豆苓！”我慌忙抓住她的双臂，立刻，我就感受到了她的身子像狂风中的一片树叶在剧烈地颤抖。那一瞬间，原先压在我心底的对她的爱恋伴着一种要保护这个可怜姑娘的责任感，猛地爆发了，使我立刻用无一丝犹豫的声音说道：“豆苓，如果你愿意，就跟我结婚，从今以后谁也不敢欺负你！”

不知道经过多长时间的静默，豆苓猛地扑到我的怀里，发出一阵揪心的低泣。

我一边抚慰地拍着她那颤抖不止的身子，一边暗暗地在心里坚定着自己的决心：“你既然是一个男子汉，你既然爱她，你就应该保护她！你不要怕！”

然而，我终于还是怯怯地向黑暗的四周环顾了一下。

豆苓的脸紧紧地贴在我的胸脯上，身子逐渐地平静下来不再颤抖了。又在沉默中过了许久之后，她才抬起头低微而颤抖地说：“俺以后给你洗衣、做饭，你病了俺给你端茶、熬药，你生气了可以打俺、骂俺，俺给你生儿生女，俺伺候你一辈子……”

我低下头，轻轻吻着她那充溢着皂荚香味的黑发，在心里无声地发誓："豆苓，我一定要保护你！"

"庙里哟——"远远的镇街上，又蓦地传来了疯子荷叶一声凄厉的叫喊。

我和豆苓几乎同时打了一个冷战……

十二

那晚同豆苓分手的时候，我告诉她第二天晚上去她家，向她爹说明我同她定婚的情况，让她爹回绝三豁子的求婚。然而到了第二天晚饭后要动身时，一丝犹豫到底还是产生了，万一让别人发现了怎么办？好在，我没有让这丝犹豫蔓延滋长下去，而是用"上级规定部队干部可以在驻地附近找对象结婚，我找豆苓是光明正大"的理由，压下了那丝犹豫。自然，我走前并没有给三个班长说明真意，只说去镇上了解情况。我想待事情完全定下并且向连里干部报告以后，再让他们知道这事。

天是已经完全黑透，镇街上留下的，就只有从街两边人家窗隙门缝里漏出来的一星半点灯光。我没遇到一个人，就走到豆苓的家门口，刚要抬手敲门，门却无声地开了，跟着，豆苓便一下扑到我的怀里，低低地说道："天一黑俺就在门后等你。"声音里溢着无限的柔情。

我轻轻地拍了拍她的肩膀，她就转身引我向堂屋走去。

她爹正坐在屋里用蒜臼捣碎着一种中药，胳膊一上一下的，相当吃力，见我进去，慌忙起身让座。我刚坐下，他就用一种很激动的语调说道："魏排长，苓儿已把你们的事给我说了，我高兴啊，我是一个罪人，没想到你还能看得起俺们，你是好心人呀。三豁子明儿再来，我就回了他。你俩以后完了婚，就单另着过日子，别让外人说你们同我划不清界限，只要你们的日子过得顺心，我就高兴，咳、咳、咳……"说着说着，他就爆发出一阵剧烈的咳嗽。当他终于止了咳嗽，朝女儿挥了挥手说："快领魏排长去你房里歇歇，给他烧碗鸡蛋茶喝。"

初次经历这种场合，而且面对的又是这样一个特殊身份的岳父，话，简直就不知该说些什么。好在豆苓预先已经说清，来的目的已经达到。现在他这样一讲，使我刚好可以摆脱这种尴尬的局面。我于是急忙起身，随着豆苓往她住的西屋走去。

刚走进豆苓的闺房，她便立刻拿出一个用旧布条做成的掸子给我拍打身上的灰。之后，又很快给我端来一盆温水让我洗脸。脸还没有擦完，她又把预先做好温在锅里的一碗荷包蛋端到我的面前。望着那腾着热气的碗，一股极暖的东西就向心里流去。出来当兵这么几年，温馨的家庭生活离得已经太远，而今晚，我又沉浸在这几乎淡忘了的家庭氛围中。我注意到豆苓今晚也一改过去那种凄婉神色，颊上始终溢着欢喜，因此，她的妩媚和秀气就更添了几分。

我边吃着荷包蛋边看着这间不大的土坯垒就的屋子，屋子里只有一口没有上过漆的白木箱和一张床。白木箱用土坯支着放在床头当桌子，煤油灯就放在上边。床上放着一床旧花布面的被子，铺着一个打了补丁的白布单子。屋子里虽然没什么东西，但收拾得非常整洁，加上弥漫在屋中的那股浓浓的皂荚香味，给人一种很舒服的感觉。

“家里穷得很。”豆苓大约看到我在打量屋里的东西，忙低低地说了一句，声音含着一丝歉疚。

“穷一点儿怕什么，以后咱们再慢慢地置买东西。”我一边把空碗放在木箱上，一边去拉了她的手，她立刻羞羞地垂下眉毛，顺从地依在我的怀里。

“那是你剪的？”我指了指贴在墙上的一对用红纸剪成的蝴蝶问。

“嗯。”她点了点头，“俺镇上的女孩子都会剪蝶儿，俺剪的这种蝶儿叫‘梁祝蝶’，可惜没有彩纸，要不，俺能把它们的翅儿剪成带彩的。你见过‘梁祝蝶’吗？俺这地方有的是，它们可漂亮了。”

“你们这地方不光蝴蝶漂亮，人也漂亮，你知道自己有多漂亮吗？”我附在她耳朵上带了笑说。她闻言羞得忙把脸更紧地藏在我的怀里。“不过，我还要把你打扮得更漂亮些，给，把这些钱先拿着，明天去街上买两件新衣服穿。”说着，就从衣袋里掏出这个月刚发的工资。

“不、不，俺不要，”她急忙仰起脸说，眸子中含着一丝恳求，“只要你在俺身边就行！”

我没有任她说下去，只管把钱放到箱子上，便捧了她的脸吻着，她微微地张开丰润的双唇，让我尽情地吻着。一种从未体验过的半醉的舒服感觉，霎时弥漫了我的全身。几乎是未加思索的，我就在她的耳边激动地说：“小苓，我尽快地向领导汇报我们的事，提出结婚申请，待一批下来，我们就结婚！”

“俺听你的，”她低低地说，“俺给俺爹说了，让他先不要向外讲我俩的事，你什么时候说结婚，再给外人讲。反正俺现在有了你这个靠山，心里头不再空落落的了。有了你，俺两个妹妹的日子以后也会好过些。”

她那温软、信任的话语，在我心里激起了巨大的柔情，我把她紧紧地抱在怀里，一边抚着她那软软的身子，一边发誓似的说：“我一定要让你快快乐乐地生活！”这誓言，是一丝儿做作都不含的。

“俺真庆幸遇到了你，”她的声音柔柔的，“从第一回见到你，俺就觉得你是个好人。俺常在心里想，这辈子要有你这样好心的人做靠山过日子，该有多好。你那回脚上被镬头砍伤之后，俺只怕伤口会化脓，夜里挂念得总睡不着，有时，就真想大着胆子去看看你，可想想又不敢了。俺没想到你要俺，俺家的成分不好，家里又穷，俺又笨……"

"小苓！"我急忙用手捂住她的嘴，制止她说下去。

"俺的命到底还好，"我的手一移开，她就又低低地说道，声音却是幽幽的了，"昨夜里要不是遇到你，俺今儿个就不在人世上了。"

我的身子不自主地颤了一下："你不该去想那条路！"

"俺以后再不会去想那条路了，"她的声音又有了喜气，"俺有你这个靠山了。"

一股后怕，就在心里冷冷地升上来：倘若昨晚我没有听到她妹妹的哭喊，那么……就在我沉入这样的思绪中时，我抚在她胸部的手无意间碰开了她胸口上的一个衣扣，她抬起羞红的脸看了我一眼，一边又把脸藏到我的怀里，一边抬起一只手去解上衣的纽扣。

蓦地，我觉得有一股火喷到了脸上，整个的身子，也开始不由自主地哆嗦了起来。

"那你……就在这儿住到半夜吧。"她的声音低微得难以听见，"你要一夜不回去，排里的人说不定会来找你的，反正俺以后就是你的。"我分明地听出，她的声音也在抖。

我心里极清楚地知道，我应该说一句："不，你误解我了。"但那话音，却被一团极热的东西堵到了喉咙口；我的手极想去制止她那解衣扣的动作，但那胳膊，却被一种可怕的力量钳压着一动不动。我只是用那骤然间变得蒙眬了的双眼，直望着那摇曳的煤油灯火苗，直到豆苓抬起红透了的脸孔把它吹灭……

十三

我回到仓库里的时候，已是午夜十二点钟了。

所幸的是，那时夜岗带班的不是一班长而是三班长，他没有多问什么，我只向他说了一句"去镇上有点事"，便进屋提了手枪去查岗。查岗回来一躺到床上，便又开始了幸福的回味。

啊，长这么大，实在说，我还是第一次知道，人生，原来竟有那么甜蜜、美好的时刻。

一些儿对胡子连长的感激和对自己命运的庆幸，使我几乎要笑出声来：连长，倘不是你派我来这里驻扎，我怎能得到这样一个美丽、温柔的妻子。

最终，还是酣梦将我的幸福回味打断。

第二天早饭后，我给连里摇了电话，想向连长或指导员报告一下自己同豆苓订婚的事，顺便提出结婚申请。然而连长和指导员恰恰那日去团里开会，要两天后才回来。我一听只好作罢，就等两天再说吧。

整个上午，我都在领着几个战士修补仓库四周的铁丝网。大约是心中的那团欢喜在起作用，往日见惯的一切，今日看上去都比平时显得美丽。蓝天，仿佛格外纯净；绿树，似乎更加青翠；野花，像是越发艳丽。甚至不知不觉间，还哼起了在岗楼上听到的镇上小伙子们唱的小调："二亩薄地三间房，一头牛来四只羊，老婆家中拉风箱，娃儿村头放着羊，俺扶木犁地里忙……"我反常的好兴致引起了战士们的注意，一个战士笑着说道："排长，你好像遇到了什么喜事！"我一听这话，心里当下一惊，赶紧暗暗地提醒自己："你不要得意忘形，这事在没有向连首长报告之前，还不能暴露出来。"这之后，我用了很大努力，才把心中的高兴强压下来。恢复了惯常的那种样子。

中间休息时，我们到厨房去喝开水，恰逢三豁子送菜来了。自那次他向豆苓撒野被我撞见之后，我见了他的面就根本不再理他。此时，我自然地又把脸扭向一边，但他并没有什么不好意思，仍如往常那样对我嘿嘿笑笑，从耳根后摸出一根揉皱了的香烟很热情地向我让道："魏排长，来一根，白河桥烟！"我冷冷地摇了下头，他就又收回去放在耳根后。这时，炊事员刚好把面条煮好捞进盆里，他看见后，一边唱歌似的叨念着："筛箩箩，打面面，客来了，做啥饭？捞面条，打鸡蛋，呼噜呼噜两三碗"；一边就去摸碗盛面条。面条盛好，笑着向我说一句："先尝尝。"便兀自蹲下来声音极响地吞着。因为他见东西就吃已经成了习惯，战士们倒也没谁去说他。这时爱开玩笑的大刘向他叫道："三豁子，你不是说要找那个豆苓姑娘做老婆吗？怎么样？有进展吗？"

"嘿嘿，"他一边刷着空碗一边模棱两可地笑，"实话给你说吧，我昨儿个还在她家，她爹说，家里没人手做活，现在不想让她出嫁。"

"那不等于完了吗？"大刘嘻嘻笑着。

"啥叫完了？"三豁子眼瞪得极大，脸上露出一些气愤，"我说你们当兵的，这些事根本就不懂，晓得不晓得好事多磨？哪有你一上门求婚人家就立时答应的？真是的！我说你们众位只管放心，俺说话又不是不算数，那豆苓姑娘早晚会躺在我的床上！"

听了他这话，以我当时那股怒气，真想上前给他两个耳光，但我到底还是抑制住自己。转瞬，我又为他感到悲哀：一个单相思的可怜的家伙！我不想再听他瞎说，就走出了厨房。

刚走出厨房，排里的值日员跑来向我报告，师后勤部来电话，说今晚有两辆汽车来仓库，让我明天早晨带四个战士随车前往军区四〇五仓库，从那里拉一批军械、子弹回来。

我听后感到一丝遗憾：这么一来，向连首长报告同豆苓订婚并申请结婚的事，就又要推迟一些天了。

十四

大概从半下午起，我就在心里时时地催着西天的太阳：快沉下去吧，你！

我想在天黑之后去豆苓家！

去她家的动机，固然是想把今天没能向首长申请结婚和明天出差的事告诉她，但这不是最重要的。最重要的是我迫切地想见到她——一种我从未体验过的强烈思念折磨着我。虽然同她仅仅只有一个白天没有见面，但在我却仿佛已分开了一年。

夜晚，终于缓缓地来了。

我组织完晚点名，检查了一遍库房，排完当夜的岗哨，就悄悄地向镇上走去。

到了豆苓家，我径直进了豆苓住的西屋。正站在床边叠着一件衣服的豆苓扭脸看到我，先是羞怯而温柔地一笑，随即便轻步走过来偎在我的怀里，听凭我急切地吻着她。

于是，脚下的地，在那一瞬间，就又带着我旋转起来。

“俺用你留下的钱，给你买了一件秋衣和一条秋裤。”当我扶她在床沿坐下，她指了一下床上她刚才叠着的衣服说。我这才注意到，那床上放着的秋衣、秋裤是男式的。

“怎么搞的？不是说让你给自己买身衣服吗？我身上穿的有衬衣衬裤。”我立时就开口抱怨。

“俺昨夜里看了，你的衬衣衬裤都已经烂了。俺衣服有的穿，再说，俺又不出门。你在外边跑，穿的衣服烂了叫人家笑话。还有，以后日子长着哩，钱能省就省一点。”她边说边把一卷钱从衣袋里掏出来要递给我，我嗔怪地打了一下她的手，她才柔柔地一笑：“那就先放俺身上。”

“你为什么不给自己买一点东西？”我怨怪的话里含着说不出的爱怜。

“买了。”她的眉毛一扬，颊上显出了欢喜和满足的笑纹，跟着就去衣袋里掏出两样东西放到我手上，我定睛一看，原来是一个黑色的发卡和一小盒“万紫千红”

牌香脂。

我突然觉得有一股酸酸的东西淌过心头，便一下子又把她搂到怀里。“可怜的姑娘，我今后一定要让你过上好生活！”我于是又在心里重复着自己的决心。

当她温顺地躺到我的怀里的时候，我开玩笑地说道：“小苓，那天挖芦根时我听你唱歌，听得心都醉了，今夜还能不能再给我唱一段。”

她听后先是把脸伏在我的胸脯上害羞地笑了，随后又附在我的耳边悄悄地说：“俺就低声再给你唱一段。”说罢，她便用只有我才能听到的声音柔柔地唱道：

枣儿结满树，
熟到八月中，
俺来扬棍打，
落下满地红，
一边叫娃儿，
一边郎前捧。
……

听着这柔美的歌声，抚着她那光滑的肌肤，我的心又完全地醉了……

我从豆苓家回到仓库，又已经是十二点多了。快进仓库大门口时，我心里原本就有些慌，不巧偏偏又碰上带岗的一班长。我想像前一晚那样，说句“我去镇上有点事”就走，却不料一班长这时声调严肃地喊了一声：“魏排长，你等等！”

我心中当时就一惊，不过，到底还是用了平静的声音问他：

“有事？”

“排长，我今天上午去镇上买日记本，听一个售货员讲，昨天晚上你到那个叫豆苓的姑娘家去了，是真的吗？”

我分明感到，浑身的汗毛立时就竖了起来，但我那还算聪明的脑子到底是想出了应付的主意：“是真的。我去了解一点有关她父亲的问题，怎么了？”我自然听出自己声音的不自然。

“我们都是无产阶级革命战士，”他的声音冷到我的心里，“我觉得我应该提醒你，要站稳立场！任何背叛行为，都不会有好下场！”

这种明显地含着教训的口吻，立时引起我极大的反感，以至于有一刹那，我真想把我同豆苓已经订婚的事告诉他，看他能怎么办！

不过，最终，我还是只说了一句：“谢谢你的提醒。”这倒不是因为我怕他知道我同豆苓订婚的事——这事反正迟早要公开，我担心的是，怕他去了解我这两晚住在豆苓那儿的情况。

这天晚上，我没有像前一夜睡得那样安宁……

十五

我是一周之后才回到仓库里的。

自然，我的心一下子就飞到了豆苓身边，但我知道，马上应该办的，就是向连里首长汇报自己同豆苓订婚的事并申请结婚。自己不能再和豆苓偷偷摸摸地过日子。于是，刚一下汽车，我草草地洗了脸，就去向连里摇电话。谁知电话还没摇通，门口就响起了摩托车声，扭头一看，原来是胡子连长坐着摩托车来了。我当即高兴地奔出门去迎接连长，但跑近一看连长那冷峻的脸色，心里就又怵然一惊：连长突然来这里干什么？是不是在我出差期间，一班长打电话向他报告了我和豆苓的事，他专为处理这件事而来的？一道冷冷的东西爬上了后背，心中顿时也就后悔起来：那天打电话问清连里干部去团里开会时，自己应该把电话随即转到团里找连长报告。要知道，这样的事由自己来报告和由别人揭发可不是一个性质。一班长啊，你可真会害人！

我一边这样想着，一边把连长让进自己的宿舍。事情是那样的意外，连长坐下后竟会开口说出这样的话："我是专为处理一班长的事来的！团政治处昨天通知我们连，一班长在家里的哥哥最近同一个现行反革命分子的女儿结了婚，并告诉我们，鉴于他有这样的社会关系，已不适宜再当团里的学习积极分子，不适宜再执行警卫军械仓库这一重要任务，不适宜在部队继续服役。要我们立即宣布撤销他的学习积极分子称号，马上从你们排将他调回连队，并尽快安排他中途退役。"

极度的惊诧使我在连长面前呆立了很久，原先的那份担心，却完全地放下了。然而，对于一班长能否承受住这个打击，我又担心起来。他平日是那样坚定地站在无产阶级的行列里，这会儿猝然地把他推出去，他能接受得了吗？

我看出连长的心情也十分沉重。他是关东人，平日就颇重情义，如今自己的一个战士被这样的处置，在他当然是不会感到轻松的。

我按照连长的指示，把一班长叫了来，连长先问最近他家里来信向他说过什么没有，他讲爹妈来信没说什么大事，只说他哥哥已同家里分开过日子，断绝了往来。他估计是哥哥同父母生了气。当连长开始向他讲真情实况和团政治处的决定时，我注意到他的眼光先是惊骇，继是惶惑，最后竟成了木然。结局有些出乎我的意料，他没有争执和表白，甚至连这样做的一点愿望也没有。当谈话结束，连长告诉他下午带背包一块儿回连队时，他只是用平静中带点恳求的声调转向我说："排长，上午还有我一班岗，我站完这班岗再收拾行李吧。”

我点点头，没有拒绝他这个要求。其实，他午饭后就要走，岗是完全不必站的，但我想他一向积极，此时拒绝他的这个要求，岂不等于已经嫌弃他了？

他走后，我和连长默然相坐，我琢磨着怎样开口向连长说出自己同豆苓订婚的事，突然听到东北角的岗楼上传来啪啪两声枪响。经过瞬间的惊愕，我立时提了手枪向东北角的岗楼奔去。待我跑上岗楼时，几个先我跑到的战士默默地闪开了身子，一个我从未想到的场面呈现在眼前：一班长双手握着冲锋枪仰躺在地板上，枪口朝着自己的胸口，鲜红的血正从他的胸口爬出。

“一班长——”我扑到他的身边。然而，他的身子已在渐渐地变凉，再要拉住那走远了的生命，已经不可能了。

我震惊地望着他那分明带着委屈的脸，抖着手想去擦净他脸上的血迹，不想刚刚触到他的脸颊，从他那紧闭的眼中，却蓦然滚下两滴晶亮的残泪。

“庙里哟——”就在这时，从远远的镇口，又倏地传来了疯子荷叶的一声叫喊……

十六

接下来的二十多天，我就一直在忙着处理一班长自杀的事：火化遗体；通知他的父母来队；整理遗物；安慰两位失子的老人。人料不到的事情实在太多了，尽管连长和我一再向上边反映一班长生前的表现，可上边还是根据他自杀的举动，对他作出了“自绝于党和人民的叛徒”的结论。一班长的父母最后含泪离开了部队，带走的东西除了儿子的骨灰盒，就是儿子写下的十几本学习心得了。我在整理遗物时已经发现，在那些学习心得中，就有一页上这样写着：“对于排长丧失阶级立场的事，调查清楚后一定要向上级报告……”

我看着一班长的父母蹒跚着走出营区，一种突然而至的恐惧一下子攫住了我的心脏，身子也不由自主地哆嗦了一下，我想起了我自己。

倘若我和豆苓结婚，我那参了军的弟弟是不是也会出这样的事？

立时地，我就打了一个寒噤。

这些天，半是因为太忙，半是因为心绪太乱，我一直没去豆苓家。我估计她在焦急地盼着我，于是，在一班长后事料理完了的一个晚上，便找了个机会去了她家。

自然，又是一番别离后再相聚的亲热，然而，这晚上我的情绪，却始终没升高到那两晚的程度，一班长那张沾满鲜血的脸总在我眼前来回地晃。

为了向豆苓解释我这些天为什么没来，向她说明申请结婚的事为什么还没向领导讲，我向她讲了一班长的情况。她躺在我的怀里，瞪着受了极度惊吓的眼睛听完我的讲述，软软的身子明显地抖了几下，以至于我感到有些后悔。

快到十二点的时候我起来穿衣要回仓库，豆苓突然又扑到我的怀里带着哭音说道:“要不，你就别向领导说我们要结婚的事！”

“瞎说！”我抚慰地拍了拍她的身子，“我们不能这样偷偷摸摸地生活，应该公开地成为夫妻，我们连长还在这里，我明天就向他汇报！这些天，我怕他心绪不好，一直没——”

“庙里哟——”夜游的荷叶一声尖厉的喊叫蓦然从当街上传来，惊得我俩又同时身子一缩……

第二天上午，我鼓足了勇气，向连长一五一十地汇报了我和豆苓订婚的事，并提出了请求批准结婚的要求，只是隐瞒了我曾在豆苓那儿住过的情况。

连长一直默默地吸着烟，缓缓地踱着步。

我讲完之后，他仍旧默默地吸烟，缓缓地踱步，直到我的忍耐到了极限，连催几遍:“你说行吗？”他才用极慢的频率，静静地吐着那些令我感到重极了的字:“你知道你同她结婚的后果吗？你已经二十多岁，应该知道凡事都是有后果的。你俩结婚，第一，你必须丢掉你的党籍、军籍和排长职务；第二，你母亲将会因为你的去职而失去经济上的接济而代之为精神上的打击；第三，你的弟弟、妹妹今后将永远没有参军、上学、招工、提干的希望；第四，你的孩子今后将会因为外公的问题而永远不能在社会上抬起头来做人；第五，你弟弟、妹妹的后代也会因为你的婚事受到连累。你用这么多的东西换来一个妻子，是不是有点太残酷了？！”

我清楚地觉得自己的两腿哆嗦了一下。虽然我曾经想过这件婚事会给我的前途带来影响，却绝没有想到这么多的东西。

“再想想吧，”连长神色忧郁地拍了拍我的肩膀，“用理智，别用感情……”

我呆然地仰头看着蓝天。

天上，有几对“梁祝蝶”飘飘飞过……

十七

苦苦地，我想了二十天。

然而，我到底也没有想出该怎么办。

坚决地同豆苓结婚？自己从此变成一个老百姓倒没有什么，因为我原本就不是官家的子弟。可一想到从小就想当一个解放军战士的弟弟，将因此要从部队中途退役；一想到爱唱歌的妹妹，将因此永远失去到音乐院校学习的机会；一想到年迈的、操劳了一辈子的妈妈，将因此重新过上担惊受怕的日子，我的心，就又痛苦地缩紧了。

现在同豆苓分手？不，不能！我那样爱她，她又那样地爱我、信任我，并且我曾那样坚决地向她许诺过，而她实际上已经成了我的妻子，现在分手，我怎能忍受得住这离别？她怎能承受得住这打击？还有，良心，如何下得去？

茫然一片，一片茫然，我不知该怎样选择，却又必须去选择。

饭，自然吃不下；觉，当然也睡不着。战士们都以为我病了。

这期间，我一次也没敢再去豆苓家，我怕在没有拿定主意的时候见到她，我怕她看出我心里的犹豫与苦痛。

那天，我勉强坚持着去查岗，刚走到东北角的岗楼上，忽然瞥见豆苓正蹲在小石桥头的河边洗衣服，每揉几下衣服，就抬头往仓库这边看一眼。我知道，她是在盼着看见我，然而，她最终也没有发现站在岗楼上的我。我拿过哨兵的望远镜，装作无目的地四下瞭望，最后把镜头对准了她。镜中，我看着她不时抬头向仓库门口观望的焦虑样子，一股负疚感就倏然涌上心头，我顿时强烈地感到，我不能把这样一个挚爱自己的女人抛弃掉。心中的天平到底倾斜了，就在这一刻，我决定丢掉其他的一切，要豆苓！今晚就去她家向她说明！妈妈，原谅你的不孝之子！弟弟，妹妹，原谅你们的哥哥！

晚饭后，我找了一个借口，向镇上豆苓家走去。

进了豆苓的屋门，我发现她正弯腰蹲在那里干呕，当时一愣，急忙上前扶住她问："怎么，病了？"

"昨夜里受了点凉。"她仍像往常那样羞怯地一笑，缓缓站起偎在我的怀里，我注意到她的脸有些苍白。

"你瘦得这样厉害！"她摸着我明显凹下去的脸颊说，声音霎时变得幽幽的，内中含了不尽的心疼。

"病了几天，没啥。"我掩饰地笑笑。"小苓，结了婚后，我想脱下军装，就在你们这儿落户。"迫不及待地，我把话转到了这个题目上，我害怕拖下去自己又会失了勇气。

"先不要说这个。"豆苓一边解着我的衣扣，一边抬手捂了我的嘴。

"其实，干了这么多年，兵我已经当够了，我们两个以后就凭自己的手吃饭。"当她躺在我怀里的时候，我又提起了这个话题。说这话的意思，自然是让她对将来我们的生活境遇，先有一点思想上的准备。

"先不说这个。"她又打断了我的话，随即附在我的耳边说："你不是爱听俺唱歌吗？俺再给你唱一段，好吗？”说罢，不等我应声，便轻声唱了起来：

“巧姑娘，坐上房，
扎个荷包有名堂，
一扎清风和细雨，
二扎鲤鱼跳河江，
三扎蜜蜂采百花，
四扎蝴蝶扇翅膀，
五扎罗汉排排座，
六扎仙女散花香，
七扎狐狸探青草，
八扎嫦娥奔月亮，
九扎鸳鸯戏池水，
十扎鸾凤彩衣长，
荷包扎好人离分，
不知何日得送郎，
……

直到我穿起衣服要离开，她还不让我提那个话题，我心里很有些奇怪：她怎么对结婚的事一点儿也不着急了？也罢，待我把所有的事都办妥再来告诉她也行。

我想象着，下次再来，军装该是已经脱去了。那时，我就可以毫无顾忌地和豆苓去领结婚证了。

我临出门，她忽然把一包干芦根和干野菊花放在我的手里说：

“拿上，以后觉着身上火气大了，就熬点水喝。”

“现在天已经冷了，哪还会有什么火气。”我说着又把纸包放到木箱上。

“以后天还会热的。”她执意地把那纸包又放到我的手上。

我为她的这点固执感到好笑，不过，因怕惹她生气，就拿了那纸包向门外走。

她没有像往日那样，送我到屋门口就插上门，而是硬把我送到了街上。

“回去吧，外边冷。”我摸了摸她的脸，轻声催她回去，但猛地，我感到手指碰到了她的泪水。

“你哭了？”我有些意外。

“没。刚才出门时眯了眼，揉的。”她柔柔地说，声音里似乎还带了点笑。

"回去吧，等我的消息。"

"嗯。"

我转身刚迈开一步，街那头又猛地传来夜游的荷叶一声凄厉的叫："庙里哟——"

声音来得太出人意料，惊得我浑身的汗毛都竖了起来……

十八

我几次拿起电话筒，想把我坚决要同豆苓结婚的决定告诉连长，然而，几次都是电话即将接通时我又放下了话筒。

我又陷入了犹豫之中。

我现在才知道，一个人要将自己已经获得的东西放弃掉，实在不是一件轻松的事。

一想到在不久的将来，我将既不是一个军人，也不是一个党员，更不是一个干部；每月既没有三十七斤半粮票，也没有五十二块钱，不仅不能再领导指挥别人，而且还要丧失人们起码的尊重时，我当初的那个决心就又开始动摇了。

一周的时间，就在这动摇中悄无声息地过去。

那日黄昏，我正站在宿舍门外望着一群翻飞的蝴蝶在那儿呆想，忽然听到三豁子在厨房同炊事员大刘说着话，不觉有些诧异：他平时送菜都是上午来，怎么今天晚上来了？片刻之后，三豁子从厨房出来看见了我，立时走过来很欢喜地叫道："魏排长，我明儿个要结婚，今黑里就提前把菜送了来。"说着，就从耳根后取出一根纸烟递过来："来，吸一根，喜烟哩！"

"噢，新娘是哪儿的？"我心里虽然厌恶他，但还是顺口问了一句。毕竟，人家遇到的是喜事。

"就是咱镇上最漂亮的姑娘。豆苓，咋样？"三豁子的神色充满了自豪。

我手上的神经骤然一缩，他递给我的那根香烟啪地掉了。"胡说！"我咬了牙叫。我的语气里肯定夹了不少怒气，要不，正在嬉笑的大刘不会那样不解地望着我。

"看看，你也不信，"三豁子倒嘿嘿地笑了，"我刚才给他说他也不信。"他指了一下大刘，"其实，我编这瞎话有啥用？这不，我和豆苓前晌已去领了结婚证。"说着，就从口袋里掏出了两张结婚证。

我扯过一看，上边果然写着豆苓的名字。

我分明觉得脚下的地动了一下。

我完全蒙了。

“咱过去就说过，豆苓早晚是咱老婆。这不，她爹前天夜里把我叫去，豆苓当面对我说，愿意嫁给我。她只是提出结婚时不请响器班子吹，不请客，不摆席，不放炮，只让两个女的去把她接到家里就行。我一听当然高兴，这更省钱。不过，鞭炮还是要放放的，喜事嘛！后来她问我啥时候结婚，我巴不得她当天夜里就跟我去，就说：明天领结婚证，后天结婚。她听了当时就点点头说：‘行！’你们看看这有多顺，我当初说过好事多磨，这不是，磨成了！乡里说书人常唱：‘俺娘不给俺娶老婆，胡子白了可咋着？可咋着，不咋着，只要俺本事大来武艺多，大闺女争着来跟我！’这词儿不是真真应验了？……”

我震惊至极地看着三豁子那张满足、喜气的脸，怎么也想不通豆苓竟然这么快就变了心。

我用了极大的努力，才强使自己镇静下来，含糊地向三豁子说了句“祝贺你”，就蹒跚地向宿舍走去。然而，那受了强烈刺激的心，并不许我在宿舍待下去，我决定立即去豆苓家一趟，把事情弄出一个究竟。

我向二班长说了一句：“我去镇上有点事。”便径直向豆苓家走去。快到门前，我看见一个簸箕放在她家的院门口，几个邻家的妇女都手拿着一把艾草，相继走过来把艾草丢在那簸箕里，正当我把不解的目光投向那簸箕时，一个认识我的妇女走过来向我打招呼：“魏排长，是看那簸箕呀，这是俺这儿的风俗，逢哪家要打发闺女，邻居们总要送把艾草。艾草可治月娃儿的病，送一把艾草为的是让出嫁的姑娘日后生儿育女用。这家的豆苓明儿出嫁，虽说她家成分不好，但这个礼数是多少年兴下来的，不敢忘了。”

我的心又被狠狠地刺疼了，但我到底还是向对方笑了一下，算是对她这番解释表示感激。接着，我就装着要细看那簸箕，直向门口走去，为的是见到豆苓，也算巧，豆苓这时正从她住的屋里出来，我看到她，自然敢说，她肯定也看见我了，因为这时的天还完全称不上黑，我离她又那样近。不料她竟马上扭了头，没看我第二眼，更没向我做什么暗示性的动作，就转身进屋关了门，我还清楚地听见她上了门闩。

突然，一股不可遏制的怒气就从心里直向头部涌来：好一个水性杨花的女人！老子为同你结婚生了那么多的苦恼，你竟这么快地就变了心！

走！你不想见老子，老子更不想见你！

我脚步极快地回到了仓库。

出乎意料地，当最初那一阵愤怒过去之后，我又猛然感到了一种轻松，一种卸了包袱之后的轻松，一种隐约的庆幸，一种得以解脱的高兴。啊，直到这个时候，我才清楚地意识到，这些天，虽然我下了决心要结婚，但在我的内心深处，其实是盼着另外一种局面出现的。实际上，我是把同豆苓结婚当成了一个不能推卸的包袱背着的。

好了，现在，这个包袱没了。

十九

第二天上午，我正领着几个战士整理一间仓库，忽听镇上响起了鞭炮声，于是立时猜到，豆苓已经被三豁子接到家了。

顿时，已有的那种解脱感一下子消失，一阵剧烈的钝痛袭上了心头。

倘不是这时有个战士跑来告诉我，门外有个小孩找我，我怕是只有倚墙才能站立了。

腿，似乎已经不是我的了，我费了好大的力气才拖着腿走到大门外，原来是豆苓的小妹妹在那儿等我。她看见我出来，从衣袋中摸出一封信递给我，没容我招呼一声就跑走了。

我知道这是豆苓写来的信，憎恶，差一点使我将那信纸撕毁，但大约是想看看她怎样辩解的心理占了上风，就回到宿舍展开了它——

魏哥：

不能见面了，就写几句话吧。

二十多天前的一个夜里，你的连长——一个好人，来到了俺家，把一切情况都告诉俺了。直到那时俺才晓得，俺想同你结婚，其实是等于去害你，害你的妈妈、弟弟和妹妹，会毁了你和你的一家的。俺在这事上，只想到了自己，想到了自己的一家，俺不该啊！你能原谅俺吗？

从那时起，俺就下了决心，俺决不嫁给你了。你最后来这里的那一夜，俺的决心其实已经下定，你还记得当时俺不让你说打算结婚的话吗？我们一家已经这样了，俺不能再毁了你一家。那样，俺的良心下不去呀！

你是个好人，俺知道这些天你是为啥瘦的。俺这辈子真有幸遇到了你，是你，让俺知道了，人一生多少还有几天舒心的日子。现在，俺只有一个法子来报答你了，就是把你的孩子生下来。俺怀你的孩子已经快三个月了，俺一直没说给你，起先是因为害羞，后来是怕给你添烦恼。也就是因为这个孩子，俺不走绝路了，俺不能对不起你，对不起你的孩子。俺之所以这么快要嫁给三豁子，是因为俺的身子已经快不能瞒人了，俺又不愿让别人知道这是你的孩子，不能坏了你的名声，你以后还要做人呀。

原谅俺今日才把心里话说给你，原谅俺昨晚上看见你时关了门，俺其实是想见你，天天都想，可俺怕一见到你自己又会改了主意，那会把你和你的一家都拉入火坑里的。

你多保重吧。不要记挂我。三豁子家是贫农，俺以后的日子不会很难过。俺现时挂心的是你，你一个人过日子，要记着自己操心自己的身子。要是觉着身子不好受了，就早早地要点药吃，记着吃药最好吃中药，中药药性平和，不伤人。

以后不要来看我，我已经是三豁子的人了……

豆苓

“啊！”我猛地挥拳砸了一下自己的头，重重地向床上扑去……

天，淅淅沥沥地落起了雨。

因为这雨，夜，便提前地来到了。

我勉强地坚持着扒了几口晚饭，我不能让别人看出我的反常。

熄灯之后，我披了雨衣，提了手枪去查岗。一步一步地，两条腿原本就重得可怕，而那被雨水浇湿了的黏土地，又把我的两只鞋变成了两个泥坨，使得我迈步竟是那样的吃力。

从最后一个岗楼上下来时，我望了望沉在墨黑夜色中的蝴蝶镇，不由自主地抬脚向镇中走去。

我不知道我要干什么，我只是径直朝三豁子那两间低矮的茅屋走去。

屋子里的灯还亮着。

我感觉到我的喘息在变急促！

我定定地站在屋外，木然地听着那些不紧不慢的雨点，砸着脚下的黏土地，砸着我的头和手。

突然，我听到三豁子带了哭音的压低了的叫声：“说呀，到底是谁的孩子？说给我，让我去跟他拼命！”

“说呀！说呀！你究竟说不说？”随着三豁子这叫声，我清楚地听到“啪、啪、啪”的打耳光声。

我觉得我的身子霎地悸动了一下，我猛地掏出了手枪，打开了保险，我心里只有一个念头：打死他！

我把眼睛和枪口同时对准了门缝，然而，呈现在我眼前的景象却令我意外地一愣：

三豁子并没有打豆苓，他只是在用手扇自己的脸。面色苍白的豆苓双手护腹定定地立在三豁子的面前。

“啪、啪、啪”，三豁子一个劲地打着自己的耳光，边打边带了哭音压低了声叫道：“我长得再难看也是个男人呀，为啥要让我丢这人？为啥要让我当王八？为啥呀？！”一缕血已渗出了他的嘴角，缓慢地向下流。

“咚！”正打自己耳光的三豁子突然双膝一弯跪到了豆苓的面前：“豆苓啊，答应我，你要不说就永远别对外人说，咱们瞒住，瞒住！丢人啊！……”

我猛地抬手捂住了自己的脸。

我不知道怎样回到了自己的宿舍。

我只知道当我脱下那两只沾满黑色黏土的解放鞋，把手枪口对准自己的额头时，突然想起不能这样做！因为枪一响团里就会来作调查，就要对我作出“自绝于人民”的结论，就要连累妈妈、弟弟和妹妹。

我把枪口移向了我的左手掌。

“庙里哟——”隐隐地，我听到从镇口那儿飘过来疯子荷叶的一声喊叫。

极从容地，我抠了一下扳机。

当战士们听见枪声跑进来时，我还来得及向他们说一声：“想擦枪……走了火……”

一团金星迸溅在我的眼前。

哦，那些金星，多像一群翩翩飞舞的蝴蝶……

我在师医院整整住了四个月。

出院后，连长报请上级批准，没让我再回蝴蝶镇，而是让我改行当了连队的司务长。他的本意，自然是让我忘却那段生活，然而，忘却那段生活却是十分不易的，何况，我的解放鞋上还沾着蝴蝶镇上那黑色的黏土粒。忘却，是不可能了。

从此后，我开始在营房里无滋无味地打发日子。八九个月之后的一天，我正在办公室结算伙食账，一个炊事员推开门说有人找我，我移着很有些老态的步子出门一看，双眸禁不住吃惊地一跳，原来是衣衫褴褛的三豁子站在外边。

“你？来了。”一时，我不知道该对他说什么。

他默默地点点头，随我进屋在椅子上坐了。蝴蝶镇上大约又下了雨，他的鞋上沾了不少的湿黏土。与过去相比，他瘦多了。也许是由于瘦的关系，他唇上的那个豁口变得越发明显了。

“吸烟。”我把烟盒放到他的面前。

“身上……有。”他慢慢地伸出手去耳后取出一根揉皱了的纸烟，手抖抖地去擦火柴。

我无言地望着他，一时找不出适当的话说。

“是个……女孩儿。”他连擦了两根火柴，到底也没有把烟点着，便抬了脸，无头无脑地这样说。

我的心一颤，蓦然就明白了他说的什么。

“孩子的……胞衣，我把它挂在了你们仓库后的那棵枣树上。”他又垂了头望着地说。

似乎有一团东西，哽在了我的胸口。

“孩子……生下俩月后，豆苓走了。”他没有抬头，仍旧直直地盯着地说，“喝的药，三九一一。”

“啊？！”我骇然地抓住了他那索索发抖的手。

“眼下……孩子还不能姓魏……先……随我的姓，”他的声音也在抖，“等她长大了再……改。”

“老三——”我猛地抱住了他那瘦削的肩头……

小诊所

街对面五爷家的那盆火又已点着。先冒了一阵子烟，跟着便有小小的火苗出来，接下去，就弥漫成了红红的一团，于是，五爷那瘦骨嶙峋的手，就又伸到了那火上烤。

诊所里这会儿没了病人，岑子得了空闲，便坐在诊桌前，隔了窗看五爷家，看那盆每日都要点着的火。

杏儿进城了，她哥在后边的药库里算账，两间诊所只有一个静坐在那儿的他。冷风爬过街筒的声音听得很清。一头猪哼哼着从斜对门青叶嫂家走出，在空荡的街上闲闲地踱步。从不远处的泉记茶馆里，清楚地飘过来一个说书男人的声音：“……王老七，卖了米，下了狠心买头驴，那驴牵到半道里……”

他的眼定定盯着那盆火，目光渐渐就有些直。

……看见了吗，那团火？

看见了。

是敌人存燃料的地方，被我们炮兵敲着了。

噢。

金排长的遗体，可能就在那团火左侧的高地上，你们的任务是把他找回来！

明白！

“岑子哥！”一声甜甜喊叫猛地在门外响起，他身子一颤，扭过脸，看到了围了围巾的杏儿背了一纸箱药站在门外，等着他去接。他于是慌慌地站起，慌慌地出门，又慌慌地从杏儿背上接下药箱：“这么沉！下车时咋不回来喊我去背？”“俺背得动。”杏儿的脸被风吹得好红，“是些抗菌素和葡萄糖水。”

“回来了？”杏儿她哥那亲切的声音，在诊所通药库的门口响起，“给药材公司孙经理的那几瓶酒送去了吧？”

“送去了。”杏儿把看着岑子的眼睛慌慌地移开。

“哦，那就——”

“快呀，岑子，给我包包手，刚才劈柴时弄破了！”西街的秃子高喊着跑进门，把一个带血的大拇指伸到了岑子面前。岑子看一眼，便麻利地拿过盛小手术器械的铝盘。

诊所里又静了下来，在轻微的刀剪响声中，那边茶馆的说书声又飘了进来："……王老七心里可真急，扬了鞭子去打驴，可那驴，咴哟咴哟叫几声，依旧站着不动蹄……"

天色一点一点地暗下来，风声听去像是又有些加大，对面五爷家的那盆火还在红着。瘫了的五爷，他女婿拉来的那两车木柴，大约够他烤一冬天的火。

"吃饭，岑子哥。"杏儿柔柔地叫。他刚在小饭桌前坐下，杏儿便把一碗浮着香油花儿的芝麻叶面条递到了他的手上。他喝了一口，一股热立时就流进了肚。他看了一眼圈桌而坐的杏儿和她哥嫂，一种温暖的家庭气氛便又像往日那样弄得他有些醉，于是，双眼角处，分明地又浮出了一缕感激。

这感激早就存在岑子的心里。那日他背包提箱回到这分别四年的小镇，在两间空荡的老屋前停住脚步，立时就觉到一股凉气在心里旋，凉得他很想立刻就抱住胳膊圪蹴下去。也就在那个时候，杏儿她哥走过去拍了拍他的肩："岑子，一个人太孤单，去我的诊所吧，你不是在部队上当过卫生员？"

他于是就来了，于是就尝到了这种家庭的温暖，于是就知道了这种甜甜的醉的滋味。尽管他对杏儿她哥在诊所前挂的那个木牌，对木牌上写的那些字："能使战伤伤员死而复生的战地卫生员岑子，应聘来我所担任医师，欢迎前来就诊。"

大喜妻今晨生一男重八斤。

弟兄们……咱们凑点钱，以排长的名义给嫂子寄回去，让她补补身子。

俺这有七块。

十二块……

"岑子哥，快吃吧，面条都快煮烂了。"杏儿把满满一碗面条又递到了他的手上，他的手抖了一下才接住。

他慢慢地嚼着面条，目光渐渐地停在墙角，外边的风似乎越加地变大，风声中，隐约地传来几声狗叫……

五爷的那盆火又已点着，红红的火苗上头，照例平伸着五爷那双瘦骨嶙峋的手。

岑子把目光收回，移向了面前病人的身体，仔细地摸着病人的肝区："没大事儿，你别担心，肌囊炎影响到肝的病例并不很多，你注意少吃点油腻的。"

"哎，岑子在忙哪，杏儿她哥在吧？"街北头桑家诊所的桑大进了屋，极谦恭地招呼。

"嗬，是老桑，稀客！快坐！"杏儿她哥从药房里出来，脸上带了笑，魁梧的身子弯下，恭敬地把一个木椅递过去。“不坐了，找你有件急事相求。我那里进的抗菌素注射药全没了，前几天就让大孩子去城里药材公司买，结果到这会儿还没买回来，今儿一开门，就有几个需要打针的病人进来，我急得没法，只好跑你这儿借了。”已给病人开完处方的岑子闻言转过身，刚要插嘴说出“当然可以”几个字，却不料杏儿她哥已极快地开了口，“哎呀，巧了，抗菌素注射药我也就只剩一点点了，今头晌怕都不够用，也就说让杏儿去外边买哪！”岑子的双眸吃惊地跳了一下：昨天，杏儿不是刚从城里背回来那么多注射药么？“噢，那就算了。打搅了，打搅了。”桑大夫客气地退出诊所。岑子目送着他的背影，身子久久地不动。“记住，岑子，这种时候正是我们吸引病人的时机。”杏儿她哥声极低地说。岑子无言地摆弄着手中的听诊器，依旧把散漫的目光投向窗外的街，一个卖糖人的老汉挑担从街上颤颤走过，四五个孩子脸带馋色紧紧跟在后边，他的眼缓缓跟着那些小孩，但目光却慢慢失了焦点。

……金排长，我可能回不去了，敌人的炮火太猛，你们别来救了！别来了……

排长，你们怎么来了？你看，你看，敌人的炮多猛！大刘他们两个哪？在后边？

被空爆弹炸了。

啊？！我说过不让来，不让来！可你们偏来！你是排长，你用两条命换一条命，你算的什么账？妈的，算的什么账？！……

弟兄们说，你家里只剩两个小妹——

我不回去！不回去！大刘——

“岑子哥”，一声轻柔的招呼响在耳畔，他缓缓转过脸，看到杏儿那亮亮的眼。“四嫂子说她心口窝有些疼，吃下的饭总搁在那里，我给了她点酵母片和颠茄片，行吧？”“行，我晚点儿再去看看。”他轻轻地点点头，把目光又移向了窗外。

近处摆货摊的老青叔，又在大声推销他那霉了的烟：“白河桥香烟，减价一半啦——”老青叔的喊声一停，从泉记茶馆里，便又飘过来了说书人的声音：“……赵凤兰怎受这个气，掀翻桌，踢倒椅，抡起剑，杀出去……”

落雪了。雪粒子掉在街面上，轻轻地弹一下，便与先来的挤在一处，使路面渐渐地有些白了。斜对门的青叶嫂，在慌慌地向屋里抱柴；摆摊的老青叔，在很响地叫他的儿子：“三更——日你娘，还不快来帮我收摊？”只有对门的五爷，依旧不慌不忙地把手伸到那火盆上烤。

岑子看一眼窗外的天，就又去读手上的那本《医学基础》，但他这会儿却总也看不下去，他觉得心里有些沉，压得他什么也不想干，只想就这么静静地坐这里。

“岑子，穿上试试。”杏儿她哥从门外进来，把一个挺大的塑料袋放到他的面前。岑子闻声扭过脸，才发现是一套咖啡色的中山装。“这——？”他觉到了意外。

“托去南阳城进货的老韩给你捎的。杏儿，你来，帮你岑子哥把衣服穿上试试。”

“哎。”在药库碾药的杏儿闻唤急急地跑出来，欢喜地看一眼那衣服，又慌慌地去厨房里洗手，这才又跑回来去塑料袋里掏衣服：“来，岑子哥，试试。”他还没有来得及站起，杏儿已把衣服抻开，把一只袖子套上了他的胳膊。他于是只好站起，配合着杏儿的动作。“上身长短正好。”杏儿一只手从背后提着新衣领，一只手扯着后衣襟，他的脖子立刻感受到她那小手的绵软。“领口不紧也不松，怪合适。”她又转到了他的前面，一缕淡淡的甘草香气顿时沁入了他的肺里，他禁不住瞥了一眼杏儿那离得很近的红润的唇，却又慌慌地把目光移开。他觉得心里那团沉沉的东西在变轻。

“岑子，好好干，”杏儿她哥方方的脸上溢满了笑，“咱们晚点再买几间房，添点东西，设几张病床，也办它个家庭医院。到时你是主治大夫，靠你支撑这个门面，赚的钱我只要一半，剩下是你和杏儿的……”

岑子默默地站在那里听，恍然间记起几天前的那个下午，西街的秃子拉住他极羡慕地说：“娘的，岑子，当了几年兵回来，福气大呀！叫杏儿她哥看中啦，又是二老板又是妹夫，杏儿那姑娘，摸一下都能把人美死，可是归你了……”

他又一次感到心中那团沉沉的东西在消融。

屋外的雪仍在下，几个行人缩了颈，在街路上踩出几道黑黑的印……

街上的雪被扫成了堆。青叶嫂的二小子捏着鸡鸡跑出来，把尿往街边的雪上浇。

五爷一边把手伸在火盆上烤，一边咧开没牙的嘴向二小子笑。

岑子看一眼五爷的笑，便开始去缝一个男子胳膊上的刀口。几个箩筐拎兜的老头、妇女，此时走进诊所，响响地问：“收药的在什么地方？”岑子立时明白，这是看了诊所那张收买中药材的告示后来的卖药人。三四天前，雪刚停，杏儿她哥拿一张红纸递给他：“咱所里的半夏、芦根，牵牛豆和鳖甲四种药快没了，写个买药的告示贴出去，乡下人手中有这东西。”他于是就写一张告示贴出去，果然，今天就来了这几个卖药的。

给岑子当助手的杏儿，让那几个卖药人在候诊椅上坐了，便转身喊正在里间给病人号脉的哥。

杏儿她哥笑笑地踱出来，笑笑地与卖药人打招呼，笑笑地查看他们拿来的药，跟着就又笑笑地说：“哎呀，实在对不起，你们来晚了。我们告示贴出的第二天，就已经买够了，小诊所，一次不敢买得太多。你们是不是去北街的桑家诊所里问问，看他们买不买。”

几个正在擦汗的卖药人，胳膊立时就停下来，怔怔地叫：“我的天！”岑子和杏儿也一愣：告示贴出后今天是第一次来人卖药，怎么会已经收够了？几个卖药人一脸沮丧地出门，杏儿她哥却又在身后响响地交代：“他们诊所要是实在不买，你们就回来，我也不忍心让你们白跑一趟！”“咋了，咱们不要？”杏儿的那对星眸里全是疑惑。“当然要！”杏儿她哥脸上浮着暖人的笑，“我知道桑家诊所这几味药不缺，肯定不会收那些药，他们马上就又会回来，只要他们拐回来，咱们就可以杀他的价！”

正在收拾手术剪的岑子，此刻手突然地一抖，剪子尖便在他的小拇指上无声地划一个口。

一缕血丝渗出来。他呆呆地盯着那小伤口。

片刻之后，几个卖药人果然就又转了回来，杏儿她哥立时含了笑上前，含了笑问：“怎么回来了？”

……你为什么要命令我回来？为什么？连长！那地方只剩下了我和金排长，敌人又打得那么紧，我一回来，金排长不只剩下了一个死？！

金排长怎么给你说的？

说你在报话机里给他下命令：要我一定回来！

我已经有三个小时没同他联络上，金排长的报话机早就坏了！

坏了？！

“岑子，你看，这些药！”杏儿她哥声音温和地在他身旁说，“成色多好！可价钱比平日低三四成。”

他费力地“嗯”了一卢，又觉到一团沉沉的东西在心里坠着。

杏儿把药拿进药房了，诊所里又恢复了寂静。那边的茶馆里，说书声又清楚地传过来：“……世上事，难说清，为什么麻面女能嫁个张俊明？为什么漂亮小姐梦落空？为什么想要的偏偏要不成？为什么想扔的偏偏不能扔？……”

五爷的那盆火还在红着。

岑子双手机械地揉着棉球，眼怔怔地看着那火。

“岑子，别忙了，洗洗手，来陪几个大叔大哥喝几盅酒。”杏儿她哥在厨房里亲切地喊。

“岑子哥，来，帮我把桌摆摆。”杏儿甜甜地叫。

他应了一声，抬手拉灭了诊所里的灯，于是，夜空里的星，便从玻璃窗上显出来，一颗一颗地在那里闪。五爷屋里的那盆火，顿时就也变得愈加的红。

“坐吧，坐吧，随便坐。岑子，来，坐这里。杏儿，倒酒！”杏儿她哥含了笑喊。“来，来，咱喝了三盅酒再说话！宝山叔，喝呀，这是杜康酒，不拿头，盅又不大。叨，叨菜，菜不大好，杏儿和她嫂都不大会做，好在都是自己人，多包涵。吃，吃呀，二康哥，这牛肉还烂吧？”三盅酒下肚，杏儿她哥方方的脸就开始红。“今儿请几位来坐坐，一来是因为天冷，在一块聚聚热火热火；二来哩，是有件小事想请众位帮个忙。你们也看见了，这诊所自打岑子来了后，来看病的人越来越多，可眼下这几间屋确是窄憋，我想把西邻景山家那两间屋买过来，把诊所扩扩，可景山有点不愿，他把价钱一下子提得好高。众位都是咱这半条街场面上的人，想请你们去替我找景山说说。一个是再活活他卖房的心，一个是压下他提的价。这事要是办成了，诊所自然会更红火一点，诊所红火了，也决不会让众位吃着亏！日后我和岑子、杏儿和她嫂子的心里，会记住你们！来，来，岑子，咱俩一块给众位敬酒！从宝山叔开始！”

岑子缓缓地站起身，木木地端着杯。

……金排长，你喝一杯!

咱们部队要撤回去了，今儿个全排弟兄来你墓前给你敬杯酒！你平日不是总说想喝“怀乡”酒么？这酒就是！你喝吧！咱排还剩十四个人，一人敬你一杯，喝吧!

喝吧，排长。你就安心在这里，家里的事别操心，有俺这十四个弟兄在，决不会叫嫂子和侄儿受苦，俺们商量好了，一人管一年，先从一班副开始……

“敬呀，岑子，先给宝山叔敬！”杏儿她哥响响地喊。岑子于是就伸过杯去，“当”地碰一声。酒顺着食道缓缓地爬，他突然觉着心里那团沉沉的东西在向上翻，不好，要吐！他放下杯，踉踉跄跄地向屋外跑，哇——

“嗬嗬，这岑子，几杯酒下肚就不行了。杏儿，快扶你岑子哥去床上躺躺。”

他觉着杏儿那柔软的小手在抚着他的额，就缓缓地把眼睁开。“岑子哥，好些了么？”杏儿俯下身柔柔地问，一根黑发跟着从她的鬓边垂下来，轻轻地搔着他的脸，他的鼻孔便也又闻到她身上那淡淡的甘草香气。“给我点水。”他说。杏儿闻言慌慌地去端一杯水，又小心地扶起他，在杏儿俯身喂他喝水时，他注意到了她胸前凸起的那两个地方在颤颤地动。他顿时又感到了另一种晕。

“杏儿，我……”他的声音十分低微，他想把窝在肚里的那句话说出嘴：我要走了，回那两间老屋去。然而，话出口时却是：“我……想睡……”

“睡吧，岑子哥。”她柔柔地说，慢慢地放倒他的身子，轻轻地给他盖被。

他缓缓地合上眼睛，觉到了眼角处有一滴水。

远处的街上，是谁学了说书艺人的声音在叫：“……王老七，卖了米，下了狠心买头驴……”

沉，这头好沉。“救火呀——”依稀地，像有一个喊声从耳边滑过，门似乎是哐啷响了一下，但他到底又沉入了那不安静的睡乡里。直到杏儿一声带了哭音的喊叫：“岑子哥——”在耳畔响起，才使他那沉沉的头震动了一下，睁开了涩涩的眼睛。

灯光下，满身是水的杏儿站在他的床头，脸煞白：“快，哥受伤了，五爷家失火，他去救，从房脊上掉了下去！”

“啊？！”他一骨碌爬起，鞋也没穿就向外间跑。治疗台上，躺着浑身是血和水的杏儿哥，旁边站着杏儿嫂和两个泥水一身的邻人。对门五爷的房子前坡，已被烧得露了天，火已经扑灭，几个人在从屋里往外抱东西，东西上都沾着水。

“岑子呀，你快救救杏儿她哥，救救他！”瘫五爷被一个人搀着走进来，呜咽着说，“多亏了他呀，要不是他扑到火里抱我，我都已经被烧死了，烧死了！……”

左脸颊烧伤，左臂挂破，左脚脖断裂性骨折。疼痛已使杏儿哥沉入了昏迷。岑子急急地清创、涂药、包扎、固定。他边打着夹板边问：“杏儿，为啥早不喊我？”

“俺听到救火的喊声时，哥已经跑出去，我以为你也随哥出去了。”杏儿的声音在颤、在抖，身子在哆嗦，“哥能好么！能——”

“多亏了他呀，他呀！”五爷打断了杏儿的话，“要不，我的老命是没了，没了……”说着，浊浊的泪，就顺了那瘦极了的颊滚着、落着……

天，一点一点地亮了。

去柳镇请接骨名手的人已经骑车上路，这会儿就剩耐心地等待了。岑子就那么一动不动地站在治疗台边，两眼定定地望着昏睡中的杏儿她哥，目光分明有些迷离。

输液瓶里的液体，在不紧不慢地滴。

一辆牛车吱吱地从街上滚过，鞭梢儿在空中响得挺脆。那边的茶馆里，又挺清地飘过一阵说书声：“……人间事本来就是谜，为什么汉武帝死时要吃梨？为什么南都王平日怕铺席？为什么杨玉娇的嫁妆不涂漆？……”

暂搬到斜对门青叶嫂家住的五爷，大约受不了冷，又点起了他那盆火，火苗儿又是那样不高不低，红红的……

呼啸的炮弹

下午上班不久，代理股长冯承站在办公室中间的绘图案子前说道：“我说，顾参谋、毕参谋、小储，你们三个来一下。参谋长让我们股绘一张‘炮连夜间射击考核计划图’，我绘出来了，你们看看有什么毛病没有。”

“那还看什么，报上去就是！代理股长绘的嘛，还用参谋审查？”挖苦人是顾乐的一大特长，他平时说话带刺，并且又总是在嬉笑中说出来，令对方无法发作。今天他说这话不仅是出于习惯，还因为是他对这位代理股长不满、不服，且有那么一点忌恨。他和冯承是同年入伍的，论参谋业务要高于冯承；作训股长调走之后，大家包括顾乐本人都估计该由他来主持股里工作，不料上级却让冯承代理股长，这使顾乐非常生气。决定公布的当天，顾乐就向我和小储讲他最近读世界近代史的一条发现：“许多人本是庸常之辈，由于偶然的空缺却能一下子把他们推上前台……”昨天，当冯承颇为高兴地把自己的办公用品往老股长的那张办公桌上搬时，顾乐又大声地对我和小储讲他最近读中国古代史的一条发现：“历史上所有的利禄之徒，他们在仕途上迈步时都有一个共同的特点：迫不及待……”

冯承听到顾乐刚才那句着重突出“代理”二字的讽刺话，脸红了，手也不由自主地抖了一下那张计划图。当顾乐转身往他的办公桌前走时，冯承朝着他的背影狠狠瞪了一眼。我知道，冯承对于顾乐，心里也有一股怨恨。这怨恨不只是由于顾乐最近对他的冷嘲热讽，而是有着历史渊源的。冯承这个人有一个最大的特点：爱面子。不论是工作还是日常生活，谁要当众伤了他的脸面，他恼火透了，白净的面孔会气得发紫，浑身直打哆嗦。顾乐知道他有这个特点，就想方设法经常刺他。那回机关干部开大会，休息时大家在一起议论如何处理夫妻关系的问题，顾乐见冯承在场，当即插科打诨：“根据冯承同志的经验，处理好夫妻关系要注意‘三头’：早晨要给妻子梳梳头，晚上要给妻子洗脚趾头，平时出门要走在妻子后头。”直惹得在场的人哄堂大笑，冯承给气得脸孔紫得可怕，身子一个劲地哆嗦。顾乐挖苦冯承怕老婆的话倒不假，冯承的妻子是一个退了休的师长的女儿，本人漂亮、家庭富有，冯承一直怕她七分，在家里一切听从她指挥。也许就是因为他在家里丢了面子，所以才要在社会上竭力保全面子，人需要心理平衡嘛！由于这些历史原因，冯承早对顾乐在心里存有一股怨恨。

“我说，毕参谋，你来看看！”冯承把计划图递到了我的面前。以“我说”开头，是冯承的说话习惯。

我急忙接过图。虽然我比冯承和顾乐晚入伍一年，但年龄比他俩大，加上平时抱着“与人无争”的宗旨，诸事让着他们，并且当他俩发生口角时上前调解一下，所以他俩对我都比较客气。

我知道冯承常标图，不会有什么问题的，便草草看了几眼，开口赞道：“不错！各方面考虑得都挺周到，队标队号绘注得也很漂亮。”

“别夸了，我这标绘技术你还不知道，差远了。”爱面子的冯承听了高兴地笑着说。

“毕老到底卖过几天烤红薯，口才练得不错呀！”这当儿，顾乐朝我扔过来一句刺话。他平时对我一不高兴，便“尊称”我为“毕老”，揭我在农村干活时曾去小镇上卖过烤红薯的老底。

我知道他的脾气，便朝他笑笑。

“我说，小储，你也看看！”这时，冯承又手拿着计划图朝几个月前才从炮校毕业分来的储识源参谋递过去。

小储接过图，趴在桌上默默地看起来。这小伙子虽然才二十三岁，但身上却总显出一种反常的“老态”。他眉心间的竖纹深度比一般中年人的还要厉害，并且内中总藏有一种叫人看了后感到沉重的东西。平时寡言少语、不喜笑闹，即使说话，也是一秒钟两个字的慢频率。不论讨论什么问题，他总爱提出诸如“万一办不成呢？”“万一出错了呢？”等问号。那模样很像是一个饱经风霜的老人，以至顾乐叫他“储万一”。

“看完了吧？”冯承催着小储，声音里露出了一点不耐烦。我明白，这是因为小储在看那张图时是用一种审查的目光，而且还用一张纸头计算着图上的数据。一个新参谋对代理股长标绘的图，一般是不敢这么做的。此时，小储突然抬头说道：“冯参谋，这个地方你标绘得不对！”

听到这话，冯承的脸刷地红了个透；顾乐嘴角立刻露出一个讥讽的笑；我则吃了一惊，有错？我怎么没看出来？

“哪一点错了？”冯承的话音极其不自然，脸上现出了愠色。

“你把二连的阵地选在这个小项山的后边，它的高程仅比弹道高小一点五米，这样火炮打实弹是很危险的！”小储指着纸上计算出的遮蔽角公式，不紧不慢地说着。

这当儿，我和顾乐都走到了绘图案前，果然，二连的阵地选择得有些不恰当。刚才顾乐对计划图是不屑看，我是没有仔细看，更不要说计算了。

“危险什么？小项山的高程既然比弹道高小一点五米，炮弹就完全可以打出去！”冯承脸上的愠色越来越明显了。

“万一山上有树呢？万一山顶上有高出一点五米的大石头呢？”小储一连用了两个“万一”。

“哪有那么多的万一？！”冯承火了，他大概受不了站在旁边的顾乐嘴角那带着讥讽的笑意。

“二连的阵地选得是有些不大恰当。”我轻声说了一句。

“有些‘万一’还是应该想到的！”小储又跟着说道。

冯承刚要再说什么，不想顾乐此时开了腔：“我说‘储万一’，咱就别讲了，既然人家不让讲，还讲它干啥？当下级的要懂得尊重、服从上级嘛！”

这句话噎得冯承半天说不出话来。只见他先是愣了一会，随后拿起铅笔和指挥尺，刷刷几下把图上二连的阵地移了一个地方。

“好！”当冯承拿着修改后的计划图出门给参谋长送去时，顾乐高兴地拍了一下小储的肩膀：“真不愧是‘储万一’！”

小储的日子开始不好过起来——冯承常常为一点小事便狠批他一通。今天早上上班整理办公室时，小储不小心碰碎了一个公用茶杯，冯承立刻批评道：“我说，对公物怎么这样不爱惜？那不是国家的钱嘛！”

小储默默地站在那里接受着批评。

“咋，又在给小鞋穿？”顾乐这时走进门，“几码的？我替‘储万一’穿穿！”

冯承不吭声了。前几次类似的批评，也是被顾乐这样制止住的。

这时，门后桌上的电话铃响了，顾乐顺手拿起话筒。立刻，二营长那洪钟般的嗓音从听筒里传出来：“谁呀？顾参谋！我是二营老吕，我们营今晚去穆临山训练，去穆临山不是两条路吗？我们想请示一下走南路好还是走北路好？”

“哦，你要请示问题的话还是找代理股长！”顾乐说着转向冯承喊道，“代理股长，二营长找你请示问题。”

“我说，《兵要地志册》就在电话机旁，你不会查一下告诉他？！”冯承气恼地说道。显然，他对顾乐那明显的挖苦受不了。

“好，好，遵令。”顾乐大概看到挖苦对方的目的已经达到，便伸手拿过《兵要地志册》简单翻查了一下，对着话筒说道：“两条路都可以走。呃，好，再见。”

不想顾乐刚一放下话筒，小储突然站起来说道：“顾参谋，你刚才不该这样回答二营长。”

顾乐、冯承和我听到这话都一怔。“该怎么回答？”顾乐在一愣之后含笑问。

“《兵要地志册》上说的是‘南北路均可通一般炮车’，”小储边说边打开自己桌上的那本《兵要地志册》，“而二营的炮车较之一、三、四营的炮车要重半吨，已不是‘一般炮车’。南路上的三号桥，其负重量仅比二营炮车的重量大四十公斤，炮车不在非常情况下是不该从上边过的。”

“只要大四十公斤就没事！”顾乐不以为然。

“这本《兵要地志册》是四年前调查编写的，万一那石桥经过这些年的风化和其他作用，负重量再减轻了呢？”小储用他固有的吐字频率说着。

“就算你这个‘万一’成立，可我刚才给二营长说的是两条路都能走，并没有告诉他一定要走南路呀？！”顾乐虽然仍在笑，但那笑的意思已在向嘲弄过渡了。

“我看还是给二营长去个电话吧，告诉他南路不能走。”小储的声音里带点恳求。

“对，应该打个电话！”冯承这时开腔了，声音里有点幸灾乐祸的意味。

一定是这话激怒了顾乐，只见他往椅子上一坐：“我没那闲工夫，谁愿打谁打。”

小储无言地走到电话机前，给二营长拨了电话，但他刚一放下话筒，顾乐就走到他跟前：“嗯，我又发现一个人才！一个能当代理股长的人才！我老顾祝您老兄早日平步青云！必要时，可以踩在我的肩膀上！”

小储立在原地一动不动，只是眉心间的竖纹变得越加地深了……

储识源这几顿饭都只吃了半个馒头，而以往，他每顿不吃两到三个是不行的。我知道，他心里难受。

早饭后上班时，冯承分配工作：“今天我们分头到各营检查一下训练进度，我去一营，顾参谋去二营，小储去三营，毕参谋留家值班，顺便把这份材料交给文印室打印一下。”说着，递给我一份材料。我接过一看，是冯承前几天负责起草的一份夜训经验材料，参谋长已经审过了，在上边批着“打印上报”几个字。

“我是不是和小储换一下，我去三营顺便办点别的事。”我说，其实我是担心小储没有力气蹬自行车。

“可以。”冯承点了点头。

我正要把手上的材料交给小储，忽然想起，在军炮团当连长的表弟前些天来信，要我给他寄一点指导夜训的经验材料。刚巧，如果这份材料写得好，打印后就给他寄一份，于是，便坐下看起来。

材料写得不错，就是中间讲到夜间行车车距的几句话没把意思表达清楚，且不合语法。我摇了摇头，类似的句子在以往冯承起草的材料中是常有的。他对军事方面的书看了不少，但对语法、修辞、写作知识一类的书却基本不看。参谋长文化程度不高，看来在审稿时也没有发现。我有心把这几句话改过来，后想到参谋长已经审过了，再改也不好，便把材料交给小储，出发了。

半下午的时候，冯承、顾乐和我相继从三个营回来，一前一后地走进了办公室。

“材料打印好了吗？”冯承问小储。

“好了。”小储指了一下桌上已经装订好的一叠材料。

“进度不慢！”我满意地夸了小储一句。

冯承拿过一份装订好的材料，坐下看起来。但不一会，就听他带着怒气问道：“这是谁又修改的？”

“修改什么？”我有些意外地走过去问。我知道，机关干部都烦别人胡乱修改自己起草的材料，把这看作是一种有失脸面的事，是对自己能力的轻视，爱面子的冯承更讲究这点。当然，上级审改是另一回事。

“你看看！冯承用手指重重捣着材料上的几行字。我俯身一看，果然，讲到车距的那几句不合语法的话被改动了，不过，改后的话倒是既合语法又把意思表达清楚了。

“我改的！”储识源站了起来。

“我就估计是你改的！”冯承声音中的气恼成分增加了。

“改了就改了吧。”我帮小储说了句话。

“就是错了也由我和参谋长负责，你乱改什么？”冯承仍望着小储高声叫道，“究竟这材料是由你审定还是由参谋长来审定？”

顾乐坐在他的办公桌前，嘴角照样漾着一丝讥笑，不过，他没有像上次那样来帮小储说话。

“那几句话没有表达清楚要说的意思，并且不合语法，假若不改，别的单位用它去指导夜训时万一作了错误的理解，就会造成损失！”小储声音低而坚决，吐字还是老频率。

“恐怕不是这个原因吧！”冯承的声音突然低了下来，但嘲讽的味儿浓了，“你是担心你的才能不能被别人尽早发现！”

储识源的嘴唇张了张，但没有声音，他只是吃力地咽下了一口唾沫。

“告诉你，你身上这股傲气不改，我们作训股这个小庙里就放不下你这尊神！”冯承说罢，嗵地坐到了他办公桌前的椅子上。

储识源仍静静地立在他的桌前，只是那双手，在轻轻地抖动……

中秋节过后，部队由驻地拉到了平坦空旷的潍北海滩上，准备进行炮兵群实弹射击。

上午八点来钟的时候，各项准备工作基本完毕。射击分白天和晚上两次进行，为了防止观察所里人多杂乱，团长指示各业务股只去一人到观察所，余下人员一律待在观察所左侧两千五百米外的帐篷里休息，准备晚上工作。我们股就冯承带着测地成果表去了观察所。

我因为这两天闹肚子，身上老觉没劲，便仰躺在行军床上休息。储识源坐在我床旁边的椅子上，默默地翻看着留下当作资料的那份测地成果表。

正当我昏昏欲睡的时候，小储突然摇醒我，"毕参谋，这份誊写后的测地成果表与测地排送来的原始成果表核对过了吗？"

"大概核对过了吧。"我顺口答道。按往常的习惯，测地排送来一式三份成果表后，作训股长审阅、检查一下，就可以留一份作资料，另两份交观察所的计算兵作业了。但今天早晨测地排长交来成果表时，冯承却嫌表上的字太小、不清楚，让顾乐重新在空白成果表上复写了一式三份，他拿走两份去观察所，留下了一份。

"怎么？是不是又怀疑我老顾在誊写过程中弄错了？"顾乐在那边听到了小储的话，走过来鄙夷地瞥了小储一眼，"那就请改好了，万一发现了我誊写中的错误，不是还可以立一功吗？！"

小储不吭声了，又默默地坐回到椅子上，双手慢慢抱住了头。

我看了看手表，还有十几分钟就要射击，便说道："不会出错的，小储。"说罢，又闭上了眼睛。

大概过去五六分钟的样子，我又要蒙胧入睡的时候，小储又摇醒了我说："毕参谋，我总觉得誊写后的成果表上四号目标的纵座标有问题。我记得测地排送来的成果表上是'43910.8'，誊写后的这张成果表上却是'42910.8'，错了1000米。而且，四号目标还是个试射点。"

"错1000米？"我一下子坐起了身，"冯股长刚才不是把一个个目标都定在地图上进行概略检验了吗？"我不相信地摇了摇头。不过，我记得小储的确看过测地排送来的那份成果表，而他的记性又是那样好。

"顾参谋，你过来。"我朝顾乐喊道，想找他核对一下。要知道，这次是抵近观察，观察所离目标近，倘若目标点的纵座标减少1000米，实际上等于把目标点定到观察所附近，一旦实施射击，就很容易伤到观察所的人。

"有什么指示，毕老？"顾乐含笑走过来。

"测地排交来的那张成果表还在你身边吗？"

"没有。"他摇了摇头，"不知是撕了还是装进了'代理股长'的作业包。怎么，有用？"

“小储说他记得原始成果表上四号目标的纵座标是‘43910.8’，而誊写后的成果表上却是‘42910.8’，错了1000米。”

“哦？”顾乐吃惊地扬起了眉毛，“真的么？真的么？”他有些慌张地重复着。

我看了看手表，还有不到十分钟时间就要开始试射，忙跑向放电话机的桌子，想打电话让观察所的冯承核对一下。然而，糟糕！电话占线。

这时，只见储识源猛地转身冲出帐篷叫道：“摩托员，去观察所！”

我又等了一会，电话仍没接通，我晓得此刻通往观察所的电话线路是很难有空的，便拿起望远镜急步走出帐篷向观察所看去。

高倍数的望远镜一下子把两千多米外的观察所拉到了眼前：所里人员已各就各位，可能只等着时针指向预定时刻了。

储识源坐的摩托车正急速地向观察所驰去，我从望远镜里看到，小储正在脱自己的军上衣，这是要干什么？

就在小储乘坐的摩托车离观察所还有二三百米的时候，我从望远镜里清楚地看到，观察所里的团长接过参谋长递给他的电话话筒张大口说着话。凭以往的经验我知道，他这是在向各营阵地下达射击开始的口令：“预备——放！”但几乎在这同时，只见储识源从飞驰的摩托车兜里站起身连连挥着手中的一件红背心。团长发现了这边挥动红背心的储识源，急忙转对话筒喊了一句话，我猜想，那一定是：“射击暂停！”

就在此时，从阵地方向传来了火炮发射声，很快，一幅我不曾料到的情景出现在望远镜里，炮弹就在观察所左前方不远处轰然爆炸，正向观察所高速接近的小储乘坐的摩托在硝烟中一下子翻倒在地。

“啊！”站在帐篷门口的顾乐骇然地叫了一声。

“小储——”我大叫一声，扔下望远镜，急步向停在帐篷附近的一辆卡车跑去……

经过短时间的检查证明，储识源的判断正确，顾乐刚才在誊写成果表时，把四号目标的纵座标抄错了一个数字。当时冯承往地图上进行定点检验时，来送成果表的测地排长还没走，冯承便让测地排长念着坐标，他往地图上定。而测地排长念的却是原始成果表上的座标，致使这个错误未被发现。

一场可怕的事故得以避免，群射击顺利结束了。但储识源却被转送到了野战医院。

一股令人心惊的后怕使我此后一连几夜睡不着觉，倘我当初真的劝止小储不说出他发现的这个错误，那会出现一种什么后果？我不敢想了……

顾乐和冯承一下子都变得沉默了。有时整整一天，竟听不到他们说一句话。

几天后，我们去到医院看小储。小储的腿刚刚做完手术。他躺在病床上，脸色苍白，见到我们，他勉强笑笑，一边握住冯承伸过去的手，一边轻声说："冯参谋，顾参谋，毕参谋，谢谢你们来看我，我伤势不重，很快就可以出院了。别为我难过。"

"那天靶场上发生的事故，假如我从一开始发现座标有问题就坚决地去观察所通知检查，本来是可以避免的。结果，我当时考虑个人的利害得失，犹豫了几分钟，致使事故发生……"

我听不下去了，我徒然觉得自己的脊骨在向下萎缩。

冯承握着小储的手在轻轻地抖动。

顾乐双眼直直地盯着窗外，身子雕塑一般地站在那儿。

病房里，显得那样静……

铜　戟

时高、时低，时急、时徐，时南、时北，时东、时西。它似乎知道要飞去哪里，又似乎茫无目的地。有一段日子，它停在了北部非洲，去看地中海的水。

海岸上有一片瓦砾地。

涂在石牌坊营门上的夕照，缓缓地开始褪去，砌在牌坊上的那些长条石块，渐显出它们苍褐的本色。生了凉意的晚风，轻轻地飘过去，拂弄着营门两侧香亭和鼓亭檐角上的风铃。几只归宿的斑鸠掠过营区，向远郊的那片槐树林里飞，把一阵咕咕声抛下来，扔进副营长杜一川的耳里。

他摇摇头，把郁郁的目光从悬挂在石牌坊营门下的那个铜戟匣上收回，挪了脚慢慢地向营门外走去。

生了绿锈的铜戟，静静地卧在玻璃匣里。

就要分别了，这古老的西校场！这生活了十一年的营房。

营门外就是街道。这里虽是宛城的西郊，街两旁高楼不多，但热闹还颇有几分。茶馆、饭铺、酒店、旅栈、卦摊，一家挨一家；买卖人的嗓门，卖唱人的胡琴，录音机里的女声，把一股股音浪向苍茫了的暮空抛。杜一川刚走出营门，一个唱河南坠子的女人的声音，就极清楚地响过来：

……军笛号角领前站，
两杆大旗是杏黄，
一杆写：勇跃战阵，
一杆写：奋争疆场。
步队单刀拿在手，
马队手使虎头枪，
刀枪密摆如麦穗，
大旗空中迎风扬……

一川止步，侧了耳听，这就是有名的坠子戏:《杨宗保扫北》。不过，只一刹，他便又急急地向前走，似要把那声音摆脱掉。

“哟，是杜营长呀！这么急慌慌地要去哪？”一个娇滴滴的女声响起，一川被人拉住。这才发现已经走到一家酒馆前，年轻的老板娘正含笑站在身旁。

“不来赏光喝几盅？傍黑喝点酒，一夜都舒服！来吧，大营长！”老板娘偎近身，紧拉着杜一川的胳膊。要在往常，一川早挣开走了，但现在，郁闷的心境使他突然对酒来了兴趣。“中！来二两，宝丰大曲！”他从对方酥软的胸前抽出胳膊，在一张酒桌前坐了。

……坐纛旗下一员将，
年少气盛不寻常，
金盔金甲映浮云，
七尺花枪生冷光……

坠子声又亮亮地传过来。一川一杯大曲落肚，热气正往上升，听到这唱词，一股莫名的烦躁涌出来，嗵一下挥拳砸桌上，空酒杯滴溜一转，啪地落地，变得粉碎。

老板娘回身看他，俏脸一愣。

“对不起，”他意识到了自己的失态，“杯子我赔！”

“哎呀，我的大营长，一只杯子，说啥赔？”熟谙人心的老板娘看出了他心绪不好，忙又送上一只杯子。

碎了！是的！那金色的梦和这杯子一样彻底地碎了。营队撤销了，营房明早就要租给宛城国医大学做校舍了，你剩下的就是等待转业！当营长已不可能，军装都得脱了，还上哪去当统兵将领？《山地攻坚》、《战术概要》、《带兵之道》、《当代战争》，你没明没夜读的这些书还有什么用？！年已三十，你还能立什么业？成什么景？

“嗬，副营长，你也来喝了？”随着这个嗡嗡的声音，三连司务长在杜一川的对面嗵地坐下，朝他咧嘴一笑，跟着便去上衣袋里掏钱，边掏边叫:“掌柜的，八两，泸州！”

一张拾元的钱被司务长啪一声摔到了桌子上。随了那钱飞出来的，还有一张姑娘的照片飞落到杜一川面前。

司务长忙伸手捡过去。

“未婚妻？”杜一川淡淡地问。

“过去是。”司务长嘲弄地笑了，“听说咱们营撤销，我要转业回乡下，不跟了！可就她这副模样，不跟我也省得老了以后恶心！怎么样，副营长，你看她能打几分？”他把照片伸到杜一川面前。

杜一川默默端起了自己的酒杯。

“他娘的！怕连三分也不值，还跟老子摆谱！”司务长啪地把照片扔到桌子上。不过片刻之后，他又伸出一个手指去桌上蘸点酒，粘起照片放进了衣袋：“老子还要好好给她展览展览。来，喝！副营长，这年头喝酒好，咱今晚喝他个一醉方休！醉了快活！来，干！现在一说不打仗，上级就不要咱二营了！撤销，多干脆！不过，撤了也好！以后咱再也不受他军规的约束，自由自在！干！”

……征尘滚滚遮日光，
马上众将斗志昂，
大队好似千层浪，
又似瀑布下山岗……

杜一川伸手端杯，杯却被一只白嫩的手拿走了。一个姑娘急切地低叫：“副营长！”

杜一川仰脸，一愣：桌旁站着营部的女医助成蓉。

“营里要出事了！”还没容杜一川开口问，成蓉就擦了一把额上细密的汗珠急急地低声道：“营里好多干部都在一连连部聚着。一连长说要领上大伙去师部闹一场，问问这次为什么偏撤我们营！”

“哦？”杜一川眉峰一抖，霍然站起。他这才发现，天已黑了下来。豫西南仲秋的夜晚，悄无声息地到了……

一屋子的烟。每个人嘴上都吐着雾。两毛三的“白河桥”，四毛三的“南阳红”，五毛四的“诸葛庐”，什么牌子的都有，什么味儿都全。一连连部的屋子里都是人。凳子上、铺板上、桌子上，或倚、或坐、或立。正中间的桌前，坐着脸色阴沉的一连长秦田齐。

此刻秦田齐的心里，也像这屋里一样，满是烟、满是雾。就在那烟雾之中，他的家——豫东兰考县境盐碱滩上的那个小村，那两间破败的土墙草屋，渐渐地显露出来。消瘦的妻子走出草屋，弓了腰拉着粪车向地里走，九岁的女儿在后边推。吱咯、吱咯，平板粪车的车轮在地上慢慢地滚，沉重地转，响声尖得刺心。娘，爹啥时回来领咱去？快了，快了，再有一年。娘，我那时就在城里上学么？那是！你爹的营房就在宛城西郊，离市里热闹地方近，上学自然在城里。她爹，你说俺娘们明年真能随到队伍上？当然，我熬了十四年，明年就到了带家属的年限。到那时，你去团的家属工厂上班，孩子去十四小上学，多好！

多好！可是，二营撤了！除少数干部平调到没撤的部队外，大部分人等着转业。明日营房都要交出了，还谈什么去办妻子的随军？这么多年辛辛苦苦干下来，到如今就这样再一个人回去？！

他伸出青筋暴突的手，把烟头重重地按灭在烟缸里，而后，抬起了头。络腮胡子多日没刮，粗硬的胡茬立在他那黝黑的脸上，使他的面孔有些可怕。“我们见了他们，主要说些啥？”他的声音阴厉、低沉。

“说啥！主要说一条，为什么偏撤我们营？”倚在窗台上的一连副连长愤愤地叫，“还不是因为我们营在上边没有人！师里、团里的主要头头都不是从咱营出去的，咱们他妈的是前妻的儿子，要扔就扔，谁心疼？！”副连长说到这里，声音中夹了丝哽咽。今天晚上的这场会，最初其实就是他的事引起的。原说要调他到没撤的一个部队去，谁知就在他准备去报到时，又接到通知：不去了，准备这批转业。一打听是人家的领导顶着不要，安排了本单位的干部。事情也巧，就在这时他那怀孕八个月的妻子，按他原来的安排吃力地腆着肚子，来队准备生孩子。一路辛苦的妻子，听说他很快也要转业却又让自己来队，自然要哭几声、吵几句，副连长心里正烦，哪听得下这哭吵声，狠狠地一巴掌就甩过去。这一掌的后果太大，妻子仰身一倒，早产了。婴儿如今还在危险中，这突然而至的灾祸把一连副连长击垮了，今天晚饭后，一个战友来劝他，刚说了句想开点，他便呜一声哭开了。就是这哭声引来了这一屋子人。就是这哭声让每个人想到了营队撤销后自己面临的问题。也就是这哭声让秦田齐想到妻子、女儿的不能随军，想到 1979 年自己在南疆时的苦战，想到连里那些辛苦争得的奖状和锦旗从此就要被人们忘记。

秦田齐心里蓄满了怨和气！

妈的！闹一场！怕啥？顶多不过是去坐监狱，坐监前也要出出这口气！

“还要说些啥？”他又低沉地开口问……

它飞得镇静、自如。有一些日子，它婷婷落在了南亚次大陆，看恒河——印度河平原，看喜马拉雅山余脉上的植被。

山里有一道烧红的谷地。

街两旁各种店铺、地摊上的灯都已放亮，白炽灯、日光灯、电石灯、煤油灯、马灯、汽灯、蜡烛，把不宽的街道染紫、涂黄、刷白、抹红。就在这灯光炫目的街道的一侧，杜一川和成蓉急急地向营房走。但快到营门口时，杜一川却突然放慢了脚步。

“怎么了？”前边的成蓉扭过脸问，含了笑。她的微笑浅而不露，几乎没有拉长嘴唇，只腮上依稀显两个窝儿。

“教导员不是在家吗，来喊我干啥？”他冷冷地说，乌亮的双眸在成蓉那苗条的身上极快地扫了一下。刚才，当他猛听到一连长要领人到师部闹事的消息时，他想到营长长期因病住院，自己代理营长职务，这样的事应该去管。但随了成蓉往回走，看着成蓉那窈窕的背影，闻着她身上散出的淡淡香味，他却不由自主地想到了教导员——那个副军长的白净、潇洒的儿子，那个赢得了成蓉爱慕的万彬。一股沉在他心底的嫉恨翻上来。

这事应该由他管！

他是教导员，营党委书记！你是什么？归根结底还不是个“代理”，过了今夜你是什么？平头百姓！这棘手的事，你管得着？

杜一川一提到教导员，成蓉原本就露红晕的脸，刹时红得更艳。她是那种文静、害羞的姑娘，尽管她和万彬的关系在营里早不成秘密，但每当人们在她面前提到万彬时，她总还禁不住要脸红心跳。“这事他知道，就是他让我出来叫你回去的。”她轻声解释。

“叫我干什么？他不会去处理？！”杜一川依旧冷冷的，随了话音，瞳仁中闪过一丝恨。是的，那种积聚已久质量变得很重的恨。他嫉恨万彬，更恼恨成蓉，当然，对后者的恨是掺了爱的恨！是爱而不能得的恼恨！

他当初曾对成蓉产生了怎样浓烈的爱！

他承认最初让他心动的是成蓉的漂亮。那弯弯淡淡的眉，那温柔沉静的眼，那小巧方正的嘴，那玲珑秀气的鼻，那莹白粉嫩的颊，他的心不能不为之一动。但那不过是一动而已，他并没有因此想到去爱、去获得。他对男女之事有自己的想法，他总认为男人应该在功成业就之时，再把心分一点给那些事，否则，心沉温柔海，业必被抛开！真正激起他爱她是那次他发高烧。云里雾里，整整两天，当他终于醒来时，看到双眼熬红的成蓉正用酒精棉球在他胸前、脚上擦，那么轻、那么柔，接下来她给他喂饭，让他的头靠在她胸前，双手环过来，一手端碗、一手拿匙，一匙一匙，那么耐心，那么仔细。后来她为了不让他心焦，坐在床头给他读他当时正阅读的《水网地的进攻》。那枯燥的军事术语，从她的口中柔柔流出来，竟那样动听、易记。成蓉在尽医生职责时显示出来的那份女性的温柔，把杜一川作为一个男子压在心灵深处的那支古老的、美妙的、自由的乐章唤醒了，把他原来先成业后去爱的决心摧毁了，他的心开始抖起来。于是，爱便不由自主地萌出、漫涨，终至于洋溢。那日，他听说成蓉爱吃虎皮豆，一次上街就买了二十袋。但买来了他却不敢送，怕她拒绝收，怕别人知道了笑，长期的自我压抑，使他爱的胆量已经变得极小。犹犹豫豫，胆胆怯怯。多少次轻步走向卫生所，多少次又悄步退回去。一天傍晚，他发现她一个人向营区后的树林里走，终于下决心悄悄尾随过去要向她倾吐。谁知一到林中他才发现，教导员万彬正站在林中等她，两人一见便拥抱在了一起。他立时觉到了一阵剧烈的头晕……

爱不成就恨，这是爱的普遍法则。只是一川平日把恨压在心底。此刻，他不想再压，反正大家只剩最后一晚在一起了。

成蓉愣了一刹，她猜不出杜一川何以变了态度，刚才那样急地随她往回走，此刻竟冷冷地想推托开。她略略有些生气：营里出了这么大的事他竟然想推！但即使生气，她也是柔柔地说："他说，叫你回去商量商量。"

商量商量。这四个字堵住了杜一川从心底涌出的恨。是的，你是代理营长，处理这种事情，可以叫你回去商量。他无话再说，便扭开头，径直向营门里走。.

"小杜！"石牌坊营门的一侧，突然传出一声苍老暗哑的唤。两个老人蹒跚着向他身边走来。借了营门灯，杜一川认出，走在前边的那个独臂老人就是成蓉的爸爸，二营的老营长成史柱，他是在听说老营队要撤销的消息后，特意来队看望老营队的干部战士和女儿的；那另一个白发白须的老人，是住在营门对面的魏五爷。

"有事，老营长？"杜一川转身迎向二老。尽管他对成蓉恼恨，但对成蓉的爸爸却极尊敬。这老人十几岁时和日军作战被砍去左臂，仍一直坚持在部队战斗，战功卓著。1956 年才因独臂不便部队生活，转回老家休息。

"这个戟，"成蓉爸抬手指了一下悬挂在营门正中的铜戟匣，"造的年代不知道，但也算一件文物了。当初国民党的部队弃营南逃时，你魏五爷悄悄取下保存起来，直到我领兵进驻西校场时，才又献出重新挂上营门。后来博物馆几次来人要，都被我顶了回去。听说从明儿起这里已不再做军营，五爷想问问能不能把戟取下来，交到博物馆去？"

"当然可以。"杜一川抬头望一眼那暗绿色的铜戟，点头答。

"那就——"

"爸！"成蓉打断了爸爸的话，"你少说几句，杜副营长有急事——哎，流星！"正说话的成蓉向远天一指。

众人抬头，只见一颗流星向东南坠去。

"八点十分。"成蓉边看表边小声叫。

"这丫头！"成史柱嗔怪地看了一眼女儿，而后朝杜一川笑笑："小蓉从小喜欢看流星。你有事就忙去吧！"老人挥着独臂……

大约是嫌了这秋夜凉的缘故，上弦月升得有些迟疑，而且刚刚越过城区那边的高楼，就扯些云絮遮了自己，于是它洒下来的光就显得昏黄，这昏黄涂在杜一川的脸上，就使那含着不快的脸庞带了几分阴沉。

思想工作本来是你教导员的事，还找我商量！他踏着重重的步子走到教导员万彬的门前，忽地推开了门。

商量什么？他原本是准备冷冷地这样问的，但眼前的情景却让他一愣：教导员万彬双手捂腹坐在桌前，英俊的脸上露出一丝痛楚。

“怎么了，不舒服？”杜一川因嫉恨而生出的不快顿时飘走，忙关切地问。

“胃疼得厉害。”万彬紧紧咬住牙。

杜一川转身朝外间喊：“成医助，快，给教导员看看病！”

在门外的成蓉听说万彬有病，忙慌慌地奔进来，快躺到床上，我看看。”她急急地去搀恋人的臂。杜一川看见成蓉那满脸的心疼和关切，心中顿时又有些酸。

“杜副营长，”万彬一边往床上躺一边开了口，“听说一连长要领人去师里闹事，你是不是去看看？”

杜一川点点头。好吧。教导员有病，你是代理营长，当然应该你去。

看到杜副营长出了门，成蓉关切地俯身问：“怎么了？你刚才不是还好好的么？是吃什么不卫生的东西了？”她是那种爱上一个男人就把心全给了对方的女人，恋人的任何一点不适都会在她心里引起共振。

万彬不答，侧耳听杜一川的脚步声。待那声音越去越远，听不见时，他才扭头望着焦急的成蓉，扑哧笑了。

“你？”成蓉一愣，触诊他胃部的手停住。

“嘿嘿，”万彬露出洁白的牙齿笑了，笑得十分得意，“我不过是略施小计！”

“你的胃不疼？”

“当然不疼！”万彬拍了拍他那强健的裸露着的上腹。“我是不想去处理一连长他们那件事！你知道世上什么人最可怕？除了土匪就是散兵！他们平日在军营受军纪约束，将种种野性压制得死死的，一旦变成散兵，失了约束，野性就会可怕地涌出来！撤销了编制的兵就是散兵，现在去做思想工作，阻止他们闹事，谁敢说不出乱子？所以我让杜一川去处理吧！”

“你？！”成蓉惊呆，双眸凝住，不动，直盯着万彬那英俊的脸。

“呆什么，现在我把好消息告诉你！”万彬又笑了，“刚才接到姐姐的电话，说爸爸给我活动好，把我调到未撤的九师政治部，明天上午就来接我。你先在这里等几天，我一去九师就想办法，很快可以把你调过去！你说，可以吗？”他摇了摇她的手。

成蓉没吭。她的双眼早已从万彬的脸上移开，望向窗外，窗外是昏黄的弯月，弯月上蒙着云翳。她的目光渐渐变得散乱，眸子上浮了迷惑，她似乎不能立刻明白眼前的事。

“来，小蓉。”仰躺在那里的万彬，声音变得极低、极柔，“我亲亲！”抬起手去搂成蓉的腰。有一刹那，成蓉弯了身，那动作有些机械，似乎是出于习惯，但当万彬的嘴就要触到她的唇时，她像是猛地从梦中醒来一样，一下子直起了腰，挣开他的手，转过身。

“小蓉，蓉！”他急忙探身又抓住了她的手。他已摸透成蓉的脾性：怕羞！每当他爱抚她时，她总是要挣脱、抗拒，但只要你顽强坚持，她最终也只好遂你的意。他第一次想把手伸进她的胸衣时，曾遭到了她怎样长时间的抗拒啊！但由于他的执意坚持、顽强进攻，她最后不是也终于遂了他的意吗？不过今晚的情况却出乎他的意料，他刚想把成蓉的身子往床边拉，却听咚一下，胳膊被重重甩开。他立时辨出：这不是嗔怪、佯怒。

“你怎么了？”

成蓉已跑了出去……

它飞姿优雅，神态安详，有时会长久地逡巡在一个地方。好长一段日子，它一直在塞纳河的上空飞，来回地用翅儿拍河水。

水面上漂些暗红色的东西。

“准备登车！”一连长挥拳砸在了桌上，而后抓起了桌上的一个包裹。

屋里的人也忽地一齐立起。人们讲出的烦，诉出的怨，倾出的恼，聚在一起，膨胀成一股更大的力，左右了群体的情绪。

这时，门开了，杜一川出现在门口。

一团烟雾旋转着向杜一川扑来，他猛地咳了一声，看到一连长那冷极了的眼神。

“老秦，这是要上哪，去师部？”杜一川静静地开了口。虽然他心里对撤销二营也窝着烦躁，但必须制止这个闹事行动。军令如山，二营的撤销令既已下达，现在去闹，就是违令。这会造成影响，二营的历史上还从未有抗拒军令的事情。

“知道了还问什么？！”一连长阴沉地说。

杜一川笑了笑，他没有生气。他和秦田齐当战士时就在一个班里，知道他的倔脾气。“大伙是不是坐下，听我说——”

“少啰唆！”一连长猛地打断了他的话，“愿跟我们走，就出去上车！不愿，就走开！少给我们讲大道理，听够了！”

“我不讲大道理，就讲——”

“好！你既不讲大道理，那你就给我讲讲这个怎么办？”一连长说着呼一下把手中的包裹朝杜一川扔来，杜一川伸手没接住，啪一下落地，包裹散开，露出了一堆一连历史上获得的各种奖状和锦旗。

杜一川双眼突然瞪大。看见了，那其中的奖状、锦旗，好多还是他在一连时和弟兄们一块儿争来的。那面写有“攻如猛虎”的暗红色锦旗，不是在南疆前线得的？哒哒哒。枪声骤然响起。弟兄们，冲呀——拿下“747”高地，为祖国效力！一川，别管我，上！田齐，血，你的臂！少啰唆，打！这面旗授给一连！挂好，

老秦，这是血换来的！放心……

一股酸热的东西在向眼眶里涌。不，你不能流泪，那是过去，你现在的任务是劝阻他们！杜一川慢慢地弯下腰，手抖着将包裹包好，才颤声说道：“人向前走，也许需要不断忘掉一些过去。否则，就不可能走得松快。这些，就让我们记在心里吧。”

“记心里？”墙角传来一个嘶哑的声音，“心里早被各种难处塞满了！天明以后我们就等着转业了，可你想过转业的难处没有？连排干部千把块钱的转业费，要安家、买便衣，还要为安置工作送礼，再同弟兄们喝场告别酒，剩下的够干什么？二连副指导员这批转业，想买个饭桌，转了几个家具店都不敢买，东西太贵，那点转业费不经花呀……”

“还有三连指导员，”一个粗嘎的声音接道，“老婆本来就有病，这批转业想留到县城，给县人事局长买了台七百多块钱的收录机，结果就在这当儿老婆病重入了院，钱不够，地方上又没熟人可求，只好跑回连队向弟兄们借……”

“一连副连长，”又一个嗡嗡的口音说道，“上批转业的。单位里没房子，说让他先自已想办法，等以后有了再分。他没钱盖私房，就搭了个油毡棚和妻儿住下。谁知上个月一场大雨，把棚子淋塌了，老婆、孩子压里边，险些送了命，前几天回连还边讲边哭……”

“还有三连一排长……”

杜一川的心一阵悸动。是的，他知道连排干部的经济根底，家里都有老人要赡养，收入就是工资那点死钱，加上一年妻子来一回，本人回去一趟，来回带点烟酒糖茶地一折腾，哪还有什么积蓄？自已没结婚，又是营干，仅仅照顾妈妈和小弟，身边至今尚无什么积蓄，何况他们！这些天只顾自已烦躁，这些事都忘了。也许，这也是导致今晚弟兄们要去闹事的原因。该死！蓦地，他的眼一亮，想起了营部的仓库。那仓库里还放着几十方木材，几个月前买来准备做营具的，后来因为营队撤销，就放在了那里。罢！把那些木材分下去！解决弟兄们的其他困难咱无能为力，分点木材的权还有。团里会怎么说？不管那么多！现在先把大家情绪稳下来，不出乱子，不在军内外造成影响！

“弟兄们，”杜一川开了口，“我代表营里向大家检讨！我们这一段没有注意帮助大家解决实际问题，现在我宣布：分给连以下每个干部半方木材，回去盖房子、打家具都行。请同志们跟我去仓库领！”

屋里的人都一愣。

秦田齐的嘴角上露了一丝嘲弄。

“走，跟我去领！”杜一川又紧跟着催。他估计，只要大多数人跟他一走，闹事行动就不可能付诸实行。

有几个人已经站起来，跟杜一川向门口走去。他知道，从众心理会起作用，只要有几个人跟他走，其他人也就会跟上来。

先把闹事的队伍瓦解掉！

歪了，倒了，模糊了，变色了。这就是我爱的人？这就是我爱的那个优秀教导员？那个潇洒、爽快的男子？那个觉着终生可倚的靠山？成蓉头脑昏沉地向一连连部走。

说谎，装假，精明地躲开，轻巧地把责任扔给别人。成蓉感到一阵莫名的痛心！

在最初听到一连长要带人去闹事的消息时，成蓉是把平息这件事的希望全寄在恋人身上的。她非常希望这件事能顺利平息。她知道一连长一旦真的带人去闹，二营就要在它行将结束使命的最后一晚，把它以往的声誉毁掉。她比一般人更关心二营的声誉，因为就是她的爷爷深入国民党的豫西民团，拉出了八十个人，组建了这个抗日独立营。以后，又是她的爸爸把这个营带进了这个西校场。还在她很小时，她就常随爸爸来这个营里玩。她当初从军医学校毕业，所以没留师以上医院而自愿来这里，就是因为她对二营有特殊的感情。可万彬竟在此时躲了，跑了，把担子甩给别人！

她觉出失望在啃着她的心，一阵一阵疼。她第一次开始对她的选择产生了怀疑。她曾经为万彬感到怎样的自豪！他长得多帅！单说那额头，多宽、多白、多明净！还有他那甩头发的姿势，轻轻一下，幅度不大，漫不经意，多潇洒！特别是在他穿背心、着短裤打篮球时，他的美全显示了出来，四肢强健，骨盆狭窄，肌肉发达，肋骨匀称，胸廓又高又宽。最重要的是他的口才多漂亮！可以说，成蓉就是被万彬的口才最终征服的！

像好多没有选定意中人的姑娘一样，成蓉初到二营时，一边工作，一边也在小心地观察身边那些未婚的男子。有两人引起了她的注意，一个是杜一川，一个是万彬。前者是因为他对军事业务的苦钻和处理军务的干练；后者是因为他的潇洒风度和漂亮外貌。她对两个人都有好感，但对谁也都没有表示出什么。直到那一天团里举行演讲比赛，题目是：我们这个时代的军人。团里五个营职干部参赛，只有万彬赢得的掌声最多、最久、最热烈。他那抑扬顿挫的话音，那恰到好处的手势，那旁征博引的立论方法，那诙谐幽默的语言，牢牢地抓住了听众的心，也把成蓉心房中紧锁着仰慕的那扇门推开了，以致当万彬演讲结束的最后一次鼓掌时，所有的掌声全落了，成蓉还在忘情地拍。就在那一刻，她感情的天平倾斜了。尽管在这之前，她已经模糊地意识到了杜一川对自己的情意，但天平已经倾斜了。不久之后的一天下午，当万彬大胆地把一张约会条子塞给她时，她便悄悄地赴约了。

她曾对自己的感情生活，怀着多大的幸福希望啊！她从未想到还会生出失望！从万彬的宿舍里奔出，她很想立刻扑到自己的床上，沉入昏睡，把刚才的那一幕忘掉。但她放心不下，她要去一连看看，看看杜一川怎样平息这桩事。

但愿能够顺利平息！

她来到一连连部门口时，杜一川正在宣布那项分木材的决定。她立刻明白了他的用心。是的，这也是个办法！她以女人特有揣摩人心的本领看出，屋里的每个人心里都有一个疙瘩，这疙瘩不是能立时消了的，也许分木材是一个不是办法的办法。

杜一川出门走过她身边，她上前轻声说："副营长，管理员去他老乡家了，我去喊他拿仓库钥匙。"

"噢。"杜一川看清是她立刻问："教导员怎么样？"

"没……大事。"话一出口，她就觉着自己的脸因为羞耻涨红了。

"要好好照顾他。"杜一川刚说完，一股酸意又翻上来。妈的，用得着你去嘱咐？她是他的人，他连着她的心，用得着你去闲操心？你倒是想想你自己，以后病了有哪个女人能管你？能管你？！

啪！他抬脚踢飞了路上的一个石块。

月光依旧黄黄的，不均匀地洒下来……

它从不觉得累，有时刚落到这里，又接着飞往异地。有一段日子，它才在阿尔卑斯山停下，跟着又腾空飞去英吉利海峡。

海峡上晃动着一些旗，几种颜色的。

袖珍录音机的磁带在缓缓地转，男中音的歌声轻轻地在屋中旋："……忘不了那一晚，我俩在河边，你脚伸清水里，头靠我胸前……"就在这舒曼的歌声中，万彬打开箱子，收拾着自己的东西，做着走的准备。"……你含羞地送来樱唇，我们紧紧地接吻——"

门推开，杜一川走了进来："胃疼好些了？"他问。待看到万彬的举动，又有些意外。

万彬脸上掠过一丝尴尬，急忙含笑点头。

“……你当时已经应允，我们不久就结婚……”歌还在响，万彬赶紧伸手关了录音机。

杜一川根本没注意到万彬的神色变化，先把自己刚才分木材的决定说了出来。这在营里是一件大事，应该让教导员知道，然后再向团里汇报。万彬听罢，沉吟了一刹，而后笑笑：“一川，有件事还没来得及给你说，我明天可能就要调到九师工作了。营里的事你看怎么办好就怎么办吧。”

杜一川吃惊地瞪大了眼，刹时明白了对方收拾东西的原因。很快，一股怒气从他的心中涌起；好哇，你的后路都有了，眼前的事还不管，老子管它干什么？天亮之后我算啥？谁会承认我是副营长？但他知道现在不是生气的时候，终于没说什么，只默默地走去摇电话向团里报告。为了不给二营的声誉造成影响，不给一连长他们今后添上麻烦，他在电话上没提闹事的情况，只讲“为了解决连排干部的困难，我们营决定——”话刚讲到这儿，话筒突然被一只手捂住。

杜一川抬了头，万彬含笑站在面前。

“不应该说‘我们营决定’，而应该说是你自己的决定！”万彬带着笑说道。

有一刹那，杜一川没弄明白对方的话意。但很快，一缕冷笑出现在嘴角，他从牙缝里迸出了三个字：“明白了！”猛地把对方的手拿开，对着话筒一字一句地更正：“为了解决连排干部的困难，我杜一川决定……”

喊来了营部管理员的成蓉，默默地站在门口。她看得很清楚，望着万彬那俊秀侧影，她心里第一次涌上了一阵厌恶。

当万彬满意地走向门口时，看到了伫立门外的成蓉，先是一愣，跟着抬手扯了一下她的胳膊含笑低声道：“小蓉，走，帮我收拾一下东西。”

“凭啥要帮你？”成蓉冷冷地说，拿掉了他扯她的手。

一丝愠怒升上万彬的心，成蓉连续两次冷冷的反抗伤了他的自尊，他原以为他早就可以驾驭这个文静、羞怯、单纯的姑娘，没料到她还有如此执拗的一面。

“成蓉！”当成蓉随了杜一川向仓库走，他喊了一声，用的是教导员的口吻。

成蓉站住了。

在最初的那一瞬，万彬真想说几句厉害话，训训她的任性。但借着室内的灯光看到成蓉那张莹洁美丽的脸庞，愠怒飞走，心中又溢满了柔情。是的，他挚爱着成蓉。以他的家庭背景和相貌，他接触的上流社会的漂亮姑娘不止一个，但可惜大都是开放型的姑娘，同她们接触不久就可以进入接吻、抚爱的阶段，就能钻入她们的心灵，然而你总觉得两人对等，双方都是胜利者。感到神秘和渴望征服，是男性爱的两种重要成分，这两条不能满足，万彬自然感到乏味。而成蓉是另一种姑娘，她的羞怯、文静和庄重，把她身子的每一部位和心灵的每个角落都变成一座堡垒，变得神秘，使你的每一点进展都要经过一番顽强的进攻。这进攻使人既觉得焦躁急迫，也使人尝到兴奋激动，而每一次进攻的得手，都让人体验到无比的快乐。

他不想再惹成蓉生气，于是用极亲切的口气说："小蓉，你怎么那么关心分木材的事？军区纪委最近三令五申，在精简整编中严禁私分营具、营产，违者严究。杜一川这样办是要倒霉的，你去掺和什么？你总不会也想去分半方木材吧？"

"说完了？"成蓉平静地问。

万彬点了点头。同时上前，想去握成蓉的手。但成蓉退后一步，冷冷地开口："谢谢你的提醒！"说罢，转身便走。

万彬僵立在那里，他觉得一股冷气从脚跟升起，缓缓地爬上了脊背。剥去了云翳的弯月，在地上拉出了他清晰的倒影，那倒影好细、好长、好静……

交代了管理员分木材的事，杜一川向宿舍走去，他估计事情会缓过去。待天亮再去找他们谈谈吧，什么事都宜冷处理。

拉开灯，他拿过那本读了一半的《战役学》，摊开学习笔记，拿起笔，低头读起来。这是他早已养成的习惯，每晚睡前读一章兵书。

但刚读两行，他猛地抬起头来，意识克服了惯性：不用读了，你再读这些书还有什么用？什么用？！

他痛楚地坐在那里，一动不动。室内好静，只有日光灯的镇流器轻微的咝咝声。

你辛苦摸到的路到底断了！这就等于，你在三十岁之前，什么也没干，没干！

人识字之后带来的寻常后果，就是总让人想干点什么。可当年初中毕业的杜一川，能干成点什么？从政，做官？谁引荐？从文，治学？那个年代哪里去求学，即使能上学又哪里去弄上学的钱？苦闷无奈中，他想到了从军。这是那个时代向底层社会的孩子敞开的唯一一道门。他进了这门，自然知道珍惜这个机会，凭着他从石匠父亲血液中继承过来的坚韧，凭着他从务农母亲的奶汁里吸取过来的耐劳，他成了一个优秀的士兵，并最终挤进了军官的行列里。这在他是怎样的一个艰苦过程！人们只看见他是神枪手，却不知道他臂缚砖头练瞄准，累得晕倒在雪地上；人们只看见他是单兵战术尖子，却不知道他独自摸爬滚打时双膝流了多少血；人们只看见他是军体比赛第一名，却不知他的腹肌疼得裤带都不敢勒。他跋涉过一个怎样阔大的艰苦和辛劳的沼泽啊！但那一切，他都忍过来了。他已经明白，自己干的也是一项事业，从这条路也可以像杨振宁一样走向成功，可以像自己从小就敬仰的岳飞、戚继光那样为国尽忠，可以使自己像孙武、孙膑那样青史留名！

他于是有些发疯，发疯了的学，发疯了的钻，知识和阅历使他开始变，变成了地道的军人、变成了标准的军官！

号角连营，旌旗一片，军帐相接，大军十万，坐指挥车一辆，挥师戍边，这情景已不止一次映在他的脑中，出现在他的梦里，幻在他的眼前。

然而，现在都已化作一股青烟！

二营撤了，等待转业，你还读这些书、还要这些笔记有什么用？什么用？

你三十岁之前什么也没干！你只是白吃了那么多年的饭！

一丝冷酷的嘲弄爬上了他的嘴角。他的手慢慢拿过那本笔记，另一只手伸过去，抓住一页，刺啦一声，撕下来。响声真脆！

川儿，你在撕什么？鞋样儿？天哪！这是你姐姐剪的，花了几天时间，快放下！

刺啦！

放下！听见了吗？这是你姐姐的心血！她专门跟人家学剪的新样子！

刺啦！

这孩子咋这样不听话？你姐姐费了好大的力气，快，放下！啪！你是找打！

刺啦！

刺啦！

他撕得那样从容、那样认真、那样镇静，一片片白色的写满了字的纸从他的手中滑下，飞落到地上。一本笔记撕完，他又拿起了另一本，当所有的笔记本都撕完之后，他慢慢地蹲下来，掏出了火柴。

嗞。火头闪一下。

嗞。燃着了，火光腾起来，好白！

他盯着那火光，火光在变大、变亮，他似乎很开心，突然间咧嘴笑起来，而几乎是同时，两滴晶亮的东西出现在他的眼眶里，摇着、闪着、晃着……

它很喜欢在大洋上飞，天高海阔，极有趣。有一段日子，它在太平洋上拍着翅，把褪下的一些柔软羽毛撒向了好多岛屿。

洋面上飘散着黑色的烟缕。

人静、风微，营区沐在一片淡淡的月色里，街上的坠子声还在隐隐传过来：“……宗保一听怒满胸，下巴一抖虎目睁，催开坐下白龙马，银枪舞动不留情……”

杜一川摇摇头，把坠子声从耳内赶走，又继续自己的思索：如何去最终说服要闹事的人？刚才，他烧完那些笔记，摇摇晃晃地才站起，管理员跑来告诉他，一连长和另外七八个干部不来领木材。他听后才意识到，那件事还没有算完。他本是要再去一连看看的，走到半截却又迟疑了，折向这条通往操场的小路。

去了说什么？为什么非要撤掉二营不可？他自己心里也在烦，如何去说？

他要先让自己静下心来！

"……那时住在这里的好像是七、八、九三标，我常趴在院墙头看他们练刀……"一个苍老的声音忽然在不远处响起。他循声望去，原来是成蓉爸和魏五爷两位老人，还在蹒跚着踱步。

"你们还没有睡？"一川走了过去。

"没哪，人老，瞌睡少了。"成蓉爸笑着应道，"这营房明天就要变成学校了，我和你五爷想再走走看看。"

"知道么，小伙子？这西校场清朝时住了清军三个标，我那时常趴在墙头上看他们练刀。"五爷接口朝一川说，"听我爹讲，外国人烧了北京圆明园以后，这西校场的兵两天没吃饭，兵营里到处是哭声。"

"是吗？"杜一川吃惊地环顾了一眼静静的营区，这里曾经响起过清军官兵的哭声？

"那时候空有军营！"成蓉爸闷声说。

"看见了么，那个石台子！"老人又扬起手中的拐杖，指了一下卧伏在操场边的一个石台，"那叫点将台！听说当初王莽和刘秀开战时，刘秀在这台上点过兵。后来杨家后代杨再兴抗金，在这台上点过将。再后来，张自忠带兵去随州同日本人决战，也在这台上阅过兵。一九四八年成营长领兵进了西校场。历朝历代，咱宛城都驻很多兵，五个校场全驻满，只是到了解放后，兵才越驻越少，先是东校场变成了机床厂，后是北校场变成了农科院，这次又该你们西校场变了。"

"是啊，都在变，"成蓉爸感叹道，"大概，从事军人这项职业的人，是会逐渐减少的吧？一个民族，当兵的越来越多，驻兵的地方越来越大，怕也不是一桩好事情……"

两个老人慢慢地走远，杜一川的双眼直盯着蹲在月色下的点将台，他觉得心中的什么地方被碰一下，似乎有一道缝裂开，让他觉着了一丝疼，那疼痛使他的眼睛蒙上了一层水雾，水雾又使那点将台变得一片迷蒙。迷蒙中，他恍然看见那石台似乎也裂开了一道缝，就在那缝隙中，他看到了黑袍黑马的刘秀、白盔白甲的杨再兴、扬眉按箭的张自忠、独臂挎枪的成史柱。在这几个人影的背后，似乎有些新的什么人，什么人？看不清，好迷蒙！好迷蒙，看不清！

"杜副营长——"突然有人喊，他的身子一颤。于是，他看见了平平的石台、淡淡的月色和两老人远去的苍老身影。

"杜副营长，团长电话找你！"远远地又传过来一声喊。杜一川这次听清，是营部管理员。

团长找我，干啥？一川匆匆向营部走去。

弯月下沉了不少，树影子长了好多，但坠子声仍在断续地飘过来："……这才是上山虎遇见下山虎，云中龙遇见雾中龙，铜盆遇见铁扫帚，丧门神遇见白虎星，二人杀得难分解，马来马往尘飞腾……"

"谁叫你私分营产的？你还有没有纪律观念？你知不知道上级的三令五申？你是不是也想趁机发财？立即收回分发的木材！马上写出书面检查……"

没有停顿，不准争辩，一顿训斥哗哗啦啦地从话筒里直向杜一川砸来、压来。

他感到了一阵莫名的委屈。

委屈之后便是愤怒：妈的！老子不管了！天亮之后我还是谁的副营长，还管这些鸟事作甚？"我——"他猛对着话筒吼，但只吼了一个字，又突然噤声。不！事已至此，你要对二营的最后声誉负责！起码你要对一连长他们的政治前途负责！另换人来处理，敢保不会使矛盾激化？

放下话筒，他坐在那里，许久未动。

手捏针管的成蓉，默然站在一旁。她刚才在这屋里给通信员打针，团长的训斥听得一清二楚。望着杜一川蹙紧的眉头，她为他感到委屈。她这才注意到，他生的原来是一对卧蚕眉。成蓉像许多强烈专一去爱的姑娘一样，一旦心许一个男子，就不再去留心另外的男人，她把那当作不贞的前奏。此刻，她看到他那两只蚕眉紧紧地皱起、不停地播动，像是蚕身受到了狠命的一击，霎时在心里生出一阵痛惜和着急。他会怎么办？不收，如何回复团长？收了，岂不等于火上浇油，更快地推动他们闹事？

"管理员，"杜一川忽然转过头来问道，"已经分下去的那些木材，总共值多少钱？"

"值——"站在室内的管理员默算了一刹，"两千九百五十元，当初因为是价拨，这木材比市面上便宜。"

"这样，这些木材算我买了，送给弟兄们的。我先把两千二百元的存折交给你，你待会就骑自行车拿去交到团里，剩下的部分，等我的转业费发下来时再扣！"杜一川慢慢地掏出一根烟，点着，起身走出门。

成蓉和管理员同时一愣。"这……"管理员嗫嚅了一声。

只有成蓉知道，杜一川说的两千二百元是什么款！

三个月前，杜一川的老母来队住了几天，因为成蓉是营部唯一的女兵，老人便常找她说话散心。就是在闲拉家常时成蓉知道，杜一川的大弟弟半年前牺牲在滇南前线，死前留下一封遗书，嘱咐妈妈用他的抚恤金为最小的弟弟盖几间像样的房子。老人来队，就是把两千二百元的抚恤金交给大儿子，让他在这里买木材、钢筋和水泥。

当杜一川返来把存折塞到管理员手中时，成蓉突然开口大声地对杜一川说道：“你不该——”但没容她把话说完，杜一川忽地扭过头来瞪着她：“不该什么？！”眉心中露出几分可怖的狰狞，他心里窝着的委屈、气恼、烦躁，正无处发泄，听到成蓉这半句含有指责意味的话，看到这个深爱而不能得到的女人，一股恨意又在心头膨胀，使他突然生出一种要使她痛苦的冲动！

“你们什么都应该！应该调走！应该拿钱不管事！应该继续穿军装！我们掏钱买点木材都不应该了？！什么叫该？什么叫不该？我说你该立刻从这里滚出去！去跟你男人一块儿走！不该在这里多嘴！”

成蓉愕然地瞪大了眼，她的脸先是由白转红，随即又由红转白，苍白，煞白。一阵轻微的抖颤从她的下颌生起，极快地向全身蔓延；她的眼前先是腾起一层雾，雾迅疾地变浓，终于变成了水。猛烈地冲出眼睑，向双颊淌。

她转过身，慢慢地向外走……

它也喜欢在有绿色树林的地方飞，有一些日子，它姗姗飞往南美洲，看无边无际的树林，看逶迤的安第斯山脊。

树林中有一堆火冲天而起。

杜一川站在宿舍前，舒舒眉，撮圆嘴，轻轻吐出一串白色的烟圈，那烟圈立时飞进了蒙蒙的月色里。

一股夜气围过来，带着柔和的、凄凉的，同时又是迷人的秋夜气息，凉凉的、润润的，钻进了他的肺。

他感到了轻松，甚至觉出了几分惬意。对成蓉的那一通怒骂，带走了郁积在他心中的一部分烦躁和怨气。哦，人原来可以这样找到轻松，你过去竟不知道！娘的！

他一边吸烟一边让目光散漫地在营区里游：越障训练场、车库、厨房……蓦地，他看到了营里那几间来队家属接待房，就在那房门口，似乎站着身子伛偻的妈妈。妈妈正抬手抿着她那雪白的头发。

川儿，妈这次来，带了一笔钱，是你大弟死后县上给的，妈带来放你身边，你要看到有卖便宜木头和钢筋、洋灰的，就买一点，待明年春上给你小弟盖几间房……

大哥，我这回上去了。你打过仗，心里明白，我就不写别的了。万一我要回不来，你记着用我的那笔抚恤金把咱家的房子翻修翻修，咱那房子太旧了。咱那里的风俗，女的找婆家，第一就是看房子，房子盖好，咱小弟找对象就不难了。这件事办成，也算我为家里出了点力。我知道，这些年你手头钱也很紧，就让我把这件事办了吧…….

他刚才的那点轻松全飞了。

不，不！那钱谁也不能给！那是弟弟的血换来的！你充什么能？这年头还干这一套，谁承你的情？算了，收！木材收起来！谁愿闹事谁去闹，又不是你自己闹！

他打算去找管理员，但走出几十米，脚步蓦然又放慢。

奶奶的！给！谁稀罕这点破木材，刚分下来又收上去，说话是不是放屁？算什么鸟当官的……

给他吧！这年头，朝令夕改，出尔反尔是常事，咱不发他这个财……

全世界都没裁军，就他妈的咱中国逞能，还偏偏把咱二营打发了，你说这不是命？命里三升米，吃不了整四升！命里不该有的东西，拿到了也得交回去！给……

杜一川停住脚步，抬手捂了眼睛。

近处传来一阵秋虫叫，隐隐的，蟋蟀？蚯蚓？雨狗？叫声那么幽。

一刹之后，一川放下手，慢慢地转身向自己的宿舍走。刚在屋里站下，门被推开，擦去了泪水的成蓉出现在门外。

杜一川一惊：她要找我闹？闹吧！我看着。他昂起头，不看她，眼望着墙角。

“这个，添上！”成蓉几步过来，把一个纸折往他手中一塞，走了。

“什么？”杜一川诧异地打开那纸折。

一千元的活期存折！

杜一川的双眸倏然定住。他把头俯低，似乎想看清存折上“成蓉”那两个字是用什么笔写的，随即，他的嘴张开，像是要喊出一句什么，但终没有一个音节出来……

弯月被乱云缠住，悠悠地向围墙那边坠，树木和房屋的阴影在逐渐地变大、变浓。夜，正缓缓地向终点移。

成蓉没有开灯，坐在卫生所里间自己的床前，隔窗默望着夜空，宝蓝色的天幕，因下弯月的下沉，星儿显得密了、亮了。

噗嗒。一串泪珠滚下，紧跟着，她那漂亮的双眼里又已注满了泪。为啥？心酸？委屈？屈辱？气恨？说不清！

说不清的事情实在太多！

刚才，杜一川的那顿怒骂，确实使她感到委屈、伤心。但一阵眼泪流过，心中却又慢慢升起一份歉疚：是的，他今晚也受尽了委屈，而那些委屈一半就是你爱着的人抛给他的，他该对你喊、骂！这歉疚使她下决心帮助杜一川，拿出了自己存的钱。

还有，对万彬，她是气恨，但那气恨里却多是恨铁不成钢的成分。她多么希望万彬今晚的那些行为都不曾真的发生，那只是自己的噩梦。天一亮看见他后，他仍是那个令人敬重、钦佩的教导员，她不愿弄碎他在自己心中的形象。女人的爱倾出去时带着坚定，收回时却含了犹豫。这犹豫甚至让她努力寻找理由来安慰自己：也许，人一生，灵魂都有堕落的时候，但人的价值，可能并不仅仅看他堕落的深度和次数，而看他升起来的高度和最终的质地……

泪眼迷蒙中，她忽然看到夜空中又出现一颗流星，好明、好亮、好灿烂，迅疾地向东北方划一道银线，转眼间就落了。她抹去眼泪，拉灯，看表。十点四十七分，今夜的第二颗，划向东北，持续大约两秒，她从抽屉里拿出那本“流星观察记录”，很快地记下来，这是她至今为止观察到的第九百四十六颗流星。这记录是她从七岁生日的那一晚开始的。为什么要观察？要记录？是喜欢流星划过的灿烂？是悲哀流星陨落的凄惨？是摸索流星出现的规律？是探究流星出现的道理？似乎都不是，这只是她的爱好和习惯。

记完，扔下笔，她没有像往常那样刷牙、洗脸、洗脚，便脱衣上床睡下。她期望赶紧入睡，好忘记今晚的一切。

一条坦直的沥青路。好光、好平、好直，路旁有花、有草、有鸟，成蓉和哥哥在路上走，走得轻快，哥哥唱起了歌，但唱得不好，嗓子又哑又粗，她拍手、她笑，正笑得高兴，突然间地一动、一摇。不好，路断了，一条巨大的裂缝把她和哥哥隔开。那缝真宽、真深、真怕人，下边还有蛇在盘。快跳！哥哥喊。但她不敢，怕摔下去！快跳！她走到裂缝边，吸一口冷气，又退回去。快跳！她环顾四周，天要黑了，身后有狼嗥。她哭了，跳还是不跳……

纷乱的心绪把她带入了怪异的梦里。

在深深的梦魇中，她没有听到外边的敲门声，没有听到三连司务长那带了几分醉意的喊叫：“成医助，给我包包手。”没有听到外间门被推开的吱呀声。

她睡前没像往常那样去洗漱，因此也忘了把门插上。

“人去哪了？”三连司务长嘟嘟囔囔地走进来，摸索着拉开了灯。他酒喝得有些多，在路上绊一跤，手指被蹭破一块皮。“我自己包！”他自语着去找纱布，找不着，又掀开通往里间的门帘，拉开了灯。

他意外地瞪大了眼。

成蓉躺在床上，两条雪白的胳膊放在被子外边。

刺眼的灯光把成蓉从险恶的梦境中解救了出来，她睁开眼。

最初的那一刹，她似乎不能理解司务长怎么会站在她的房间里，于是探起身，懵懵懂懂地问:“你怎么进来了？”

在看到成蓉睡姿的第一眼，平日严格的军纪养成的惯性，使司务长立刻就想扭头往外走，但随即，在他那被酒精烧得有些昏沉的意识里，一个念头浮出来：营队明天就要撤了，你不再是什么兵了!

他没动脚！反而把眼瞪得更大，直盯着成蓉的胸口。在怪梦中挣扎，成蓉把短袖胸衣上的纽扣撕开了，两峰之间那片莹白的平川，袒露在司务长的眼前。

一股狂野的东西突然从他的眼底升起。

司务长的那种眼神，到底把成蓉从懵懂中惊醒了。她慌忙拉被盖上胸口，同时说道:“你出去！”

司务长拉灭里屋的灯，转身向外间走去。但他拉灭了外间的灯后，返身又进了里屋。

“你要干什么？！”成蓉黑暗中听到他又走进里间，骇然地低叫，本能地揪紧被子。

“我……”司务长哆嗦着向床前走去，一只手紧捂着自己的上衣口袋，手指发狠地按着口袋里那张未婚妻的照片。在那一瞬间，一股强烈的愤恨涌上来：你们这些女人!

“你、你……”成蓉的牙齿在打战。

“臭女人……”

他猛地向床上扑去。

啪！他挨了重重一巴掌……

它有时翅儿扇得很轻，几乎无声；有时扇得很重，响如雷鸣，在一些日子，它轻落在朝鲜半岛，看鸭绿江和大同江的江岸，看那些人参、金矿和烟草。

地面上有好多人在跑。

杜一川感到一阵揪心的愧悔。

你怎么能那样骂她？！

成蓉那愕然、委屈的面影每在他眼前晃一次，他都感到一阵锥心的难受。

明天向她道歉!

他一捶自己的额头，快步向一连连部那边走。他要去那里看看，剩下的那些人到底散了没有。经过卫生所门前时，忽然听到卫生所里传出扑腾、砰、咣啷的响声，他一愣。军人特有的敏感使他意识到：屋里出了事。他迅捷地闪步到门边，半开着门更使他感到不安，他飞快地进了屋，拉开了里外屋的灯。

司务长惊恐地扭过了脸。

一股血忽地涌上杜一川的头。他简直不相信自己的眼睛。

仰躺在地上的成蓉，一只手仍死死地揪着司务长的耳朵，一只手狠推着他的下额，她的内衣内裤几乎被撕碎，裸露着的雪白胸脯上现出鲜红的血痕。屋里一片狼藉，撞掉的药瓶、书本、衣服、被子撒了满地。

一瞬间的呆愣过后，成蓉松了手，猛地抓起一件衣服捂住身子，扑到床上，发出了令人心碎的低泣。

司务长恐惧地缩到墙角，呆呆地蹲在了那里。

“畜牲！”愤怒猛烈地冲击着杜一川，他的拳头在攥紧。这愤怒是耻辱和痛苦的化合！在自己治下的军营，竟出现了如此野蛮的事情，这使他感到耻辱！而遭到欺侮的对象，又是自己魂牵梦绕深深挚爱的女人，尽管她已属于别人，但在他的内心深处，毕竟还藏着一丝近乎绝望的爱，这爱加剧了他此时的痛苦。

他猛地向司务长扑去，拎起他的衣领，抡起拳，咣、咣、咣！挥起掌，啪、啪、啪！抬起脚，咚、咚、咚！司务长没反抗，没有防护，没有哀求，听任副营长打着、砸着、踢着。当杜一川终于住手之后，司务长仍摇晃着身子把青肿的脸伸到他面前。

打累了的杜一川在急促地喘息。

司务长见杜一川不再动手，突然转身去旁边的器械盘里抓起一把手术剪。

杜一川一惊：要行凶？

司务长眼中的恐惧消失了，他懊悔地捏住剪子，向自己的胸口扎去，杜一川急忙伸手抓住了剪子。他挣扎着，挣不开副营长铁钳一样捏着的腕，便双眼里全是恳求地望着一川。

杜一川这时愣住了。他看见了对方额头上那道长长的疤痕。半年前的一个傍晚，司务长买菜归营，突见路边三个歹徒要凌辱一位妇女。他没有犹豫，赤手冲上去，一场拼斗，救下了那女人，也落下了疤痕。

那个司务长和这个司务长是一个人？

“杀了我这个畜牲吧！”司务长呜咽着跪下去。一张相片从他那撕掉纽扣的衣袋里掉出，飘落到杜一川的脚下。

一个烫发的漂亮姑娘，含着笑躺那里。

杜一川认出这照片就是傍晚喝酒时司务长掏出来的那张，是已宣布同他断绝关系的未婚妻。

当啷一声，剪子落地。

一阵愧悔的呜咽。

一阵心碎的低泣……

万彬把最后一只皮箱扣上，关了一旁轻响着的袖珍录音机，长舒了一口气。总算收拾完了，明天姐姐带的车一来，东西装上就可以走。就在他想到走的同时，成蓉的身影又浮在脑子里，刚才的不快已经淡了，一股柔情又从心中涌起，她睡了吗？

拉开门，远处的卫生所还亮着灯，他心中立时一喜：没睡。嘴唇顷刻觉得灼热干涩，他记起了她那带着甜味的呼吸。去看看她，说说话，她不再生气了吧？真不知道她今晚何以会生那么大的气。

走到卫生所窗前，忽听屋里有轻轻的男人声音，不禁一愣，这么晚了，谁还在这里？一种作为情人特有的警惕，使他停步，就着窗帘的缝隙往里看看。

只看了一眼，他的头就轰然一嗡。

成蓉侧身躺在床上，裸露着肩臂，杜一川拿着一个瓶子向她很低地俯下身去。

他在给她洒香水？

一想到成蓉那雪白的臂膀，此刻竟裸在杜一川的眼前，万彬的心都裂开了。他觉着自己闻到了一股香水味，那样浓！

他只看一眼，他也只能看这一眼。一股猛烈的妒火转瞬就把他的双眼烧红、烧蒙了。他只觉得一个巨大的火轮在眼前晃着、飞着，脚下的土地似乎在塌、在陷，心脏猛烈地跳动，似乎要把血喷到体外。好一个女人！现在明白了，你今晚为什么不断地生气，原来勾上了杜一川！奶奶的，老子眼瞎了！杜一川，好小子，你竟然欺负到了我头上！

奇耻！大辱！

万彬觉着有一把刀，在一点一点剜着他的自尊心！

从小至今，凡是他想要的东西，还从来没有得不到的时候，更没有被人夺走的先例！那盆菊花，是的，是菊花！花朵是黄的，摆在那个姑娘的窗前。八岁的万彬看见，喜欢，非要搬回家不可，但姑娘不愿给。于是嚷着让妈来买，可姑娘不卖。妈便坐车去了街道办事处，不过半个小时，没花一分钱，搬来摆上了万彬的窗台。万彬想上市一中，妈说，“走！”万彬说想去当兵，爸说：“行！”万彬说想去军校学二年，领导说：“中！”

他的要求、希望从没落过空！

但是现在，杜一川竟夺走了成蓉！

奇耻！大辱！杜一川，我会让你知道厉害的！会的！

他摇摇晃晃地隐向一片黑影里。

片刻，卫生所的门开了，杜一川出来，带上门，径直向一连部的方向走，他心里还记挂着一连长他们。刚走出几十米远，一个影子突然挡在了面前。

“教导员？”

借着就要沉下去的弯月，他看到了万彬脸上的怒色，心中莫名地一紧。刚才，三连司务长走后，望着仍伏身低泣的成蓉，杜一川了无主意，不知道怎样安慰。他有心去叫个家属来，又怕把事情张扬开影响成蓉的声誉。就在他手足无措时，成蓉哽咽着说：“副营长，你能不能把消炎粉和纱布拿来，给我包包肩后的伤口？”一川这才注意到，成蓉的肩后有血。当他用剪子去剪成蓉肩后那已快被撕碎的内衣，看到莹白的肌肤上那沁血的伤口时，心里涌起一阵怎样的痛楚……

他做的是他应该做的一切，可不知为何，此刻见到万彬，心里竟有些慌。

“你干得真漂亮！”六个裹着仇恨的字，挟一股冷气，跳出万彬的牙缝。

一川顿时明白，万彬误解了。一种保护自己声誉的本能愿望，驱使他想解释，但口张开，话却又咽了回去，不能！万彬若知道真相，再去找三连司务长，难保不会惹出麻烦，二营今晚不能再出事了！还有，讲出来成蓉受欺的事，万彬会怎么对待？一川已不止一次地听说，好多男人，在知道自己的未婚妻遭受欺侮后，即使是未遂，也觉耻辱而宣布分手。万一万彬也如此，柔弱的成蓉还能承受住这一打击？不！成蓉已经受了不少委屈，不要再让她承受意外的痛苦！

“我是去找她要点药。”他努力地让自己脸上浮点笑。

“咚！”一拳砸在杜一川的胸口上。这一拳太重、太猛、太狠，猝不及防的一川倒退几步，仰倒在了地上。

疼痛使得杜一川蜷起了身，眼前一团金星，金星消失后，怒气使他真想一下子跳起，挥出他最拿手的掏裆拳，也把对方捅在地。一拳，只要一拳，就可以让他晕过去！但他不能！一连的事情尚未处理完，两个营干在这里打起来，成何体统？于是终于咬牙忍住，开口。低低地说：“教导员，万彬同志，你要冷静！”

话未说完，身上又挨重重两脚。

杜一川紧咬着牙，强抑着自己不还手。

就在这时，卫生所的门吱呀一声拉开，被那闷重的倒地声、踢打声惊起的成蓉走了出来。她惊异而默然地看着这边。

“知道我不好欺负了吧？！”万彬又咬牙低叫一句，喝醉了酒似的蹒跚着向宿舍走。

杜一川仰躺在地上，一动不动，只把两眼望向宝蓝色的夜空。但随即，他猛地跳起，趔趄着奔向远处的越障跑道，对着那作为障碍的木板墙，咚咚咚地踢着、踹着。在他猛烈而愤怒的攻击下，木板在掮动，响声喑哑、沉重。咔！痛楚的呻吟中，木障裂了。一片木屑飞出来，刺破了杜一川的手。这反抗更加激怒了杜一川，呼哧着粗气，更狠地踢，更猛地踹，终于哗啦一声，木障碎裂了一大块。

他定定地站那里，似乎在欣赏自己的胜利。但突然捂住脸，身子萎缩似的蹲下去。

指缝里涌出了晶莹的泪。

一辆夜行的马车，从营外的什么地方辘辘而过，一记鞭响之后，起了一阵马叫，叫声嘶哑、幽长，凄如低泣……

它在一个地方有时停得很长，有时又停得很短，停长了就看得仔细，停短了就看慌急。有一些日子，它停在东南亚，仔细地看了河口三角洲是怎样冲积起来的。

有些屋子的木柱埋在沙土里。

起风了。风不大，但已可摇动营区里的梧桐树叶，让它们起一阵喧哗。

就要坠地的弯月，光线弱得可怜，营区的石板路面，已经变得十分灰暗，就在这石板路上，响来了缓慢的脚步。

“我记得很清楚，”又是魏五爷那苍老的声音，“中央军十七团住西校场时，常有些当兵的开小差。就在那边院墙的小角门旁边，有俩逃跑的小兵被打死。”

“嗬，你的记性真好！那是谁呀？”正应和着老人话的成蓉爸，忽然看到旁边的越障跑道上蹲着一个人。

“是我，老营长。”杜一川慢慢站起来。

“哦，是小杜。你蹲这里干啥？”两个老人摇晃着走过来。

“看看，这些木头。”一川有些支吾，“都半夜了，二老还不休息？”他掩饰地扭了话题。

“俺们这就去睡，”成蓉爸点着头，“这院子明天就要交出去了，总想再看看。噢，有件事想给你说一下，你五爷刚才和我商议，明早取下营门口的铜戟时，是不是举行个仪式。”

“哦。”他应一声，扭脸向不远处的营门望去。明亮的营门灯下，铜戟匣默默地悬在那里。看不清匣里铜戟，但一川能够想象出它静卧在那里的暗绿色的身姿。

“这是规矩！”五爷接口道，“过去，只要兵营易主，取戟升戟，都要焚香、擂鼓、行礼的。除了国民党军队逃跑那次，剩下都是这样办的，我见过多次。”

“那好吧。”杜一川低低地应一句，随之叹口气，“反正咱二营也完了。”

“是啊，二营是完了，”成蓉爸喑哑地道，“是叫人不痛快。可是孩子，你想过没有，在二营之前，已经有多少军队的多少营队都完了，不过不像咱这个完法罢了。当年台儿庄血战时，我随我爹正在豫东买弹药，血战结束的那天晚上。我们跑过战场。孩子，你没见过的那种场面，不是你在南边见过的那种场面，更不是你在电影上见过的那种场面，是大战之后的场面。那晚也有月亮，月光下只看见一片趴着、跪着、仰着、横着、竖着的死人，就像大片麦田里收割后捆起来的麦个子，数不清楚，看不到边。地上全是血，土都被血泡软，我的脚几次踩到血坑里，鞋都湿透了，漫天的血腥味憋得人都喘不过气来。不知道那一仗日本人和我们抗日的军队究竟完了多少个营队。那时我十二岁，还不大省事，看着看着害怕了，小声问我爹说：爹，他们的妈妈咋办？我爹半天没吭，后来只说了两个字：哭呗！于是我就想，那些人的妈妈要是一齐哭起来，声音会有多大、多大……”老人的声音，越加嘶哑了。

杜一川惊异地看着老营长。他第一次发现，在老营长那溢着豪气的脸上的皱纹里，还夹着一缕含义莫名的忧愤和苦痛。

他的心突然起了一阵战栗。与此同时，两个铮亮的光点出现在他的瞳仁里。

他无言地站着，直到一阵汽车的引擎声传来，他才身子一震：“什么车响？”

“哦，大概是一连的汽车。”成蓉爸随口道，“我和你五爷刚才从一连过来，听他们嚷嚷着要开车去师里，不知去干啥。”

“是么？”杜一川猛一激灵，这么说，一连长闹事的心仍没消！他刚才的不振蓦然抖去，转身往一连连部去，没走出多远，看到了两只雪白的汽车大灯。

汽车向营门开去，可以隐约看见，车上站着七八个人。

一定要拦住他们!

杜一川改向营门没命地跑去。

秦田齐手扶着车前大厢板。车灯如柱，把弯月沉下之后的黑暗撞开，把前边的石板路变成一道光的河流。汽车疾驰带起的夜风，击打着他发热的脸颊，撕扯着那长长的胡茬，推拥着他翻滚的心海。

那海面上横冲直闯着一条船！

船上张着帆！

闹！闹一场！

他看透了杜一川分木材的用心。哼！二营撤销，我们失去的岂是那半方木材所能补偿？虽然杜一川那一下子真动摇了不少人，但剩下了这七八个弟兄态度更坚决。这也已经够了，也足以造成影响。静坐！一个小时之后，就可以静坐在师部门口。那时，师长、军长就会被人从床上喊醒，就不得不中止他们的好梦。就是要让他们知道，撤掉二营不是那么简单的！你们应该考虑到我们基层干部战士的利益！

车到了营门口，前灯照亮悬在营门上的铜戟，它静静地卧在匣里。哨兵看清车上的一连长之后，缓缓拉开了铁栏门。

就在这时，杜一川气喘吁吁地站在了车头前。

秦田齐一愣。

车灯把杜一川草绿色的军装映成了灰白色。

引擎停息。

"回去！"杜一川待自己的喘息平定之后，低声喊。

"让开！"秦田齐冷厉地叫。

"老秦，回去！有话回去说！"杜一川的声音里加了恳求。

"让开！"秦田齐低沉地重复。

"老秦，弟兄们，有什么难处，全给我说，我一定想办法解决，行吧？"

"给你说了你能解决？"秦田齐嘲弄地低叫，"你能把我们二营和每个连的荣誉室保存下来？保证老刘和我的老婆孩子变成随军家属？你能给我们副连长安排个位置？你能把小邹转成志愿兵？你能解决什么？"'

"老秦，听我说——"

"少啰唆，让开！"一连长打断杜一川的话，声音愈冷愈沉。"你知道我的脾气！"

"我不会让开的！老秦，除非车从我身上开过去！"

"让开！"秦田齐忽地从腰间拔出了手枪，一拉枪栓，枪口指向了杜一川。车上的人一愣，但他们并没觉得惊奇，谁都知道一连长爱枪如命，一年三百六十五天，除了回家探亲，手枪总是别在腰上。掏出来吓唬一下杜副营长也好，只要他让开路。

杜一川眉不跳，色不变，并没有被吓住。他和秦田齐两人是一个班里滚出来的战友，情如兄弟，虽然那黑洞洞的枪口冷森地对着他，但他不相信对方会向自己动武，甚至脸上浮出一丝笑："老秦——"

"让开！"一连长又冷厉地叫一句。

"还是先回——"

砰！

枪声清脆，弹头撕裂了滞重的空气。

杜一川脸上的笑意突然间僵住。左腿蓦地一软，想跪下去，但他踉跄一步，上前抓住了汽车保险杠。

鲜血迅疾地涌出杜一川的左裤腿。

车上、车下的人都被这一枪惊呆。

死一般的静寂。

最先从木然中醒过来的是站在一旁的营部管理员，他转身没命地向营部跑，边跑边喊；“成蓉——成医助——”

营门哨兵慌忙伸手扶住杜一川。

几缕淡蓝色的枪烟溢出枪管，飞向明亮的营门灯，掠过铜戟匣，向夜空飘。

秦田齐直直地盯着手中的枪，似乎在怀疑：是它响了？！响了？！

外衣都未来得及扣的成蓉，拎了药包随管理员飞快地跑来，一下扑在杜一川脚前。止血，检查，包扎。还好，小腿肚，贯通伤，没伤骨头。“快，抬到卫生所！”她下令。但杜一川紧抓汽车保险杠，纹丝不动。成蓉无奈，只好双膝跪地，进一步扎紧绷带。

杜一川直盯着一连长，脸上只有惊愕和痛苦，成串的汗珠从额上滚下，砸到汽车的遮叶板上。

左腿！左腿！秦田齐不敢去看杜一川，目光慢慢失去了焦点。左腿！

……

我是747，我是747，请炮火压制4号，压制4号！一川，我们上！哒哒哒。田齐，小心！没事，上！田齐，闪开——哒哒哒。一川——伤了哪里？左……腿……怨我！一川，你是为我……

咚！他扑倒在驾驶室顶上，手枪在铁质的顶盖上旋转了两下，刺啦滑溜下了地。

“弟兄们，”杜一川极慢地开了腔，声音抖得厉害，“因为二营的撤销，你们都遇到了不少的难处。而这些难处，我大都不能帮你们解决，我向你们表示歉意！”

“昨晚分的那些木材，就是副营长用弟弟的抚恤金买了分送大家的！”管理员突然高声插嘴。

车上的人默立，头垂下去。

杜一川望一眼管理员，又吃力地开口：“营队撤销，离开军队，我和大伙一样难受……”

他的身子一晃，呼吸变急促，脸惨白。“我们快回卫生所！”成蓉着急地去拉他的手，但杜一川执拗地摇了下头，抓保险杠的手，依旧不松。成蓉没法，只好拼力搀住他的胳膊，让他的大半个身子紧倚向自己。她知道，淌走的那些血，已把他的力气全带走。

“我们……也许……应该……换一个……角度……去……考虑……换一下……

角度……”

他的声音低下去，头软软地靠在了成蓉肩上。

“副营长！”成蓉慌慌地叫一声。

车上站着的人，纷纷跳下了地……

它春也飞，夏也飞，秋也飞，冬也飞，很少去注意节气；它冷不怕、热不怕、凉也可、暖也可，很少去抱怨什么？

如果是春天飞，它喜欢把花瓣啄满地。

妈，苞谷一窝点几颗？三颗？我都忘了。绿豆角啥时可以摘？早的八月初？那么早？妈，咱家的黑牛这么瘦，没人割草？弟弟呢？忙？我以后不忙了，不打枪了，不打了，乡政府里的事不忙，我常回来割草。妈，这天咋这样热，你拎水来了么？我喝几口。什么东西这么香？是烙油饼？你闻闻，多香……

杜一川眼睑一动，慢慢地从昏沉的幻境中醒过来，睁开了眼。

最先看到的是成蓉那满是关切、心疼的脸，离他那样近，那样近。随后发现，自己抓着她的手，抓得很紧、很紧；接着注意到，一股淡淡的香味从枕头上向自己的鼻孔飘。这枕头好软和，被子也有香味，被头包着素色的花布。

花布？

他这才意识到，自己躺在成蓉的床上。

营部卫生所没有病床。

他慌忙松开了成蓉那只已被他攥得发红的手。

“疼得轻些了？”成蓉轻轻地问。

“嗯。”他应。成蓉那红润的双唇离他这么近，一股甜甜的气息传过来，使他感到被蛛网般纤细的、柔软的什么网住了。他有了一点醉，随即又有一点酸：虽在眼前，你却永远不能得到，永远！

“一川，”万彬迈着重重的步子从外边走进来，到了他床前说：“我叫人把秦田齐关在营部仓库了，天亮后押送到上边去！”

杜一川乌眸一跳，停住。

“现在还不知道他行凶的真正动机，估计师保卫科审讯后就会清楚。你安心躺着，天亮后送你去师医院。”万彬的语调中含了关切。当那声枪响把他引到营门，看到杜一川腿上涌出的鲜血后，万彬蓦然觉得自己的心被一只无形的手攥紧，他觉得那好多血，似乎是自己让它们流出来的。他没再犹豫，当即出面命人将一连长关起来，令司机将汽车开回车库，又各连走了一遍，做了些安抚和交代。严重的事态，让他暂时抛开了自己与杜一川个人之间的不快。

杜一川静默了一刹，这才缓缓地开口："教导员，谢谢。我想，这件事还是让我来处理，可以吗？"

"你的身体……"万彬迟疑地道，他觉着现在再把事情推给对方有些于心不忍，可内心深处，又存着一份担忧，担忧自己被这件事缠住，耽误了去九师报到。

"这个你不用担心！"杜一川摇了摇头。

"那……好吧。"万彬在点头说出这句话的同时，脸颊略略有些泛红。不过很快，他就轻轻地长舒了一口气。

"管理员，"杜一川撑臂坐起身，向站在床尾的管理员说，"请扶我去仓库看看。"

"不，你的伤！"成蓉慌忙伸手去拦，她的一双眼里满是心疼。现在，她早已把自己的苦痛抛到脑后。这一夜，她亲眼看到杜一川受了多少委屈、痛苦。此刻，她心里对这个身子瘦削的副营长，生出近乎母亲卫护孩子的那种责任感，她真想把他抱到怀里，再不让他去受一点苦。

"不要紧，我知道没伤着骨头。"杜一川撩开被，执意要下床。成蓉见拦不住，只好仔细地为他穿袜穿鞋，没待管理员上前，她已扶起他，让他倚在了自己身上。

一步、一步，缓缓地走向门口。

万彬站在那里，望着两人的背影，不动。嘴角现出一丝恨意，不过，只是一闪，极快地。

天，已经显出雪青色，黎明到底艰难地来了。星，稀疏了许多，银河只剩一个模糊的轮廓。

"看，天上！"搀着一川的成蓉突然轻声喊。一川闻声抬头，只见一颗流星在天幕上急速滑行，坠向西北方。

"嗬，是第二颗了。"杜一川记起，晚饭后和成蓉一起回营房时，也曾看到过一颗。

"第三颗。"成蓉轻轻地说，"昨夜十点四十七分，也有一颗。"

"是么?

一晚上就坠了三颗？"

"是的。"成蓉慢慢地扶了一川走，"这是我看到的第九百四十八颗了，我喜欢观察流星，我想看看自己一生究竟能观察到多少颗流星的陨落！"

杜一川扭头，无言地看了一眼成蓉，又仰脸向天，去望那黎明时分的天空。

夜昼的交换，很快就要进行完了，西校场又要迎来一个新的白天，这个白天对于千百年来做着兵营的这块土地，是一个转折点……

蚂蚁，一个、两个、三个，怎么会响了？四个、五个，怎么会响了？六个、七个、八个，你怎么能打他？十、十一、十二，怎么能打他？十四、十五，怎么能打他？十八、十九……

锁响了，有人在开门。

他没动。依旧蹲那里，依旧数蚂蚁。

脚步响进来。保卫股的？保卫科的？但秦田齐依旧没抬头，只是双手一握，两腕并一起，伸到膝盖上，摆那里。

三十、三一、三二……

脚步声到面前。

他的心跳突然停止。他等待着咔一声，那镀铬的钢铁器械。

三九、四十、四一……

没有声息。

四五、四六、四七……

有东西触到了手腕，但不是凉的、硬的、铁的，而是一只手，温的、暖的。

他抬起脸。他看到了杜一川那苍白至极的颊，那露着疲乏的眼，那吃力弯着的腰，那缠了绷带的腿。他的喉结一动。

“起来。”一声低而平和的喊。秦田齐感觉到拉他腕的手在用力。他慢慢地站起身。

杜一川伸手扯了扯对方揉皱的衣襟，平静地说：“老秦，快回去洗漱，今早提前开饭，七点全体在营门口集合，迎接国医大学和上级派来的接收点验组。”就像平时在交代任务，什么事也没发生过。

秦田齐直直地看着杜一川。牙，紧咬了唇，下巴上的长胡茬，微微地晃。

“回去吧！”杜一川又轻轻推了他一下。

一缕鲜红的血，在秦田齐的下唇渗出、集聚，随之越过那些胡茬，缓缓地向下流。片刻之后，他慢慢挪步向门口走去。

杜一川长舒一口气，刚要由成蓉扶了走，却又诧异地瞪大眼：在仓库的一角，摆着昨晚分下去的那些木材。

“怎么回事？”

“刚才，大家不吭不哼地送回来，”跟在一旁的管理员答，“我就搬进了仓库里。”

杜一川无语地盯着那些木材。

几只夜宿在屋檐上的斑鸠，呼啦一抖翅，带一阵咕咕的叫，钻进湛蓝的晨空里……

它飞得极有耐力，有石斧时它在飞，有马车时它在飞，有机车时它在飞，有电车时它还在飞。

它似乎要一直飞下去。

万彬刚刚放下饭碗，姐姐坐的丰田轿车就停在了营部前。他一惊“来这么早？”“早？这种非常时期，早点报到好！懂吗？”姐姐瞪了他一眼。

杜一川受伤，接收点验组还没到。现在走，好么？万彬有些犹豫，跟姐姐向车上装着东西。几个干部在食堂那边站着，并不过来帮忙。他能感到他们冷冷的目光，觉到了尴尬。这尴尬促使他下了决心：走吧，一走百了，反正马上就散了。

东西装好，他站在车旁，默默四下里望。毕竟，这里是他生活了几年的营房，今后何日能再来？该去同杜一川告个别。但走了几步，他又站住；自己此刻走，他会说什么？

“教导员，”不想杜一川从那边的屋里拄一根木杖走了过来，身后跟着管理员，“不知你一早走，没给你做顿送行饭，真抱歉！”

“别客气。”万彬握住两个人的手，心中觉得一暖。别离能融化人的心，万彬此刻对这营区升起一股真挚的依恋，心中霎地又涌起一股恨。“多保重，再见！”他松开杜一川的手，转身去拉车门。“等等。”杜一川低喊一声，而后去管理员挎着的一个挎包里掏出了一摞书，全是他往日买的那些军事理论著作。他默然摩挲了一会儿，向万彬手上递来，“这些书，我以后用不着，你带上吧。以后万一边地有事，要靠你们了……”

他的声音低下去。

万彬先是意外，随即慢慢伸手，接过了那些书。书在他的手中轻轻地抖。

“还有，”杜一川声音有些颤，“昨晚，成蓉没有做对不起你的事，你要给她常来信！这话若不足以使你相信，我只有按俺宛城乡下人的法，发誓！此话若是欺骗，让杜一川的左腿回乡就断！永不能——”

“一川！”万彬猛地抓住对方的手，摇起来，摇得那样快，那样急。一抹艳艳的红晕，倏地蹿上他的耳根，漫向他的脸。

“上车吧，姐姐在等着。”杜一川轻声说。

万彬转身去拉车门，车门似乎很沉重，他拉得那样吃力，又那样慢。

轿车启动，很快便消失在了营门外。

杜一川抬腕看表，而后转对管理员说：“吹号，集合！”

西校场响起了最后的一次军号。号声嘹亮、幽长、激越……

中原西南部的太阳，每天初升时似乎都比别的地方来得吃力。此刻，它又像是被那黑色的黏性极大的土地粘住，费力地从土地上剥离着自己的身体，终于一跃，跳了上去。于是，它便又看到了它久已熟悉的西校场，看到了石碑坊上那苍褐色的长条石块，看到了营门左侧香亭里那陶质鼎状的香炉，看到了营门右侧鼓亭里的丈八牛皮大鼓，看到了那悬挂在营门口的暗绿色的铜戟。

铜戟静静卧在匣里。

当团长和国医大学的领导乘坐的面包车在营门口停下，鱼贯走出车门，杜一川把拄着的短杖靠在左腿旁，发出一声低沉的口令："立正！"

横排在营门左侧的四列军人刷地并拢脚跟。

队列肃穆、庄重、严整。

"报告团长、校长，二营全体在营军人，欢迎你们来到！"杜一川以尽量平稳的步子上前，敬礼、报告。

"谢谢，谢谢！"校长慌忙鞠躬。团长还了礼后，关切地轻声问："你的腿怎么了？"

站在后排的一连长身子蓦然一动。

"昨晚查岗绊了石头，摔了一下，不要紧。"杜一川平静地回答。

"要不要看看？"校长身后的一位国医教授急忙趋前。

"不用、不用，你看，不疼！"杜一川为了证明自己的话，咬牙轻轻跺了一脚。

他的额上立时沁出一层汗。

站在队列中的成蓉，眉梢心疼地一耸。

在成蓉身后的一列，三连司务长笔直地站着，保持着标准的军人姿态。刚才，当号声响起，他穿好军衣，却犹豫着站在宿舍门口，不知该不该过来，最后是成蓉看见，扯了一下杜一川的衣角，用目光向司务长那边示意，杜一川才派人把他叫来入列。

"校长，"杜一川转向医大校长，"我们管理员待一会向你们移交营房、营具、营产，从今天起，大院就由你们来管。我们二营等待转业的干部，将在几天内搬到另外的地方去住。现在，请你们稍候，我们取下营门上的铜戟！"杜一川说罢，转脸望向队列的后面。那里，站着成蓉爸和魏五爷。

两位老人看见一川的目光，会意，蹒跚着分头向营门两侧走，魏五爷走向香亭，成蓉爸走向鼓亭。

香亭里，魏五爷点着了随身带来的长香，插入香炉，青烟立时腾起，袅袅地飞出香亭，向空中飘去。五爷双膝跪地。

鼓亭里，成蓉爸独臂拎起巨大的鼓槌，向着那一人多高的牛皮大鼓，重重地擂去：咚——鼓声雄浑、苍劲，引来巨大的回声。成蓉爸神色凝重。

杜一川朝营门下的哨兵挥手，示意按下降戟按钮。

带着绿锈的铜戟徐徐下降。

“敬礼！”随着杜一川的口令，所有的军人一齐向着那古老的铜戟，举臂、致礼。

国医大学的领导和营门外拥来的群众，一个个默然肃立。

长香在烧。

大鼓在敲。

当铜戟降至半人高时，杜一川拄杖走过去，慢慢地取下，抱在怀里。只是在这里，杜一川才第一次发现，这生了绿锈的铜戟，似有一层暗红的釉质。

鼓声停息。

站在一旁的国医大学的一个女同志，看见那悬挂铜戟的铁链突然灵机一动，跑回车上，拿下国医大学的校徽：一个铝制的带圆形框架的中药“杜仲”。她将校徽挂上铁链，巨大的“杜仲”又缓缓上升。

静穆的空气中，远处已开始营业的茶馆里，又隐隐飘来了坠子声：“杨宗保勒马在山顶，遥望战后的七里坪，双拳一抱向苍天，人间何日能太平……”

它在湛蓝的晴空里飞，飞得自在、惬意，突然它的翅儿一坠，它惊叫一声，又奋力向高处飞去。

它飞得像是有些吃力……

碎　片

上尉虞西鸣因心脏病突发猝死后，在他工作的青藏高原海拔五千二百米的唐古拉山输油泵站，留下了下述遗物：

（一）日常用品

1. 棉被两床，褥子一条，枕头一个，床单两条。

2. 军棉衣一套，夏、冬军服各两套，军大衣一件，衬衣、衬裤一身。

3. 军帽一顶，草帽一个。

4. 军用皮鞋一双，布鞋一双，解放鞋两双，尼龙袜子两双，手套两副。

5. 脸盆一个，肥皂一块，洗衣粉半袋，香皂盒一个。

6. 人造革提箱一个，人造革提包一个。

7. 中波收音机（熊猫牌）一个，手电一把。

8. 马扎子一个。

9. 治疗心脏病和胃病及感冒的药三种十二包，晒干的雪莲花三朵。

10. 西宁第二糕点厂出产的巧克力饼干半盒。

（二）现金与存折

1. 现金八百七十七元八角五分。

2. 格尔木工商银行第二储蓄所存折一张（活期），上有存款一千一百二十一元。

3. 金戒指一个，约重三点三克（似为女士订制的）。

（三）艺术品

1. 油画一张。画面为一棵树，地上有被树叶筛碎的一片光斑。画上题词是：遵西鸣同窗嘱画光的碎片于甲戌七月，落款是：宛城石仙。

2. 串在一根铁丝上的二十多块碎纸片，纸片较硬，撕成不规则形，纸片上分别被涂上赤橙黄绿青蓝紫的颜色，其上无字迹。

3. 一具牦牛的完整头骨，一侧的角被敲碎，装在一个塑料袋里，悬挂在角根上。

（四）书籍

1. 输油专业方面的书籍一百二十四本，有《油料的管道输送》等。

2. 哲学、社会科学方面的书籍二百八十一本，有《当代人类学》等。

3. 文学书籍八十七本，有《聊斋志异》等。

（五）照片

共有八十三幅，大多是虞西鸣本人在青海湖、西宁、拉萨、格尔木、重庆等地拍的人像照，其中有四幅照片显得有些特殊：

1. 他坐在两堆劈碎了的木柴中间，微笑着抽烟，碎木块十分触目。

2. 他面朝镜头，背后是夏季的藏北草原，草原上有几百只羊分散在草原上吃草。照片背面有他的一行字迹：地上的斑点。

3. 他背朝镜头在雪地上走，雪地上有两行深深的脚印。照片后有他的字迹：

不走
了无痕迹
心里
空虚
走
痕迹也会消失
胸中
委屈

4. 他面朝镜头，背后是日月山的石碑，照片后有他写的下述字迹：

文成公主，
你当年走到此地，
回望来路，
是什么心绪？
公主啊公主，
我猜你，
在那个时刻，
有满腹犹豫。

（六）证件・证书

1. 军官证一个。

2. 重庆后勤工程学院毕业证一个。

3. 北京大学人类学专业函授结业证一个。

4. 论文《冬季输油管道的养护》获奖证书一个。

（七）信件

共五十四封，大多只有日期而未署年代，只好按日、月先后排列如下（难免在次序上有颠倒）：

（1）

虞西鸣先生：

你来信描述的古墓的情况，我们过去也未曾见过，经查史书发现，《新唐书》二百一十六卷上册曾有这样的记述：在吐蕃，死在疆场上的人，其墓地四周都用白土灌注，从而与其他坟墓分隔开来，有的墓侧还建有红色的小房，房中绘有一白虎，以作为战争功勋的象征。

据此，我们认为石圈和房子均是墓葬的一部分，它表明墓主人身份为军人。我已函告西藏有关部门派人前去实地考察，以后你们在掘土修理输油管道时若再发现类似的古墓，请直接与西藏文物管理委员会联系。

即颂

春安！

王奉先

（2）

吾儿西鸣：

见字如面。你妈妈和你妹妹小亚身体俱好，吾也仍可于每日饭后至门球场打门球两局。尔可安心学习，不必挂虑。

父字

（3）

虞西鸣：

你是不是想青史留名？这样重大的事你起码应该征求一下我的意见再决定吧？这毕竟关系到我们两个人今后的生活！告诉你，我可是平凡的人，而且想过平凡的生活。

我等着你更改决定。

万竟芳

（4）

西鸣：

我求你了。我已经把咱们结婚需要的东西全准备好了。你不是说你爱我吗？那就听我一次话吧，别去那里！

竟芳

（5）

虞西鸣：

既然如此，那就再见！我祝愿你早日飞黄腾达，好光宗耀祖，名传万代。

万竟芳

（6）

吾儿西鸣：

昨日竟芳把你过去给她的东西全部送来家里，我和你母亲甚为吃惊。你们是不是有了什么隔阂？盼尽快来信，以释父念。

父字

（7）

西鸣老同学：

你还猫在那个鬼地方干啥？还不赶紧掉转马头打道回府？你知道咱们高中时的同班同学靳一航最近一笔生意赚了多少？二十七万哪！估计这小子正在向百万富翁的目标迅速挺进。你在那个地方啥时能挣到这个数？如今是一个捡钱的时代，快回来捡哪，过了这个村可就没有这个店了！

我仍做汽车配件生意，如今也有了喝酒吃肉的钱了，你啥时候回来，请一定到我这小楼里一坐，我让你嫂子立马烫酒炒菜，咱们来个一醉方休，如何？

等着你转业回来的消息！愚兄先举

（8）

尊敬的虞西鸣先生：

您好！

非常感谢您送我的三朵干雪莲花，它使我母亲的病大有减轻，我真庆幸那天在施惠堂药店刚好遇到了你这个在高原工作的军官。我回来查了一下药方，方知雪莲花具有生理活性的有效成分。其中伞形花内酯具有明显的抗菌、降压镇静、解痉作用；东莨菪素具有祛风、抗炎、止痛、祛痰和抗肿瘤作用，临床上治疗哮喘、急性、慢性支气管炎有效率为百分之九十六点六；芹菜素具有平滑肌解痉和抗胃溃疡作用；对羟基苯酮有明显的利胆作用。它所含的秋水仙碱，是细胞有效分裂的一个典型代表，能抑制癌细胞的增长，临床用于治疗癌症，特别对乳腺癌有一定疗效，对皮肤癌、白血病和何金氏病亦有一定作用。对痛风急性发作有特异功效，十二到二十四小时内减轻炎症并迅速止痛，长期应用可减少发作次数。鉴于此，很想请你在当地再为我买一些晒干的雪莲花寄来，钱随后寄上。

再一次表示深深的谢意。

谨颂

时安！

尹小珊

（9）

西鸣老友：

向你报告一个消息：和我一块儿转业回来的柴道欢最近被提升为市委组织部的科长，这个位置可是重要，按照地方上的用人惯例，他只需在这个位置上干上两年，就可以到下面区委当个副书记或是区政府当个副区长。向你报告这个消息的目的是为让你明白，如今走仕途当官，最好是回到地方上来。地方上现在讲究年轻化，提拔得快，不像部队上那样死板，非要在一个位置上干几年才可提升。更重要的是，在地方上当干部实惠，柴道欢一提升为科长，往他家送礼的人简直是络绎不绝，有天晚上我在他那里闲坐，一会儿工夫，就有四瓶茅台、六条红塔山烟，外加三箱高档饮料和两条真丝领带放到了他家桌上，他夫人也没把我当外人，送我走时让我拿了两条烟加一条领带。再就是吃喝玩乐方便，如今道欢基本上是天天有宴夜夜听歌，市里哪个歌厅、舞厅、饭店他都可以免费享受。那天从郑州来了个战友，我给道欢打个电话，道欢当即说晚上他在大禹酒店安排一桌。嗬，那一桌可真叫气派，山珍海味，应有尽有，我们一气喝了四瓶五粮液，吃得喝得真是尽兴。那一桌我估摸至少在四五千元，要叫咱们来请，哪请得起？还有就是安排人容易。道欢上任没有多久，就把他的一个内弟和一个小妹弄到市里一个单位上班了，我姐夫想调动一下工作，我找了道欢，道欢几个电话一打，事情就妥了，你说这厉害不厉害！所以我希望你也早点回来，你是个能干的人，到地方上肯定能干出个名堂，再说有道欢他们这批朋友提携，弄个一官半职不成问题。你不是想干一番事业吗？在中国，我看最重要的事业就是当官，你只要当上了官，就算事业成功，名声、实利都有了！

快回来吧！

战友达光

（10）

西鸣先生：

秋天好！

第三次寄来的雪莲花也已收到，真是不知道怎么向你表达谢意才好。你和我素昧平生，竟如此关心我的母亲，令我深受感动。我母亲的病又有减轻，这使我有时间更多地去考虑工作。你在家乡有什么要我帮助办的事，也请随时函告。

谨祝

平安！

尹小珊

（11）

哥哥：

我昨天遵你信上的嘱咐，把尹小珊寄你的钱又退给了她，并告诉她那些雪莲花是你在冬天利用休息时间在雪线上采的，不是买的。她听后十分激动和感动。看她的样子，对你很有好感，也许将来有可能变成我的嫂子。她长得不错，大学毕业，又在市府机关工作，要是成为我的嫂嫂我可是一点也不反对。

多保重身体，妈说她想你。

妹小亚

（12）

西鸣：

寄来的三朵雪莲花收到，我不说谢谢的话了，那反倒显得生分。我听说青藏高原那里很冷，就织了一件毛背心寄去，不管是否合意，都请收下。

下一封信能不能告诉我你具体做什么工作？当然，若是涉及军事秘密就不必说了。

祝

快乐！

小珊

（13）

西鸣：

你信中说想了解一下地方情况，我一下子真不知道该怎么给你说。如果要用一句话概括我的看法，那就是：一个五彩缤纷的时候来了，一个享乐享受的时代到了，一个让人心里又快活又没底的年月降临了。我只给你说一件事吧，有天晚上咱们几个老同学聚会，在庆祥同学开的那个饭店聚的，吃喝完了之后，大发他们要求庆祥让大家开开眼界。我一上来还不知道他们的开眼界是指什么，后来庆祥一拉开 KTV 包厢我才明白，原来那里有好多个姑娘，一见我们进去，就一人一个地偎了上来，而且干脆就往你腿上坐。我先上来吓了一跳，后来见他们大伙都不客气，和姑娘们抱在一起又说又笑又亲又摸，我才敢动了几下手脚。操他奶奶的，那个滋味是比较好受。后来我悄悄问庆祥：你这样干会不会出事？他说：你放心地玩，球事也不会出！说完拉我到了另一个门口，让我隔了门缝往里看，嘀，你道我看见了谁？恕我不写姓名了。在另一个包厢里，我还看见了几个头头的儿子。我后来又问庆祥：你和那些姑娘玩不玩？他鄙夷地一笑，说：我嫌她们脏！说罢又炫耀似的拉我去了隔街一小楼，说他在上边养了一个，让我见识见识！我进了那小楼一看，老天，那姑娘长得才叫美，才真叫水灵，太他妈的让人羡慕！那天晚上咱们几个老同学尽情玩了一个通宵，出来后都说：太快活了，太开眼界了，太解闷了，太值得了，太刺激了，太舒服了。大家都表示要向庆祥学习，去艰苦奋斗一番，争取将来也能……哈哈哈……

西鸣，这封信你可不能保存，看后就撕掉。

久远

（14）

吾儿西鸣：

见字如面。尔近日可忙？今去信有一事相告：宛西街的尹小珊姑娘昨日来家给你母亲送来了几盒点心，她说她是你的朋友，要我们一定收下，你给她去信时可表示谢意。我和你妈都想知道，你和她是不是在谈对象？那姑娘长得倒是很入人眼。

父字

（15）

鸣：

我决定最近就给妈妈说明，只要她一同意，我就戴上你寄来的订婚戒指——那个由藏族艺人打制的信物。我的心已经飞向了西部，飞向了那个有野驴、有羚羊、有牦牛的美丽地方。

我要让自己晒晒西部的阳光！

我也吻你，吻你！

天冷，多保重身体。

珊

（16）

鸣：

妈妈哭了一夜。

妈妈说她的姐姐也就是我的大姨当初嫁的就是一个青藏线上的兵，她知道那里的全部情况。

妈妈一连问我七个问题：你希望日后患了重病后一个人去医院看病吗？你愿意连续坐四天四夜的火车和汽车忍着缺氧带来的头疼去部队探亲吗？你愿意冒生一个残疾儿童的风险吗？你愿意一个人抱着孩子做饭、散步、读书、看电影吗？你愿意一年只和丈夫在一起两个月吗？你愿意过只能吃饱穿暖但不可能有存款、有自己房子的生活吗？你愿意终生侍候患了高原缺氧性疾病的丈夫吗？

鸣，说实话，我有点被这些问题吓住了。

我的心很乱，让我再想想。

爱你的珊

（17）

西鸣表弟：

来信收到了。我真眼红你考上军校当上了军官，不像我，在农村扒坷垃还要受村支书的气。我这回之所以给你去信晚了，就是因为这些天一直在给村支书无偿出工盖楼房。这小子已经在镇上、村里盖了三处楼房了，每回都是让大伙无偿帮忙。他狗日的哪有钱盖这么多楼房？还不是贪污来的钱财？他家的地都是让别人代他种的，他自己到处吃喝玩乐。光去年夏季交公粮那阵，他以帮助村民交公粮为借口，在镇粮库附近的一个饭店住下，十五天里就吃喝掉了五千多块钱。村里人本来因为天涝收成就不好，还得给他摊交这笔饭钱，你说他坏不坏良心？这个狗日的还有一个毛病就是玩女人，哪个村民小组里有人娶了漂亮媳妇，他总是三天两头往人家家里跑，想方设法睡人家的女人。有人给他算了一笔账，这些年他至少睡了十五个女人。更可恨的是他竟敢向你表妹银月动手。银月那晚从地里干活回来晚了，让他在地头撞见，他胆大包天地上前就抱住了她，幸好银月挣脱跑回家了，我当时那个气呀，拎上镢头就想去把他劈了，你姑夫和姑母死死拉住我，我才算罢了。但总有一天，他会得到报应。这次给他盖楼房时，帮工的村民们当他的面都巴结地笑着，背地里却都在咬牙切齿地咒他不得好死。我相信，只要遇上什么机会，大伙动手先砸死的就是他，他早晚得死在大家的乱拳之下。

我不该给你说这些泄气的话，也是心里憋不住，你多原谅。我现在盼的是你能早当上大官，回来也好为小民做主，把这些横行乡里的地头蛇治住！

你姑夫、姑母都好，不要挂念。

表哥来冬

（18）

鸣：

信读了，我不知道该怎么办。

我的确没有做好去过艰难的婚后生活的精神准备，在我的想象里，婚后生活应该充满了甜蜜，我随时都可以躺在你的怀抱里歇息。但现在妈妈让我看清了和你结婚后的生活原来是一片风声呼啸的旷野，我得在许多时间里一个人赶路，我有点害怕了。你要答应我两年内转业，我就下决心，行吗？

你能理解我的心境么？

珊

（19）

鸣哥：

我经过许多个不眠之夜的考虑，决定服从妈妈。我知道这会伤你的心，我也为这个决定羞愧。我期待着你能骂我几句：庸俗的女人！我的举动确实有点庸俗，为此，我恨自己。有一点请你相信，我从心底里爱你，我没有勇气做你的妻子，但我永远会是你的朋友。

戒指寄回。

我在等着倾听你的骂语。

小珊泣上

（20）

西鸣外甥：

寄来的钱收到了，你还要养活你爸妈，今后再不必寄给我们。你舅妈仍住在医院，病情还算稳定。你表弟的厂子仍发不出工资，他先弄了几箱苹果想去卖，无奈恰好碰见工商所的人，说他没营业执照，把苹果全没收了。前几天又做了一锅胡辣汤在天黑后端到街边卖，不知是他做的味道不好还是咋的，没有几个人来买，倒是让咱们一家人喝了几顿才喝完。你表弟媳妇是个心强气盛的人，见别人家的媳妇都穿着时髦衣裳戴着金项链，唯她过着穷日子，就天天同你表弟吵，你表弟一气之下，前天晚上吃了好多安眠药想寻死，幸亏后来被医院抢救了过来，咳，这日子可真是让人烦心。我这几天琢磨，想让你表弟也摆个卖书报的摊子赚钱，可又听说这种执照难批，要经过文化局，不知你在文化局里有没有熟人、朋友，有的话，给写个引见信，咱求求人家，给人家送点礼，争取把执照批下来。没有的话，也就罢了，我再想别的办法。

你在部队好好干吧，部队再苦，总是可以按月发工资吧？听说你在那儿工作难找对象，你爸妈告诉我最近又吹了一个，我很替你着急。我有个想法，不知你愿不愿意，最后实在找不着了，我就把你表妹怡玲许给你，怡玲她是听我话的。当然这是最后一步，不到万不得已不走这一步，表兄妹成亲听说国家也不允许，我说这话的意思是你甭难过，有舅舅在，决不会让你打单身！

舅舅

（21）

吾儿西鸣：

见字如面。小珊的事望你想开，人各有志，不能强勉。我和你妈正在找人为你说媒，一旦找到合适的，立马寄去照片。

父字

（22）

西鸣贤弟：

谢谢你帮我买到了藏红花。

告诉你一个好消息：我和老董都弄到了大学文凭。你别看我和老董没读几本书，但我们以后填学历时，也都可以填“大学毕业”了！如今弄别的都不容易，只有弄文凭容易。眼下各种函授学校多的是，他们的目的是赚钱，你只要给他们交了钱，他才不管你学没学到真东西哩。说实话，我和老董的函授作业都是抄别人的，考试前请来面授的老师吃顿饭，他就把考题和答案提前漏给了你，还怕考不及格？老董有了这个文凭，立马也可以转为干部，以后说不定就会当领导哩！你当初辛辛苦苦考上军校，毕业后又分到那个鬼地方，想想是有点亏你了。我告诉你这些的目的，是要你以后再见到那些大学毕业的领导，心里不要慌张，说不定他们也和我们一样，文凭是买来的。

家里有无事要我们帮助办？若有，请告。有权不用，过期作废，趁我等还能办点事，有话就说。

老友：秦二岭

（23）

虞西鸣同志：

照片收到，我听你舅舅说，我的照片你也看了，我同意我们互相通信以便彼此了解。我的情况想必你舅舅已在信上告诉你了，我眼下在一家宾馆的客房部任领班，工资一月是一千零二十元，奖金平均每月有三百五十元，加起来有一千四百元左右。你来信也把你的情况介绍一下。

敬礼

钟琳琳

（24）

西鸣同志：

恕我直言，你所得的报酬与你所从事的工作是不相称的。你身在那样一个艰苦地方从事那样艰苦的工作，本应得到补偿。我原以为，你的月薪至少在三千以上。要照目前你我的收入，我们要买一套两室一厅的房子和全套家用电器及一套中档红木家具，大概要勒紧裤带攒上十年。不说这些了。我最近听到一个消息，说你们部队不久就要涨工资了，但愿会给你涨一个大数目。

祝快乐！

琳琳

（25）

西鸣：

牦牛绒衫收到，穿上很合身。我告诉女伴们这是用地道的青海牦牛绒织成的，她们很羡慕。寄给你的金利来领带和西蒙娜衬衣收到了吧？我要把你打扮得像个老板！

我一切都好。最近有一个化妆品公司在我们宾馆办展销，因为我们客房部服务得好，他们公司送我们每人一盒化妆品，值八百多元哩！

祝你身体健康！

琳琳

（26）

西鸣：

我把你的心电图和其他几项检查资料交林教授看了，他看得很仔细。他看后说：你的心脏出了相当大的问题，已很不适应在严重缺氧的高原工作了。他建议你尽早向领导说明情况，争取调回内地部队工作。他还说，如果需要他为你写个诊断证明的话，他可以立刻办。请你接信后即来信说明写不写这个证明。

二叔

（27）

西鸣：

寄来的三本书收到，谢谢，不过我大都看不懂。以后要是再寄书，请寄点《发型设计》、《化妆技巧》、《服装美学与裁剪》，若见到《轿车驾驶技术手册》买一本寄来也行。我有一个女伴，和我同时进的宾馆，现在在餐饮部当领班。最近她男朋友帮她买了一辆夏利车，她开上还真威风。我也真想学学开车，学会了开，万一以后咱们真要买了车，就不犯难了！

吃饱、吃好，不要只记着攒钱！

琳琳

（28）

西鸣：

近好！

我近一段日子去我姨妈家有事，可能要一段时间不能给你写信，请原谅。

琳琳

（29）

西鸣：

我在我姨妈家住了半个来月，主要是伺候她吃中药。她得了一种偏头痛的病。姨妈住的那个村里有好多小伙子都外出打工了，地里的活没人干。眼下种庄稼赚不住钱，买化肥、农药加上买种子，投资太大，粮价又不高，加上村干部们又要收老百姓的钱自己吃喝，大家种粮食的劲都没了，姨妈那个村里有些地半荒着，在地里干活的多是妇女。村里流传着几句顺口溜：去广州，下海南，天津、北京转一转，一月挣它千把块，胜似在家干一年。

我一切都好，不要挂念。

琳琳

（30）

西鸣：

很久没见面了，近日可好？今去信有件小事相求。我们这边要评职称了，评的标准中有一条是必须在省以上报刊发表过经济学方面的论文三篇。我过去没写过更没发表过什么论文，眼下得赶紧把这数字凑上，于是就找了几个朋友代我写了三篇论文（这事也不瞒你），文章写好了，可就是没地方发表。无奈之中，忽然想起你这老同学当初在重庆上大学，这几年又在青海、西藏跑，说不定认识四川、青海、西藏有关报刊的人，于是就写信向你求援。如果你有认识的人，请即来信，我便把稿子寄上，请他们务必在十一月底以前发出来。当然，对于责编，咱是要表示一番心意的，每人给他五百元如何？

这件事让你作难了吧？不好意思。

盼你的回信。

老同学奋进

（31）

西鸣：

我反复考虑了你的意见，你父母昨天也来了我家一趟，这样吧，我同意结婚。我先在这里做点准备，具体买什么家具待你回来再说。

你请假吧。

琳

（32）

西鸣：

有一件小事想麻烦你。我的小弟想去十九中读书，十九中是市里重点，教学质量好，以后升大学的可能性大些。可十九中对转学的学生要收费，一个学生一万二，说是收这笔钱为了给老师们发奖金。你知道我家的家底，一万二对我可不是个小数字。我听说十九中的钱校长是你过去的同学，你能不能帮我说一说情，让他们给我减少一点儿，收个五千元咋样？

不好意思，让你为难了吧？

拉邦

（33）

鸣：

蜜月就这样结束了？我还没有回过味来你可就走了？你知道你留给我的是啥吗？是一种深深的失落。如今，我一个人是真的很难入睡了。

我现在开始想念青藏高原了，想念那个叫唐古拉的山了，想念你说的那个泵站了。

你什么时候可以再休假？早点休假吧，早点回到我的身边吧。

我们一起度过的那些夜晚，我如今总把它们在脑子里回放。我现在是靠回忆过日子了。

琳

（34）

哥哥：

记住多给嫂嫂写信。你走后，她的情绪不太稳定，她告诉我，她非常羡慕那些手拉手在白河岸边散步的新婚夫妻。

父母身体都好，不要挂念。

小妹

（35）

虞西鸣同志：

你的信读了，我个人同意你的看法：西藏是远古人类的发祥地之一。我之所以同意，是因为：一、根据考察，远古时代西藏高原的地理环境和气候条件都远比现在优越，适于远古人类生活；二、目前已在西藏分布广泛的数十个地点采集到属于旧石器时代中晚期的文化遗物，这是证明西藏至少从旧石器时代开始就有原始人类活动的实物资料；三、藏族人民中有很多关于天地和人类起源的神话，剔除其中的糟粕，可以得到不少有关西藏地区原始人类活动踪迹的反映。

你身为军人，却对人类学发生兴趣，这很使我意外。祝你的业余研究取得成果。

姜伍长

（36）

鸣：

回信晚了，见谅。宾馆最近组织我们八个人去广州的白天鹅饭店参观学习，人家的服务水平的确让我们吃惊，学到了不少东西。学习结束后，头头领我们参观了郊区的几个别墅区，嗨，老天，人家那生活才真叫生活，别墅里那些家具和摆设让人眼花缭乱。我真是开了眼界。

你好吗？多保重身体。我昨天去看了父母，他们都好。

琳

（37）

西鸣同志：

八日信拜读，释念。

人类学研究中出现的真正重要的问题之一，是认识原始的协作对人类生存的作用。已知的全人类，都是通过协作来解决甚至是最基本的生存问题。而群体的组织则是有效协作的基础。人类到目前为止已经形成了许多种类的群体，每种群体都是适应于解决人类必须对付的各种不同问题而产生的。其中，家庭，是所有群体组织中最基础的一种。家庭源自父母与儿童的契约关系和男女之间的互相依赖，它的极端重要性在于它为男女之间提供了经济协作，同时提供了儿童养育的适当环境。

你从家庭着手研究是对的。

即颂

文安！

姜伍长

（38）

鸣：

我最近连续碰上了三件事：第一件事，上个星期日傍晚，这里下大雨，下班时，我们三个结婚的有两个人的丈夫都亲自送来了雨伞，只有我没人来接来送伞，我最后只好一直站在那里等雨停了才回来，吃罢晚饭已经十点了。第二件事，我生日那天，自己给自己买了一个蛋糕，回家一看，过期了，奶油是坏的，不能吃。第三件事，换煤气罐时，我因为拿不动，去得晚了，让那个负责拉气的男人训了一顿。

我们这个家还像个家吗？

琳

（39）

哥哥：

你如果打长途电话方便的话，记住多给我嫂嫂打几个电话，安慰安慰她。人是需要安慰的，何况你们经常不住一起。她的情绪近段不太好。

父母身体一如往常。

妹小亚

（40）

西鸣：

你关于婚姻的定义我不太同意。我认为，我们可以把婚姻定义为一种事务及其所产生的契约，在这个契约中，妇女与男人建立一种连续要求互相之间性接近的权利，而且契约中的妇女生孩子是合法的。这样的定义是说婚姻是普遍存在的，这可能是由于它所要解决的问题是普遍存在的。在一些较少民族中心主义的地区，家庭也可以定义为：一个由一个妇女和她的所属孩子以及至少有个通过婚姻或血缘关系加入该群体的成年男性所组成的群体。中国的家庭是一种夫妻式家庭，它是以丈夫与妻子之间的婚姻关系为基础的。由母亲、父亲和依附的孩子组成的基本单位为核心家庭；夫妻式家庭的其他形式是一夫多妻家庭和一妻多夫家庭，这可被视为有一个共同配偶的核心家庭的集合体。

以上意见仅供参考。

姜伍长

（41）

哥哥：

你最近身体怎么样？上次你从格尔木来电话，我怎么听着你说话有点上气不接下气？不是得了什么病吧？多保重！

我去看了嫂子，她挺好，可能是她这段工作忙，所以去信少了。

父母让附笔问候你。

小妹

（42）

西鸣：

这一段宾馆里连续有大型会议召开，忙得厉害，所以没有及时给你写信。

早几天有一个广州老板来咱南阳考察开发南召山里的大理石板材，住在我们宾馆，认识后他劝我也在业余时间另想法赚钱，譬如买点股票或向股份公司入点股，以补贴家用，争取先富起来。这个姓胡的老板说得我还真有点动心。你认为呢？

琳

（43）

西鸣：

关于氏族的产生，我是这样认为的：经过一定的时间，当一代接一代的新成员出生进入世系群，这样，世系群的成员可能会变得太多以致无法管理，或者增加太多以致该世系群的资源不足以供养他们，当这种事发生时，就会发生分裂，即这个世系群会分裂为新的、更小的世系群。当分裂发生时，通常新世系群的成员继续承认他们互相间的基本关系。这一过程的结果就是第二种继嗣群，这就是氏族。

这是我的一点看法，你在研究中可另有新解。

姜伍长

（44）

西鸣：

告诉你一个喜讯：我委托胡老板在广东买的那点股票，他昨天打电话来说赚了七千多。不动不摇地赚了这么多钱，这太让我惊喜了。这差不多是你半年多的工资总数了。我已告诉他，让他把这笔钱再买成股票，接着试运气。但愿我们也能够发了。

琳

（45）

西鸣叔：

上封信想你已经收到，我给你写信只是想倾吐。说实话，我真是已经厌倦在这所大学的读书生活了，我不知道你当初在军队院校读书时的生活情景，反正我现在就读的这所大学的生活让我恶心。在这里，不少女学生晚上出去干陪酒陪舞的勾当，有的干脆和大款们姘居；有些男生经常喝酒打麻将；考试时串通了作弊；谁也不打扫寝室，把宿舍里弄得臭气冲天；不少人经常旷课睡懒觉。你要好心劝说别人，别人还会骂你假道学假正派多管闲事。我现在真想快点毕业，离开这所大学，离开这些让我讨厌的同学。

我原来把大学校园想得多么好啊！

小潭

（46）

西鸣：

宗教是人类学研究的一个重要内容，你注意到它是应该的。一切宗教都满足社会和心理需求。这些需求中，有一些——例如，正视死亡和解释死亡的需求——是普遍性的。实际上，马林诺斯基甚至说："不存在没有宗教和巫术的民族，不管它们多么原始。"宗教不受时间的限制，它赋予个人和集体生活的意义。它给人们超脱艰难的世俗生活以达到（只要顷刻）精神的自我境界提供途径。宗教的社会功能和心理功能一样重要。传统宗教巩固了群体的规范，给个人的行为提供了道德制裁，为共同体的平衡所依赖的共同目的和价值观念提供了基础。

西藏是一个寺庙众多的地区，藏族是一个笃信佛教的民族，你在那里研究宗教问题，会相对方便些。

祝你大有收获！

姜伍长

（47）

西鸣：

我刚从南方回来，我这次去的目的，是看看股票实际的操作过程，跟胡老板学点本领。我第一次站在股票交易大厅里真是眼花缭乱。那是一个战场，和你们当兵的打仗的战场有点近似，内中的气氛十分紧张。胡老板在这方面真是经验丰富，他又为我们赚了一笔，有九千多元，加上上次的，数目已经很是可观。我想照这样赚下去，我们买辆自己的夏利不是不可能的。

你安心在部队工作，不用挂虑家里。

琳琳

（48）

西鸣：

读了来信很高兴，很羡慕你在拉萨目睹了那些大型法会。宗教的大部分价值都来自它的实践所需要的活动。人们参加宗教仪式会带来个人的超脱感、安慰和安全，甚至狂喜或对一起参加仪式的人怀有亲切感情。宗教仪式是人们赖之与神灵联系的手段，它是活动中的宗教。仪式不仅是赖以增强一个群体的社会关系和消除紧张形势的手段，而且是庆祝许多重要事件，减少诸如死亡一类的危机在社会上的破坏作用，使个人易于忍受的一种方法。

我也很想去西藏看看。

姜伍长

（49）

西鸣吾儿：

见字如面。你应该争取多回来几次，一则是因为我和你妈想念你；二则是因为年轻夫妻不应该分开太久。要注意爱护自己的家庭。请请假吧，我想领导们也会理解的。

父字

（50）

西鸣：

我很好。工作如常，不必挂念。

琳琳

（51）

西鸣：

我对藏语完全不懂，我在这方面没法给你忠告，我现在能告诉你的只是：任何人类语言——英语、汉语、斯瓦希里语、法语、藏语——显然都是传播信息并与其他人共享文化经验及个人经验的工具。由于我们总把语言看成自然而然的事，所以，我们就不大晓得语言也是一个使我们能够把自己所关心的事、我们的信仰及观点转化为能让别人理解和解释的语符系统。我们采用一些语言——所有语言所用的语音都不超过五十个——并制定出一些规则，把这些语音组合成有意义的语句来表示这些意思。从根本上说，语言都是有规则的系统，都是由人类创造、发展并保留而来的。因而，只要我们有正确的方法，有充裕的时间，我们就能够理解它们。

祝愿你早日理解藏语，从而为你的研究提供方便。

姜伍长

（52）

西鸣：

我这些天一直在犹豫，为做一个决定犹豫，也许再过些天，我就能把这种犹豫消除，并把我的这个重要决定告诉你。

你这次回来让我想了许多问题。

琳琳

（53）

哥哥：

爸妈让我写信告诉你，不论遇见什么事都要冷静。你处事一向是冷静的，我相信你会冷静地处理你们生活中的问题。胡老板已回广州。

妹小亚

（54）

虞西鸣同志：

我们同意你用邮寄的办法在本馆借书。你要借的马斯洛等人著的《人的潜能和价值》一书已被他人借走，待借阅者还回后再给你办借阅手续并寄去。

拉萨市图书馆图书借阅处

（八）笔记本（共十五本）

笔记本上记的全是些片断性的文字，有所见、所闻、所思、所感，也有输油专业学习札记和工作记录，以及人类学读书笔记和研究心得。近似日记，但没有日期。其中较有意思的段落有：

（1）昨夜做了一个梦：一个长发披肩的老人手持一柄白色的羽扇飘然站在我的面前，问：愿不愿看一样宝物？我刚点了一下头，就见他的手向空中一扔，霎时间空中出现了无数闪光的碎片，五彩缤纷，无比灿烂。待扭身看老人时，老人已经不见。

（2）西藏这块地方过去叫“特提斯海”，很久之前，从遥远的南方飘来了一块巨大的称作“冈瓦纳古大陆”的板块，这板块在漫漫的漂流途中又分裂成两块，这两块大陆先后两次对欧亚大陆板块进行了惊心动魄的撞击，从而使西藏高原得以隆起。这个地质科学描绘的情景，证明地壳是由碎片构成的。

（3）世界文明程度的不均衡，决定了文明的流动趋势。青藏输油管线的开通，为内地工业文明的血液向西藏流动提供了方便。一想到西藏的工厂里的机器和路上的汽车是由于我们输出的油而开始启动和奔跑，就觉得自己住在山上还值得。世界现在可分后工业文明地域、工业文明地域和农业文明地域三块文明区域，这是否也可说成是三块文明碎片？是这三块碎片组成了当下地球上的文明状态？

（4）桑耶寺的壁画中有下列画面：一些得道的喇嘛，可以乘坐光线在空中旅行，可以通过大山通行无阻，可以听到千里以外的声音。这表明很久以前人们就开始触摸爱因斯坦的乘光速旅行的假想，开始注意人体特异功能这个问题。

（5）任何人都不可能获得一劳永逸的快乐，人的快乐是呈片状的：今天快乐一阵儿，明天快乐一阵儿；上午快乐一阵儿，下午快乐一阵儿；结婚时快乐一阵儿，得子女时快乐一阵儿。这些一片一片的快乐，构成了人生的快乐。每日每时都快乐的人没有。

（6）世界上任何东西都可以被打碎。看看漆黑战场上的萨拉热窝市，其中多少东西被炸成了碎片：楼房、玻璃、桌子、汽车、花盆、雕塑……是不是可以这样说：所有完整的东西，都可以被打碎？碎，是所有物体最后的归宿？

（7）人是一种总要产生希望的动物，但希望也是可以被打碎的，自己不是已有许多希望被打成了碎片？物质的、有形体的东西可以被打碎；精神的、不具重量的、无形体的东西也可以被打碎。物质的、有形体的东西被打碎后，其碎片在地上摊着；精神的、无形体的东西被打碎后，其碎片在心中飘荡。

（8）高原缺氧可以使人的血色素由正常的六至八克，升高到十九克，使人血液的含氧量大大降低，可以使人的心脏、肝脏、肾脏受到损坏，可以使人得关节炎、脊髓炎、脑膜炎。总之，可以加速人体机件的损坏，拆散人体这部机器。人体是可以被拆碎的，人体最终会碎在泥土里。

（9）夏季的青藏高原常常乌云翻滚，云团遇上强风会被吹碎，乌云的碎片如破絮般在空中飘荡，并最终被晴空吞食。

（10）琼结宗古城堡遗址位于山南地区琼结县城后面的青瓦达孜山上，海拔三千八百米，占地面积一千六百平方米，主要分为永新康、康尼、宗府和监狱四处。该城堡始建于一世达赖时期，修建人为当时琼结王桑旺多吉·次旦朗杰。遗址是城堡碎片的存放地，多坚固的城堡最终也会成为碎片。

（11）古格王国遗址，在阿里扎达县扎布让区象泉河畔的一座山上，面积约十八万平方米，建筑的最高点离地面约三百米。遗址是由三百余座房屋和三百余孔洞窟及三座十余米高的佛塔组成。遗址的外围有城墙，城墙角部设有碉堡。遗址中还有六座庙、殿，即红庙、白庙、轮回庙、枕布觉庙和王宫殿、集会议事殿。遗址的周围还有古格王国时期用于战争的盔甲、马甲、盾牌、箭杆等遗物。从遗存的这些东西看，古格王国曾是一座规模宏伟、面积浩大的高原古城。但它如今已是一堆碎片了，一个王国也可以变成碎片，世界上坚固的东西的确不多。

（12）今天借出差机会参观了位于林芝八一镇附近的杜布古墓群。这里海拔为三千一百五十米，在雅鲁藏布江支流尼洋河北岸，两侧为茂密的森林，景色秀丽，气候宜人。听八十多岁的边巴老人讲，古时该村的村名不称为杜布，而叫加冲（意思为百户），因百户发生了流行头痛病，全村死了百分之七八十的人，故后来把村名改为杜布（意思为石堆子），这些墓葬就是那时埋下的，如今因年长日久已无人知晓其年代了。墓地大约有八千五百平方米，遗骨随处可见。由此可以明白，墓地是保存人体碎片的场所。不要为所得薪俸多少不满，所得再多，当你一米八的躯体变成碎片时，那些钱财于你还有什么意义？

（13）在拉萨文物管理委员会看到一份《西藏陆军武备学堂第一次修业证书》，格式如下：修业证书

西藏陆军武备学堂第一次

修业学生

马名扬

大清帝国西藏陆军武备学

堂规定学术科修业证

宣统元年五月三日

办事联

钦差花翎付都衔驻藏大臣

邦办豫

这是一份珍贵的史料，对于研究清末汉藏关系、驻藏大臣联豫在西藏实行新政的情况，提供了重要的实物资料。也许几百年后，我在重庆后勤工程学院油料专业的毕业证，也会变成一份文物，成为研究二十世纪末叶青藏驻军情况的实物资料。长长的历史卷宗其实就来自对这些碎片样的资料的拼接。

（14）听到一则故事：

从前，有位员外有三个女婿。大女婿是员外亲自为大女儿选的，做官、有权，员外极满意。二女婿是员外夫人的亲戚，经商、有钱，员外也还满意。三女婿是三女儿自己找的，从军、戍边，员外极不满意。有一年中秋节晚上，三个女儿带着三个女婿来看岳父岳母，员外就存心想让三女婿——那个年轻的军官难堪一回，提议让三个女婿每人作一首诗为赏月助兴，而且这首诗的头一句必须有“圆又圆”三个字，第二句必须有“缺半边”三个字，第三句必须有“乱糟糟”三个字，第四句必须有“静悄悄”三个字。他估计三女婿是一介武夫，在这样严格嵌字限制下必不会作出诗，一定会当众出丑。果然，三女婿一听让作诗，慌了，心想，让我耍一阵刀或打一套拳还可以，作诗怎能行？于是急忙施礼求道：岳父大人，小婿只懂杀敌戍边，实在不会作诗，请恕我不作。老员外就是想要让他出丑，让小女儿为自己的私订终身难受，哪里肯允许？没法，三女婿只好请大女婿、二女婿先作。大女婿抬头一望头顶的明月，吟道：

十五的月亮圆又圆，
月初月尾缺半边，
满天的星星乱糟糟，
风吹云走静悄悄。

老员外听罢，说：好！赏酒一杯。

二女婿低头一看桌上的月饼，随即开口吟道：

十五的月饼圆又圆，
咬了一口缺半边，
内里的馅子乱糟糟，
吃到肚里静悄悄。

老员外听罢，说：不错！赏酒一杯。

三女婿急得抓耳挠腮，就是想不出诗句，急切中看见岳父岳母都很肥胖，身子圆滚滚的，就吟道：

岳父岳母圆又圆，
死了一个缺半边，
全家哭得乱糟糟，
再死一个静悄悄。

老员外气得仰身倒地……

（15）一则传说：

有一年初冬，一支修整青藏公路的部队想改善生活，就派了一个司机和两个战士开着一辆小卡车向藏北的无人区开去，那里的野驴很多，他们想用枪打死几头野驴回来吃肉。无人区那时的地面已经封冻，卡车在上边可以开得很快。他们一进无人区，就看见一群野驴，举枪射击，当即就有两头驴倒下，他们高兴地开车过去把野驴抬到车上，又接着去追驴群。很快他们又打倒了两头，他们高兴异常，想：今天干脆猎他一车野驴回去，让大家美美地吃上几天肉，于是又开车继续追。追一程，打倒几头，抬上车，又继续追。高兴中的他们已不知追了多远，拐了多少弯，直到油耗尽车不能动了，才停下来。这时他们已猎获了整整一车野驴，可遗憾的是，他们已经没有返回的油料了。天随即下起了雪，把他们的车辙很快埋没掉，他们也辨不清回去的方向了。部队见他们一直不回来，就开始派人找，可车辙已被埋没，无人区几百平方公里，雪又大，上哪里找？半个月后，才在一架直升飞机的帮助下找到了那辆汽车，大家都断定三个人死了。当直升飞机在现场降下后，从机上走下的人都惊呆了，只见几百头野驴围成一个圆圈，那三个战士就躺在中间，而且鼻息尚存，他们身下铺着死驴的骨架和毛皮。三个被救活的战士后来告诉大家：他们陷入困境的当天晚上，几百头野驴朝他们围过来，他们先以为这些野驴是要报复他们，可此时他们的子弹已经打完，已没有抵抗的办法。想不到的是，那些野驴是为给他们挡风挡雪而来的，几百头驴围成一个圆圈，使他们觉得温暖。野驴们还用舌头舔他们冻僵的手脸，他们就是靠吃生驴肉和在活驴的保护下才没有死的。

那支部队从此严令：不许再伤一头野驴。

（16）一个神话：

早先，这青藏交界的山上住着一位名叫唐的美丽姑娘，她的美貌和贤惠赢得了一个名叫古的牧牛小伙的爱慕。正当两个人商量成亲的当儿，天宫里一个名叫拉的天官在踏云巡视人间时发现了唐，他觉得唐比天宫里的那些仙女漂亮多了，于是就动了邪心，想把唐带回天宫做自己的妾。他按下云头，下地来见唐，问唐愿不愿做他的妾，随他到天宫享福。唐是个对爱情忠贞的女子，哪能应允？当即扑到古的怀里说：我这辈子非古不嫁！拉怀恨在心，就腾起云头在半空中叫：你这个小贱人既是愿在人间跟古，且看我怎样让你受罪！说罢，猛吸一口气，顿时把这块地方的氧气吸走了大半，唐和古从此在这块地方饱尝缺氧之苦。后人为了纪念唐、古夫妇也为了记住那个歹毒的天官，便把这块有山的地方称作了唐古拉山……

（17）今天在格尔木遇到一位姓胡的商人，他递过来一张名片，我边同他说话边不由自主地把他的名片撕成了碎片。那胡老板先是惊愕地看我一眼，随后生气地掉头而去。我非常尴尬，也十分奇怪：我怎会做出了这样的举动？

（18）英国人类学家爱德华·伯内特·泰勒在 1971 年为文化写下了这样的定义：包括知识、信仰、艺术、法律、道德、风俗以及作为一个社会成员所获得的能力与习惯的复杂整体。

（19）西藏的金属雕刻艺术和石刻艺术都达到了很高的水平，在布达拉宫看到的那些艺术品令人惊喜无比。

艺术是人类一种专门行为的产物。它是我们想象力创造性的运用，它有助于我们阐明、理解、欣赏生活。无论是汉族的情歌、藏族的唐嘎还是巴厘舞、波斯手镯，都是在充分利用人类的独创能力，为着比实用更高的某种目的，去运用象征符号，领会象征符号，去塑造、阐明物质世界。

（20）人不可能摆脱精神的纠缠，尽管他想超脱出来；人也不可能摆脱躯体的束缚，只要他活着——他的躯体使他渴望生活。

（21）一个人绝不可能重复另一个人的生活，他必须过自己的生活。人是唯一能感到苦恼、感到不满、意识到自己生存问题的动物，对他来说，自己的生存是他无法逃避而必须加以解决的大事。

（22）往昔人类生活的全景已不可能再现，今天人类生活的全景不可能描述清楚，今后人类生活的全景不可能想象出来，人对人类生活的把握只能是抓住一些碎片。

（23）一个临死的人回首他的一生时，他会看到什么？一大堆事件的碎片？一连串徒劳的忙碌？一只盛着无数苦恼和少许欢乐外加一点幸福的竹篮？

（24）昨晚去查岗，走到 2 号哨位时，忽见到一群黑影排成一字形由前方百米处向我走来，我提醒哨兵注意观察，哨兵迅速地打开刺刀并抽出手电照去，什么也没有，除了空旷和寂静。奇怪！

（25）把人体击碎的是衰老和疾病。

把家庭击碎的是灾祸和寡情。

把婚姻击碎的是背叛和不忠。

把国家击碎的是饥馑和战争。

看到事物的碎片时不必惊慌，因为任何事物虽然一开始都是以完整面目出现的，但最终却会被时间和外力击碎，成为碎片是事物的最终结局。

（26）人随着文明程度的提高，会不断压制、剥去自己身上野蛮的、兽性的、不美的东西，而渐渐成为一个天使。

（27）家庭会因为其成员心灵的日益美好和生活状况的不断改善而逐渐变成一座乐园，从而使更多的人渴望建立家庭，使每个人都在乐园里徜徉。

（28）人类随着他的每个成员变成天使和他的基础组织——家庭，变成乐园，会更加妥善地处理其内部事务，会最终过上平安、快乐、幸福的日子，成为所有星球生命中生活的样板。

（九）写成的文章六篇

（1）《活着的动力》

按照统计，高寿的人也不过活到一百多岁；寻常者大都在七八十岁结束生命，这个数字相对于永恒的时间来说，简直太微不足道了。而就在这百年来活着的时间里，自然界的灾难，家庭的贫穷，身上的疾病，亲人间的争吵，同伴间的误解，同事间的竞争，民族、国家间的战争，又把烦恼、不安、苦痛、不快安插在许多日子里。人活着的确不是一件轻松的事。

可人们仍在顽强地活着。

这就不能不使人去想一想究竟是什么东西在支撑着人活着，也就是想一想人活着的动力是什么。

是什么？

我想，首先是“本能”，是对生命的本能的热爱。这就像那些不会思维的动物一样，它们维护自己的生命是出于一种本能的自爱，它们活着的本能是和生命同时诞生的。人是从动物界脱胎出来的，自然也有这种热爱生命的本能。这种本能是驱动人活着的最基本的动力。

其次是“获取”，获取是人活着的又一动力。获取金钱、获取权力、获取名声，成为许多人活着的目的和动力。我们可以随时从身边发现这样的人，他们整日为获取出力流汗，直到生命的最后一息。获取是享乐的前提，是人生的重要内容。没有获取，人生不能延续；且在许多人那里，活着就变得毫无意义。获取是一种世俗的需要，是保存生命的保证，我们可以贬低，但不能全盘否定。

再就是“留下”，“留下”就是留下东西，这是人活着的第三个动力。人可以留下的东西无非是三类：一是后代。一个人留下了后代，就可以使自己的生命得到延续，就可以向他人和社会证明：自己没有白来人世一趟。我们在一些偏远的乡间可以发现，一些人在难挨的苦难里之所以仍然坚持活着，就是为了生下留下一个孩子。二是物质财富。农民想为家人留下几间房子和几囤粮食；企业家想为后人留下一座工厂和一个公司；科学家想给世人留下几项发明和创造，都属于这个范畴。三是精神财产。这差不多是大多数艺术家活着的唯一动力。文学家们想为世界留下几本书；美术家们想为世界留下几幅画；电影导演想为世界留下几部好的影片；哲学家们想为后世留下他们对世界的几点新认识。就是因此，他们中许多人历经磨难也要顽强地活着。

人因“本能”活着无可指责。

人为“获取”活着应该给予理解。

人为“留下”活着值得尊敬和热爱。

活着吧，人活着这个世界才能美好。

为了让这个世界美好，人值得忍受烦恼和磨难活着！

愿人们都活着。

此文后附有一张《西部晚报》的退稿信——

虞西鸣同志：

文章收到并读了，我们觉得这篇文章调子灰暗，不宜刊载，今退回。欢迎继续来稿。

《西部晚报》文艺部

（2）《辩护词：虞小亚正当防卫应判无罪》

法官先生：

我叫虞西鸣，现役军人，中尉军衔。现在在青藏兵站唐古拉泵站工作，是虞小亚的亲哥哥。按照刑事诉讼法关于被告有权请律师或亲属为自己辩护的规定，我出庭为当了被告的我的妹妹虞小亚辩护。

我认为公诉人关于虞小亚犯故意伤害罪的指控不能成立。虞小亚踢伤范强虎的睾丸是实，但这一举动属于正当防卫。我的理由是：

①虞小亚是先受到范强虎的侵犯的。公诉人刚才在起诉书上称：八月十七日上

午，范强虎在第一百货商场里购物时，因人员拥挤，转身时嘴唇不慎碰到虞小亚的嘴角，虞小亚随即抬脚向范强虎的裆部踢去，致使范强虎的睾丸受伤。我认为这几句描述性的指控，恰恰说明了虞小亚是先受到人身侵犯的。我们刚才已经从商场经理的证词中知道，事发前整个商场秩序井然，也没有抢购什么货物的现象发生，在这种情况下发生的拥挤，绝不可能使人转身时嘴唇就要碰到他人的嘴角。我们都知道，两个人站在一起，只要不故意弯下脖子倾斜身子，即使有轻度的拥挤现象发生，也不可能造成一个人的双唇与另一个人的嘴角相触，何况我妹妹身高只有一点六二米，而范强虎是一点八一米高，两人身高相差这么多，他转身时即使因为拥挤身子不由自主倾斜，也只能下巴碰到我妹妹的头顶，怎么会碰上了她的嘴角？这种情况之所以会发生，唯一的解释是：二十七岁的范强虎借拥挤的机会，故意俯下身去强吻我十八岁的妹妹。是他用流氓行为先侵犯了我的妹妹。

②虞小亚在遭到范强虎的强吻侵犯后，又跟着受到了凌辱。八月十七日上午和我妹妹一起逛商场的她的女伴郑姝姝刚才已经宣读了她的证词，她证明，我妹妹在遭到强吻的侵犯后，一开始只张嘴叫了一句：流氓！不要脸！而不是随即就抬脚向对方裆部踢去的。范强虎在听到我妹妹的叫声后，双手抓住了她的两个肩膀，两个大拇指分别按在她的两个乳房上，边前后摇晃她边问：你骂谁？我提请法官注意郑姝姝的证词中这一句话：两个大拇指分别按在虞小亚的两个乳房上前后摇晃。我认为这是一种公开的戏弄凌辱。我还想请法官注意郑姝姝证词中关于范强虎当时神态的描述：他边笑着边问：你骂谁？这种神态表明范强虎因为触摸女性的欲望得到满足而生了快意。

③虞小亚在脱身不得的情况下抬脚向对方裆部踢去是当时解救自己的唯一办法。一个体重一百五十斤的强壮汉子抓住一个体重不到一百斤的姑娘，姑娘要想脱身，最好的办法就是踢对方的睾丸，那是男人唯一薄弱的地方。我们试想一下，如果虞小亚当时踢对方的腿或脚，对方可能松手吗？我为我的妹妹当时想到这个主意而感到庆幸。

综上所述，我认为虞小亚的伤害罪名不能成立，她踢伤范强虎的睾丸属于正当防卫，她不仅不应当受到惩处，还应该得到表扬——她为所有女性勇敢保护自己做出了榜样。

我在此还想提请法官注意：虞小亚只是一个普通工人的女儿，而范强虎却是一个有领导职务的检察官的儿子，不管他们父辈的地位多么悬殊，却都应该在法律面前平等。

我期待着你们公正地判决此案。

我的辩护完了。谢谢。

（3）《认识野盘羊》

在我们驻守和工作的唐古拉山区一处山石裸露的山坡上，生活着一群野盘羊。野盘羊是我国较为稀少的珍贵动物，所以我非常仔细地观察了它们的生活情况。

这群野盘羊一共十三只，初见时有幼羊四只，成羊九只。内里有两只体格健壮，好动，为公羊，其颈上部毛色发黑，长达十余厘米；颈下部为白色夹杂黑色毛。母羊的毛色为黑白间杂。

这种野盘羊鼻骨明显隆起，额前部下陷，眼隆起，有粗大的角向后上方伸出到最高点后，向后下侧方伸展，稍向外转，角形呈半螺旋状，止于下额部附近。

它们比较固定地居住在这面山坡上，冬天吃雪，偶尔下山饮水，夏天时喜食野青茅草。它们视觉极好，常常离很远就看见了观察它们的我。它们初见我时，充满敌意，做好了逃跑的准备，后见我站在原地未动，并无攻击它们的举动发生，遂安静下来。以后随着见面次数的增多，它们允许我走到离它们约十米远的地方。

藏历九月初大约是它们的配种期，两只公羊很忙碌地和母羊们亲热，母羊们则像姑娘似的温柔顺从，任公羊所为，其情景煞是有趣。

我不知道它们是不是允许我做它们的长期朋友。在这个广袤而生存条件恶劣的高原上，人和动物应该建立友谊。

此文后边附有一份《野生动物》杂志社的退稿笺——

虞西鸣同志：

你的观察很有意思，可惜写得简单了，能否再写得详细点？若有详文写出，欢迎再寄来。

《野生动物》编辑部

（4）《肉体与心灵的辩论》

肉体：我太难受，酸、软、无力，你不该这样对待我，我这些年一直辛辛苦苦背负着你，我从未做对不起你的事！

心灵：我们过去相处得是不错，正因为不错，我才知道你有承载苦痛的潜力，别动不动就呻吟，呻吟不是你过去喜欢做的事情。

肉体：你既然承认过去与我相处得不错，那你就应该怜惜我，而不是像现在这样来糟蹋我。

心灵：我不是想糟蹋你，我只是想让你丰富经历，经历了缺氧之苦后，你就可以向别的肉体炫耀和吹嘘。

肉体：我不需要丰富经历，更不想对谁吹嘘，我要的只是舒服，上帝在制造我们这些肉体时都预先说过：你们最重要的任务，就是争取舒服。

心灵：可上帝在制造我们心灵时也说过：你们的特点是不安分不满足，你们的任务是去获取辉煌！

肉体：如果我不想背负你，你取得了辉煌又有什么用？你的辉煌转眼间就会进入泥土里。

心灵：辉煌是一种轻飘的东西，它不会进入泥土，它只能在空中飘荡，成为滋养我的食粮。

肉体：看在我将来要腐烂的分上，在我也能感受舒服的时候，把舒服给我一点尝尝。

心灵：我也想把舒服给你，可目前的舒服在数量上还很有限，我去把舒服拿来给你，就会有其他的肉体陷入不舒服的状态里。

肉体：我多么羡慕那些经常住在自己别墅和五星级宾馆里的人，他们把自己的肉体养得又白又嫩，而且涂满了芳香物质，哪像我，又钻输油管又磕碰铁器，弄得又疼又脏又难看。

心灵：先把羡慕之心收起，咱们再坚持坚持，也许以后舒服会来找你。

肉体：你给我说心里话，你想不想栖息在一个又白又嫩人见人爱的肉体里？

心灵：我想，我当然想！可再白再嫩再好的肉体，也是要变黑变丑变臭并最终消失的；而另外一些东西，比如业绩、声誉等，则是可以长存的。

肉体：世界上没有长存的东西，连地球最后也要毁灭，你那些业绩和声誉最后要存到哪里去？

心灵：存在地球毁灭的前一瞬！

肉体：我讨厌你这个执拗的家伙！

心灵：我对你怀着歉意。

…………

（5）《缺氧的土地是你的》

这片土地
虽然缺氧
但它是祖先开拓出的疆域
属于你
你必须守护
不能放弃
缺氧当然会损坏身体

高寒自然于人体无益

可要丢了这片国土

你不怕后世子孙的唾弃

咬咬牙

坚持下去

无非是少活几年而已

这里虽然缺氧

但它是你的土地

（6）《我做了一个梦》

我做了一个梦。

在梦中，我变成了一个精灵，自由自在地在青藏高原和南阳盆地间飞行，我既可以照料父母，又可以处理军务，还可以去听美女们的笑声，最后用双唇去吻了一个姑娘的面孔。

我做了一个梦。

在梦中，我变成了一个漂洗灵魂的大师，我把自己的灵魂像衣服一样地扔进水中，用手抓住它来回摆动，直把它洗得像雪山一样晶莹。

我做了一个梦。

在梦中，我成了一个欲望的鉴定专家，我把自己的所有欲望都拿过来进行鉴定，正当的，盖上一个红印记，放他进入世人的欲望之河；非正当的，掐住他的喉咙把他装入一个密封的宝瓶。

我做了一个梦。

在梦中，我成了一个富翁，我拥有一个巨大的钱柜，我把钞票像天女散花一样地散进天下人手中，让他们去买住房、衣服、汽车和烧饼。

我做了一个梦。

在梦中，我成了一个医术精良的医生，我让许多病入膏肓的人又精神抖擞地去游泳，任何疾病都可以被我降服，包括高原性心脏病。

我做了一个梦。

在梦中，我成了齐天大圣孙悟空，去天宫里偷来了盛放氧气的神瓶，把其中的氧气向青藏高原倒了个干净，使高原的氧气和黄海海面上的氧气含量相等。

我做了一个梦……

（十）诊断证明书（三份）

（1）格尔木第22医院诊断证明书：

虞西鸣同志心功能一级，建议适当休息。

王天凡

（2）郑州第一人民医院诊断证明书：

虞西鸣心功能一级，建议体力劳动时多加注意，不要过度疲劳，以免向二级发展。

郑九蝉

（3）西安西系医院诊断证明书：

虞西鸣心功能一级，建议不做重体力劳动，以免引起一度心力衰竭。

冯东方

（十一）离婚协议书

虞西鸣和钟琳琳离婚协议书

钟琳琳提出离婚，虞西鸣表示同意，二人自愿达成协议如下：

1. 双方今后均不在外人面前讲有辱另一方的话，不向外人公布离婚理由。

2. 双方领取离婚证后，都不再以任何理由纠缠对方。

3. 现双方居住的房子系钟琳琳家原来的房子，仍归钟琳琳所有。家中的一切家具，虞西鸣均表示不要，全部归钟琳琳所有。

4. 双方在银行所存的四千元人民币，归钟琳琳所有。家中现有的股票，因全是钟琳琳在他人帮助下买的，虞西鸣不要求进行分配。

5. 虞西鸣在青藏高原所在单位放置的衣物用品，钟琳琳不要求进行分配，仍归虞西鸣所有。

6. 钟琳琳有权决定去医院将所怀的孩子流产，虞西鸣不能阻拦。

7. 为防止虞西鸣父母伤心，钟琳琳同意暂不把离婚消息告诉二位老人，何时告诉、用什么方式告诉，均由虞西鸣自己决定。

立协议人：虞西鸣（签字）

钟琳琳（签字）

浪进船舱

闵茗当初根本没想到会在北京找个丈夫。她原准备陪爸妈在北京住个一年半载，顺便游览游览中国的名胜古迹就回去的。后来心血来潮地去一家银行应聘上班，目的也是为了好玩，为了体验一下大陆人的生活，同时也算一次实习，把当初在大学里学的那些金融知识派个用场，未料到在那家银行里认识了梁智，于是一连串的事情随即发生。

闵茗说，爸爸决定由西雅图回北京创建公司的时候，反对最激烈的是我的姥姥。我姥姥的父亲那一代都已经在西雅图生活了，姥姥知道在美国生活的全部好处，她不能想象她的女儿可以再回到中国去。但她的反对无效，因为这件事的关键人物不是她而是她的女儿，遗憾的是她的女儿也就是我的母亲在这件事上持两可态度，回中国可以，不回中国也行，爸爸怎么决定她就怎么行动。当时我们这个家里积极支持爸爸主张的只有我，我知道爸爸虽然口头上说北京是今天世界上最可能赚钱的地方，应该去占一块地盘，其实他是因为太想我的奶奶了，而奶奶那样的高龄又不可能来美国，他便只有回去了。我呢，从小在美国生活，新鲜感没了，总想到中国去看看，看看爸爸的故乡安徽徽州，看看姥姥的父亲的老家湖北襄阳。能到中国去生活一段时间，这本身也是一种新鲜的刺激，那时我还没想起去银行应聘上班。我和父母一起登上飞往中国的飞机时，满心里都是欢喜，可那欢喜里一点也没有关涉找男朋友的成分，更不会想到会结识梁智，那时在我的内心里，总认为找丈夫还是一件离我很遥远的事情。

闵茗是不知不觉爱上梁智的。爱上梁智的时候，她一点也不知道他的父亲是军队的一个师长。当然，那时梁智也不知道她家属于“海归派”，去年才从西雅图归来。梁智那会儿只是觉得闵茗的普通话说得很别扭，闵茗反问他：你能期望一个来自安徽徽州的女孩能把普通话说得和北京人一样？他当时笑笑点头：那倒是。他俩能走在一起纯粹是因为相互吸引。闵茗说，他吸引我的，是他那挺拔的身躯和对一切都满不在乎的派头，还有他肚子里比我还多的金融知识。他长得有点像美国雷尼尔山上那种特别挺直的杉树，应该说，在我们那家银行的小伙子里，梁智是长得最帅的一位。我之所以能被他看上，据他事后交代，最初是因为我英语说得特好，后来则是因为我的胸脯他最喜欢，他说他一看见我的胸脯他就特别迷醉，就想立刻把头埋在我的胸上歇息。该死的梁智，看一个姑娘怎么能只看胸部？应该看她的全身还有内心！倘是只看胸部，要再碰上一个胸部比我还美的女子，岂不要移情了？

我们的恋爱基本顺利，要说波折的话，只经历过一次。那是一个黄昏，我们俩在我常去的昆玉河畔小坐，我注意到他不时答非所问，显然在走神在想别的。就问他：你在想什么？他不好意思地笑笑：在想一个问题。可以告诉我吗？他的神情使我越加好奇。我想问你……他吞吐着。说呀！我有些急了。

你对女性婚前与男人发生性关系怎么看？他期期艾艾地说了出来。

你什么意思？我一下子就明白他在关心什么了。

我想，你在美国那个特别开放的国家长大，对这个问题肯定有许多新的见解。

你想了解的恐怕不是新见解，而是想知道我还是不是处女？对吧？我直盯住他的眼睛。

他的脸红了，急忙辩解说：不，不，你别误会。

我的确有些生气，在我们相处了这么多的日子，在我们相互说了我爱你之后，你还在纠缠这个问题，我不能不生气。——那么好吧，我来告诉你我的性观念和性生活的丰富经历，任何一个男人想和我睡觉，我都会满足他，我十三岁就和男人睡了，我现在已和三百个男人睡过，已经怀过四百次孕流过五百次产，我认识你以后还不断地和其他男人睡——

他一下子伸手捂住了我的嘴。

怎么，不让我坦白了？

对不起，对不起，我不该瞎说的。

只是对不起？我恨恨地盯住他。你既是怀疑我，为何还跟我说爱谈情？你为何不走开？好了，我们拜拜吧，省得你以后为娶个不是处女的荡妇难受！我说罢起身就走。他死死地拉住我道歉，又是作揖又是鞠躬，要不是看着他眼泪急得都要流出来，我决不会软下心来。

我当时就想，总有一天我要让他知道他的怀疑是多么荒唐，我要让他看到一个证据！

这件事我一直记到我们身子首次结合的那天夜里。那个夏末的晚上，我们在京郊的一个山坡上野营，他千祈万求地要我答应脱下衣服，我那时爱他已爱得一塌糊涂，实在不想看他那种难受样子，就扯过了他的白衬衣铺在了我的身下，当他迫不及待紧紧张张慌慌乱乱粗粗鲁鲁气喘吁吁地对我做完那件事后，我忍着疼打开手电抽出身下那件衬衣让他看上边的血迹，我说：尊敬的梁智先生，你给我看清了！大汗淋漓的他喘息着再次说：对不起，对不起！我捏住他的耳朵小声叫：我是在你的恳求下才做的，很多美国人认为婚前的节操，有利于婚后夫妻和谐的生活及社会的秩序！他点头连说：对，对。我仍捏住他的耳朵问：在你的眼里，是不是所有的女人都可以随便向男人献身？是不是美国就没有处女了？告诉你，再开放的国家也知道保护他们的女儿！何况，我在西雅图受到的是最严格的华人老式传统教育——他没让我说完，他只是发疯地吻我，吻得我一个字也说不出来……

我是在初秋的一个傍晚第一次随梁智去他们家的。其时我们刚在一片树林里尽情吻罢，梁智说：走吧，让你的公公婆婆相看相看你！我当时嗔道：你别得意，是不是你梁家的儿媳妇还得先看我愿不愿意！我被他扯着往前走，到了一个有几名军人站岗的大院门口，他径直走了进去，我这才有些吃惊，才问：你们家怎么住在军营里？他笑笑说：我现在正式告诉你，我是一个军人的儿子，父亲只是个师长，官不大，这不会吓住你吧？

我真的惊怔了一霎，我过去的确没想过会找一个军人的儿子做丈夫。在西雅图，军人家庭给我的印象就是漂泊和动荡，此外还有危险。我们家没有结交过军人朋友，军人的家庭我也从未接触过，实在陌生。不过这时我已无时间去想别的，只能随他走向一排带小院的房子。在尽头的一座小院里，我看见一个两鬓有些发白身着便装的中年男子，正戴着眼镜坐在藤椅上看报纸，梁智朝他喊了一声：爸爸。他大约又看了一行字方抬起头来，边摘下眼镜边说：怎么才下班？你妈早把绿豆稀饭——他因看见了我而把话倏然截断。

这是我的女朋友闵茗。

这时的我只得礼貌地向他叫了一声：伯伯好！没穿军装的他和一般的中年男子看上去没有什么两样，这让我的心稍稍放了下来。

哦。快请进屋。我注意他的目光在我的身上一闪而过，但就是这一闪也让我感觉到了他目光的冷峻。我想，这是一个严肃的父亲，和我的父亲不是一个类型。

梁智的妈妈和奶奶对于我的意外到来显得十分热情，两个人把我拉坐在客厅的沙发上，又是端茶又是递毛巾又是削水果。尤其是他的奶奶，那个满头银发的农村打扮的老太太，拉着我的手笑得合不拢嘴地说：看看俺孙子的眼光，找的姑娘多水灵好看！我早就说，俺孙子有那份能耐，肯定能捞到一个漂亮老婆，咋样？这不是捞来了吗？我的脸被她说得好红好红，梁智这时坏笑着接口：奶奶，说话不要太跃进，眼下人家还只是我的朋友而不是老婆。老人嗔怪地朝孙子顿顿拐杖说：去，去，人家姑娘要不想做你的老婆来咱家里干啥？我有点哭笑不得，没法开口。好在梁智的父亲这时替我解了围，他朝梁智的妈妈说：还不快去再炒两个菜，孩子们肯定饿了。

饭菜都端上饭桌时，我按照从小养成的习惯，抬手在胸前画了个十字，轻轻说了几句感谢上帝赐福的话才去拿筷子。没想到就是这个动作，把梁智的全家人都惊得一怔。梁智的父亲惊问：怎么，你信基督？

我朝他微微一笑说：我们一家都信基督。我母亲是美国华人的后裔，出生在安徽徽州的父亲是在到西雅图留学时和母亲结婚的，他也信了基督，一家人去年才从美国回来。

我看见梁智吃惊得张大了嘴，不由得心中暗暗高兴，在这之前，他根本不知道我们一家人都是基督徒。谁让你预先不告诉我你父亲是军人而且是个师长。现在报复他真是恰到时候。

梁智的奶奶没听明白，诧异地问：基督是谁？

是一个神。梁智向他奶奶解释。他好像已从惊愣中恢复了过来。

神？这个神我咋不知道？老人又问。

世界上的神很多，奶奶，和你信的祖师爷一样，都是神……

我没有去听梁智的解释，我只用心观察师长的神情，他没有再说话，只是低着头吃饭，在接下来的整个吃饭过程中，他没有再说一句话。我本能地感觉到，师长先生对我信基督的事不太高兴。你尽管去不高兴吧，我决不会因为要做你儿子的恋人而改变我的信仰！

我的感觉没错，第二天梁智来上班时忧心忡忡地告诉我：我俩的事在家里可能会有麻烦！有麻烦才好，那样我可以去再找一个男人！中国的英俊男人这样多，我还能找不到一个？我装出无所谓的样子快活地说。梁智生气地捏住我的手腕，直把我疼得流出了眼泪。这番惩罚过后，梁智才又问我：你的父母究竟是干什么的？你得给我说实话。我笑道：我父亲母亲都是外国的特务，派我故意勾引你好从你家弄出情报！他于是又猛捏住我的耳朵，疼得我差点跪倒。没有办法，我只得向他说了实话：我父亲是一名生物学博士，现在是北京中关村一家公司的老总；母亲来到北京后被聘为北大的一名副教授，专门教授英语。听我交代完毕，他的神情方又转为轻松，他打了一个响指说：等着吧，我能把事情摆平！

据梁智事后告诉我，那天晚上我从他家走了之后，他父亲立刻找他谈话，明确表态不希望梁智继续跟我往来。梁智问为什么，那位当师长的父亲说，这姑娘信基督，而我们军人不信这些。梁智反驳说，她是跟军人的儿子结婚又不是和军人结婚，再说，信仰不同又不影响一家人的感情，我奶奶信道教我妈信佛教，你什么也不信不也照样和她们在一起生活得很好？师长被反驳得哑口无言。当然，最后促使师长改变态度的不是梁智的反驳，而是因为梁智的奶奶站在了我们一边。奶奶说：我看那姑娘挺好的，眼里没恶气，身上有一股清爽劲，不像懒人，脾气也不是那种咋咋呼呼的主儿；再说，俩奶子不小，屁股长得也敦实，日后养个孩子也顺溜；还有一样，长得白，咱们一家人面皮都有些黑，她来了，也好给咱梁家的后代变变种，我看就这样定了！她顿了顿拐杖后，师长就不再说话了。

我听着梁智给我学说奶奶评价我的那些话，笑得前仰后合，天哪，我的屁股敦实？这要让我文文雅雅从不说粗话的爸妈听见有人这样说他们的女儿，非气得背过气去不可。

第二次去他们家时，师长对我客气多了，大约是把我看成了他们家的人，主动地同我说话，问我工作上的情况，问我想不想西雅图，问我是不是已习惯了国内的环境。我一一作答，边答边观察他，我想了解这个未来的公公，想了解一个男人成了军队的师长之后究竟是一个什么样子。他最后问到了基督，问我是从什么时候信基督教的。我说，我生下来就受洗礼了，妈妈和姥姥在我很小时就告诉我，基督是一个人，是拿撒勒的耶稣。他在公元初年诞生在罗马皇帝奥古斯都治下的巴勒斯坦，提庇留斯时代开始在公众中露面，最后被提庇留斯的地方官本丢·彼拉多处死。他的母亲是马利亚，父亲是约瑟。基督耶稣是全心全意关怀人的，他是善的代表。他最后变成了上帝，关怀世上的一切人，把一切人的喜怒哀乐放在心上，他尽可能地把福赐给人们，他既管人们的生也管人们的死。我们应该对他满怀敬仰之情，对他持绝对信任和全然依凭的态度，以全部心智的力量专注于他和他的讯息……

他虽然听得认真，但我能看出他的脸上有一种根本不信这一切的神情。不管你信不信，既然你问了，我就应该向你宣传。

也是在这一次的做客中，我看到了梁智的妈妈和奶奶供奉的神。梁智的妈妈供奉的神叫释迦牟尼，那神带了一点笑意地坐在她和师长的卧室的窗台上，看着她给他烧香、叩头。我问她：妈妈，你敬他的目的何在？她很肃穆地说：佛是大慈大悲的神，敬他是为了让他保佑我们全家平安；保佑我们来生重新脱生成人，而且有一番好运。我很吃惊：人怎么还有来生？我们基督教徒认为人死后或者进入天国或者进入地狱，不会再变成人了。梁智给我解释：佛教认为，人死是必然的，但神魂却不灭，人身如五谷之根叶，人魂如五谷之种实，根叶生当必死，种实没有终亡，人死后不灭的灵魂，将在天、人、畜生、饿鬼、地狱中轮回，“随复受形”，而来生的形象与命运则由“善恶报应”的原则支配……我注意到梁智在给我讲这些的时候，师长面孔阴郁地听着，他好像不太高兴。梁智小声告诉我，妈妈是在一次大病之后信佛的，对此，爸爸反对过，在家中一向对爸爸退让的妈妈，唯在这个问题上始终坚持着。

梁智的奶奶供奉的神叫祖师爷，塑像上的祖师爷面孔清瘦，他就坐在奶奶的床头柜上，奶奶在他面前摆了一个小铁盆，正午的时候，奶奶在铁盆里焚烧两张薄薄的黄纸，梁智说那叫黄表纸，是专门敬神用的。奶奶烧完纸还要叩头，奶奶叩头时前额必要着地，显出十分的虔诚。梁智说，道教是土生土长的中国宗教，没有外来成分，它乐生、重生、贵术，它认为生活是乐事，死亡最痛苦。它主张在现实世界上建立没有灾荒、没有战争、没有疾病，“人人无贵贱，皆天之所生”，“高者抑之，下者举之，有余者损之，不足者补之”的平等社会；它还追求清静无为、超俗脱凡、不为物累的“仙境”世界。梁智说，奶奶从小就敬祖师爷，她敬祖师爷的目的，是为了让祖师爷保佑全家都能长命百岁。梁智还告诉我，他爸爸刚当师长时想劝奶奶别再信祖师爷了，奶奶大怒，奶奶说：国家都让信教自由，你当个师长就敢不让我信祖师爷了？你要当个军长是不是不让我吃饭了？我听了大笑起来，原来这个师长在奶奶面前并不威风。

闵茗说，在我和梁智爱得死去活来之后，我才把这件事告诉了我的爸爸、妈妈。你猜我爸妈怎么反应？妈妈的反应最快，妈妈叹息了一声：这样迅速？！随后便抓起电话拨通了远在西雅图的姥姥家，妈妈对着话筒说，消息不好，她找了！谁找了？找了什么了？！姥姥的声音震动屋瓦。妈妈平静了一下自己，才算把事情给姥姥说个明白。姥姥在电话里冷笑：我当初就反对你们把她带回去，这下可好，她还能回来得了？你们一家三个全是糊涂虫！全是！妈妈也笑了：反正她早晚得为自己选个男人，早选定早省心。姥姥最后声明：如果茗茗在西雅图选个华人青年，我送的嫁妆钱是三十万美元；要是在中国大陆选人，只有一万！我上前抓过电话笑叫：姥姥，一分钱我也不要！

爸爸的反应是摘下他的眼镜，不停地擦，在擦了足有三分钟之后，才开口道：只要你觉得好，就行。我听罢扑到爸爸身上喊：爸爸圣明！“圣明”这个词还是我回国后从电视上学来的。但是——爸爸说：你要做好心理准备，你是基督教徒，你的男朋友不是，你们日后在生活中难免会有冲突。

有冲突才有意思，我不喜欢日子平平淡淡！

爸爸拍拍我的头说：好，只要你有这个心理准备就可以了。

我于是抓紧机会提出：这么说，我可以把他带来与你们见面了？

妈妈点头：带他来吧，只是要先告诉我他的口味，他喜欢吃西餐还是中餐？

面条，普通的一大碗面条就可以了！

怎么可以只用面条招待客人？妈妈瞪我一眼。

我回瞪了妈妈一下：我了解他还是你了解他？他老家是河南，他还是河南人的吃饭习惯……

梁智是当天傍晚来到我家的，气宇轩昂的他往我们家客厅里一站，我注意到爸爸妈妈的眼睛都亮了。怎么样？像不像一个革命党人？或者我姥姥常说的绅士？或者我妈妈常说的正派男子？我选的丈夫不会错的！

我第三次去梁智家时，已是讨论有关婚礼的事情了。

那天，我和梁智商定，由他向他的父母和奶奶汇报我俩的打算，我只坐在一边倾听。

梁智刚一开口说我们要结婚，师长就点头说：好。这件事上他倒痛快。他妈跟着就笑了：你爸早急着要当爷爷哩！梁智的奶奶说：赶紧准备吧，先找个阴阳先生把喜日子定下；然后把聘礼给闵茗家送去；再把响器班子定了——

送什么聘礼定啥响器班子？奶奶你这是哪一年的皇历？！梁智叫了起来，告诉你们，我和闵茗的婚礼定下在教堂里举办！

师长显然吃了一惊：怎么能在教堂？

梁智说，闵茗和她父母都坚持要在教堂举行婚礼，我想我应该同意。说罢看了我一眼。

可爸爸我是军人，去教堂参加婚礼没有先例。

那就破一次例，这又不会损害到军队的利益。

师长看来不好再说别的，迟疑了一下才把头点点应允道：好吧。

师长的勉强让我很不高兴，我想：我们家庭提出这个要求并不为过，毕竟我们是信教的人，基督徒的婚礼在教堂举行不是很正常吗？

这天因为还和梁智商量婚后旅游的事包括上网查询一些问题，弄得有些晚了，待我提出要走时，已是晚上十一点了。梁智这时不怀好意地笑道：这么晚了，干脆别回了，就在俺家住下吧。他妈妈也立刻附和道：对，对，这个时候走也不安全，就住下吧。我反正也不想离开梁智，就假装着叹口气说：好吧，听你们安排。他妈妈一听我表态同意住下，忙又说：我去给你奶奶的床上再加一床被子，你就跟你奶奶睡一起吧。梁智一听这安排，急忙说：那样麻烦干啥？就让她睡我床上吧，俺俩一人一个被筒不就行了？她妈妈看我一眼，我当然知道梁智的用心，便装着全神看一张报纸不表态，见我没反对，梁智的妈妈就准备照儿子说的办了。没想到就在这时，书房门口猛地响起师长的一声咳，跟着就见两道冷厉的目光朝梁智的妈妈砸过来，我因为和梁智的妈妈站在同一个角度上，也立刻看到了那目光，身子不由得骤然间打了个寒战，心里要和梁智睡一起的愿望也立马飞走。我慌忙表态：我要和奶奶睡一起。梁智显然也听到了那声咳，不敢再说什么，只是朝我伸了伸舌头，做了个充满遗憾的手势……

举行婚礼的那天，我注意到师长穿着一身西服和梁智的妈妈一起站在教堂里。他肯定是第一次走进基督教堂，双眼不时地四下里打量，满目都是新奇。你好好看看吧，师长，你的儿媳将让你接触到一种崭新的宗教文化，这种文化会使你大开眼界！

令我意外的是，当我和梁智亲吻之后仪式就要结束时，我突然发现，当师长的公公竟然不在他应该站的位置上站着，我飞快地用眼睛扫了一下教堂之内，没有，根本没有他的影子！我立时大怒：还有这样不懂礼仪的公公，儿子儿媳的婚礼没有完他竟先走了，这是对我、对我家、对我们基督徒的不尊重！是对我们宗教的不尊重！我重重地用手捣了一下身边的梁智，让他去看原本应由他爸爸站立现在却空着的位置，他显然也吃了一惊，歉意地看我一眼。不行，我必须把我的愤怒表现出来，我要抗议！

在从教堂出来预备上车向梁智家走时，我拒绝登车，我要打车回娘家。这可把梁智和他妈妈吓了一跳。梁智立刻明白了原因，附着他妈妈的耳朵说了几句什么，他妈妈随后急忙走过来向我道歉：对不住，闵茗，梁智他爸刚刚接到司令部值班室一个传呼，说有急事，他不得不先回去。我不接受这种轻描淡写的道歉，我仍然坚持要回娘家，没想到这时我的爸爸走过来严肃地说：小茗，不要胡闹，你公公临时有军情大事回去，走前给我说过的！我的妈妈也走到我身边狠狠地掐了我的手腕一下，我这才作罢，悻悻地上车回了梁家……

师长是到下午很晚的时候才回来的，我坐在新房里听见了他进屋的声音，却装作没有听见，故意没有出去。我在心里说，从今往后，我对你的尊敬会减少许多！出乎我意料的是，师长没有先去客厅坐下，竟然先主动走到新房门口说：茗茗，爸爸对不起你，没有参加完你们的婚礼就走了，郊区一座水库的大坝突然出了点问题，因为还在汛期，上边命令我们部队立刻赶去抢险，所以……

我抬头看了一眼浑身泥点满脸疲惫的他，心里涌上来一股歉意，我充满感情地叫了一声：爸爸。

这是我第一次正式称他“爸爸”。

我正式属于梁家人了。

大概是我嫁过来的第三天晚饭后，我在厨房帮婆婆洗刷完刚回到客厅，梁智就使眼色要我去卧室，我还能不知道他的用心？保险我一进卧室，他就会把我抱到床上。这个永远没有够的家伙！我可是看过一本法国人写的心理学书的，那书上说，新娘对于丈夫的上床要求，决不能有求必应。那样，他很快就会有一种餍足感，对你减少兴趣的时间就会提前。必须让他有一种饥渴感——我的一个女伴说得更好：这就像喂猪，只让其吃八成饱，这样他就会不停地围住你转。所以我那晚对梁智的眼色装作没有看见，只安静地坐在奶奶身边看电视剧，顺便和婆婆说上一两句话。眼见得把梁智急得抓耳挠腮，我心里可就笑个不停。正在这个时候，公公从他的书房里走了出来，先是咳了一声，然后说：我们开个会。

我顿时一愣：开会？在家里开什么会？

全家人都在，我宣布几条纪律！公公一本正经地坐在那儿说。

我只得去看梁智，用目光要求他做出说明。

爸爸的意思是开个家庭会。梁智说道。看他毫不诧异的样子，这样的会过去肯定也开过不止一次。

第一条，不许收受礼物。公公说得很严肃。

我觉得这条纪律太荒唐，于是立刻提出质疑：我娘家爸妈来看我，如果拿了礼物，我凭什么不能收下？

梁智笑了，梁智说，这主要是指爸爸部下送的礼物，我们不能收他们的礼物。

爸爸的部下凭什么要给我们送礼物？我不解。

如果他们送了，我们就不收。梁智被我追问得有些着急。

第二条，不准坐轿车。公公再次开口。我也再次吃了一惊：凭什么不让坐轿车？我父亲的那辆雪铁龙原本说是要送给我的，我为何不能坐？

梁智也笑了：爸爸说的是不准我们坐部队给他配的那辆军队轿车。

我舒了一口气：公公说话最好带上定语。我在西雅图学的汉语里就把主语、谓语、宾语、状语和定语讲得十分明白。

第三条，公款一分不能动。

我想我明白公公说的这条纪律的意思，就是不要贪占和挪用公款，可要从语法上说，这话仍然有毛病，我在银行工作，每天“动”的不都是“公款”？

这种家庭会议的开法——听公公发布命令，根本不给讨论的机会，没有任何民主可言——尽管我很不习惯，可我还是觉得公公是一个不错的师长。我心里对他的尊敬有些增加了。

蜜月里的日子的确好过，你不知不觉就把一天过完了。这日子里有让人神魂颠倒的时刻，有慵懒不愿动的时刻，有彻底放松蒙头酣睡的时刻，有什么也不想安然呆坐的时刻，还有兀然发笑的时刻。这日子里根本就寻不到一点愁和烦的影子，它们都藏哪里去了？但愿它们永远不再找我。

我心里非常满足。我给姥姥打了个电话，我说：姥姥，我现在才知道什么叫幸福！远在西雅图的姥姥叹口气说：差不多所有的新娘在蜜月里都很幸福，但愿蜜月之后你还能感到幸福，尤其是在你结婚三十年之后。

我想我会的。放下电话我对梁智说：姥姥有点不相信我会幸福下去。梁智听罢笑了一声：怎么可能会不幸福呢？

我能看出，梁家的一家人都在宠着我，顺着我的心意做事，只有梁智敢偶尔地在我面前说一两个“不”字。

我把我娘家自己屋里的东西差不多都搬了过来，我要按照我的审美观来布置婆家的屋子。这儿才是我要长久生活的家。

梁家客厅的正面墙上，挂着一幅很大的摄影作品，画面是圆明园里的大水法废墟。画框的两边，各挂着一个条幅，右边的条幅上写着：为将之耻；左边的条幅上写着：当兵大辱。梁智告诉我，那照片和书法全出自他爸爸之手。我得承认，那照片照得颇有功力。我和我的爸爸妈妈也一起去看过大水法废墟，我当时只是觉得可惜，把这样一座建筑毁了太可惜，可当看这张照片时，我分明从中看到了悲愤和屈辱，照片把废墟上笼罩着的那股东西也保留了下来。不过公公的书法一般，笔画像棍子，有力，但不美。这面墙让人看了心里压抑，我有心换幅风景画挂上，梁智坚决反对，说：那是爸爸的作品，你把它换下来，不是存心惹他不高兴吗？我想想也是，就在对面的墙上挂了一幅我保存的圣母怀抱圣子的画像，那幅画像也很大，而且画面上洋溢着一股温馨和温暖，正好可以把客厅里原有的那股压抑之气冲淡。

我在一个柜上摆了嵌有圣经诗篇的镜框，上边写着：不从恶人的计谋，不站罪人的道路，不坐亵慢人的座位，唯喜爱耶和华的律法。

我在餐桌上摆了一个石刻的十字架，这样，全家人每次享受美食时，都可以看到耶稣，看到他当初受难的情景，看到他自己受难却把福留给我们从而知道对他感恩。

我把一本圣经放在电话桌上，打开到“旧约全书”第六章那一页，并在下边的几行字上画了红线：耶和华见人在地上罪恶很大，终日所思所想的尽都是恶，耶和华就后悔造人在地上，心中忧伤。耶和华说，我要将所造的人、和走兽、并昆虫、以及在空中的飞鸟，都从地上除灭，因为我造他们后悔了。唯有挪亚在耶和华面前蒙恩……我这样做的目的，是为了让家里每个接电话的人，随时都看到上帝过去曾发出的警告，从而小心向善。

我还在小餐室里摆了一套音响，每次吃饭时，我都要用很低的音量，放上一段教堂唱诗班唱的歌。对我的这些作为，公公和婆婆以及奶奶都持默许态度，梁智更不会有意见，他曾附了我的耳朵笑着说：只要夜里我叫你做什么你就做什么，给我完全的自由，你就是把这个家翻个个儿我也不管。我听后在他的大腿上狠狠掐了一下，净想些床上的事，讨厌不讨厌？

不过当我办另外两件事时，遇到了反对。

一件是我想在奶奶的屋里摆一个小耶稣像，以便让她随时看到上帝，让上帝也保佑她老人家身体健康，没想到奶奶看见后吓得变脸失色地叫：快、快拿走！一间屋里有两个神灵，万一他们中间有了冲撞，怪罪下来可怎么办？我还想再作解释，奶奶已吓得扑通一声朝祖师爷跪了下去，我只好作罢。我心里觉得，祖师爷和耶稣既然都是神灵，他们肯定能明白我的用心，从而和睦相处的。

另一件是我整理书房时在书桌上发现了一块不大的废铁，形状很不规则，难看得很，我认为把它放在这儿太不雅观，就擅自做主把它扔到垃圾箱里了。没想到当晚公公下班后一看书桌上没有了那块废铁，立马大吼了一声：谁动了我的东西？吓得我浑身哆嗦。全家人都愣了。待弄清是因为那块废铁后，我非常意外也非常生气，为了那么一个破东西，值当发那么大的脾气么？我冷冷地说：是我扔的！

扔哪儿了？快去把它捡回来！他好像是给他的士兵下命令。

我噙着眼泪去垃圾箱里翻找，直到找到后把它扔到他的面前。

那天晚上我气得没有吃饭，早早就上床睡下了。军人真是不通情理，我好心整理屋子，替你扔一件破东西，就这样乱吼乱叫，我要把你们家的保险箱动一下，还不要把我杀了？！

梁智当晚上床以后，百般抚慰我，我还是不能停止生气。第二天早上，妈妈过来说：茗茗，昨晚你扔的那块废铁，是一个82迫击炮的碎片。二十多年前爆发过一场战争，你爸爸当时只是一个副连长，他指挥炮班参加战斗时，定错了炮位，结果遭了敌人炮击，炮毁了，人也伤了几个，他心里一直不好受，所以就留了那个东西……这番解释才算让我消了些气。也罢，那是他的纪念品，我不该扔，这件事是我不对。

按照婚前做好的计划，我和梁智婚后要回一趟他们的老家河南南阳，顺便到武当山和洛阳游览一番。我一直在记挂着这项安排的实现，它是我全部旅游计划的一部分。

我们动身是在一个晚上。我们做了周密的准备，送老家亲戚们的礼物和我们自己吃的喝的穿的用的，应有尽有，我甚至还让梁智去专门买了几盒避孕套——我可不想现在就怀孕，尽管我已听到了婆婆和奶奶几次要孩子的暗示，可我不会动摇决心，我要好好享受我的青春。再说，我在西雅图的那么多姐妹都决定不要孩子，我干吗要让孩子拴住腿？令我奇怪的是，我明明记得亲手把那几盒避孕套装在了提包里，可临出门前做最后一次检查时，却发现没有了。而且在卧室里找了半天也没找到，梁智也觉着奇怪，说真是见了鬼了。我俩正着急时，婆婆过来笑模笑样地问：找啥呢？去车站的时间已经到了，该走了！我说我们有一样要紧的东西不知放哪儿了。婆婆问：是不是——她做了个套的手势。我脸红了一下点头说对。她笑道：别找了，那东西是我拿走了。我很吃惊，问：妈妈，你拿走那东西干什么？婆婆笑道：你爸爸特别想要一个孙子，就让我来找到那些东西拿走了。我简直有些哭笑不得，天哪，想用这种办法让我怀孕，太笨了！

到了车站候车时，我催梁智再去买几盒避孕套带上。他显然被公公婆婆做通了思想工作，支支吾吾地不想去买，说：我好像记得，你们教会不许节育的。我脸子一拉：你倒会找借口，我们教会早在十三四世纪就默许了机械的、化学的或魔法的节育方法。也好，你不去买当然可以，只是从今天起，你休想动我一下！他见我发了脾气，只好老老实实地去买了来。

我们先到了南阳梁智他们的老家。我们看望了梁智的大伯、大娘和二叔、二婶以及堂哥、堂姐、堂弟、堂妹；我们去梁智的爷爷坟上烧了纸；我们拜会了几家亲戚。这是我第一次来到河南农村。这里的乡间风景和美国的乡间风景完全不同，最大的不同是这里的村庄密度很大，有些村庄之间的距离仅有一公里。一个村庄里住的人也很多。我新奇地注视着乡间的一切，包括那些听说了我们回来而拥来看我们的村里邻人。来看我们的村人中有些姑娘，她们好奇地问我的衣服是用什么料子做的，问我是用什么办法把皮肤保养得那样白的，问我用的是什么香水，还问我用什么牌子的卫生巾最好……她们对一切都感兴趣，包括对我这个人。

晚饭后和村人们坐在老宅院门前聊天时，他们说到了公公。有几个老人说公公小时候爬树最胆大，能爬村里最高的树；说他力气大，一百八十斤的麻袋扛在肩上能像猴子一样地走路；说他不爱服输，那次连拉十三车粪终于在全村的小伙子中间争得了第一。他们最后问到公公能不能当上将军，梁智说不知道。那些人就发感叹，说咱们村还没出过一个将军，要是他能当将军，那可是咱一村的荣耀！我过去从没想过公公当不当将军的问题，这与我没有任何关系。我只是对他们说的关于公公过去的故事感兴趣，原来公公年轻时还是一个挺有意思的人物。

接下来通过在武当山和洛阳旅游，使我对奶奶和妈妈所信的神灵有了了解。武当山金顶真是一个险要而美丽的去处，祖师爷把自己的神位选在此处本身就让人敬畏，他面对千山万壑一副淡然之色的坐像真使人相信他已进入了仙境。梁智说，奶奶过去每年都要徒步登上金顶一回，当面向祖师爷祈愿。我望着那陡峭曲折的盘山石阶路，想象着奶奶行走时的艰难样子，心里生了一阵真正的感动。

站在洛阳龙门石窟中那座最大的佛像前，我在为先人雕刻技艺的高超惊叹的同时，好像也理解了妈妈何以相信佛能为其消灾。有身形如此巨大的神灵保佑，一般的鬼魅是不敢走近被他所保护的人的。我们随后又看了白马寺，据说这是佛家第一寺，当年，西域的高僧牵一匹白马，马背上驮着佛家经卷来到洛阳，东汉的皇帝对其优礼有加，在此处建寺院设精舍以处之。梁智告诉我婆婆也曾来过这里，我点头说应该，这里是佛教在中国的起点，佛教徒当然应该祭拜。梁智撺掇我在大雄宝殿上给佛祖叩个头，我犹豫了许久最终没有叩，我担心耶稣看见不太高兴。

对道教和佛教这两处圣地的游览使我大开眼界高兴无比，唯一使我感到不安的是，由于梁智的坚持要求和不懈纠缠，也由于我对自己的放纵，以至于允许他和我在这两处地方所住的宾馆房间里都做了爱。我们爱得死去活来也肯定丑态百出，而按照奶奶的说法，神是什么都能看见的，何况是在离他们的住处如此近的地方？祖师爷和佛祖要是看见我俩那个情状，会不会冲天大怒从而降罪于我俩？梁智，你个东西，你为什么就不能忍一忍？新婚新婚，新婚就不能忍到北京了？在返京的列车上我对梁智说了我的不安和担心，没想到他竟哈哈大笑，他说，我既不信祖师爷也不信佛祖，所以他们谁也管不了我，他们即使看见了我和你做爱，他们也没有办法，我不是他们的臣民！

还有这样的人？！

梁智还说：奶奶看重的是进入仙境是长生，妈妈看重的是来生、来世，你看重的是天国，我这种不信任何宗教的人，看重的只是当下，我只要当下的幸福、荣耀和快乐。

我对他毫无办法。

旅游结束回到家的当晚，全家人为我们举行了一个欢迎归来的晚宴。我和奶奶、公公、婆婆还有梁智都碰了杯。全家人喝得一片笑声。婆婆可能还在想着我怀孕的事，不想让我多喝酒，几次想阻止我向杯中添酒，都被我巧妙地拒绝了。平日很少露出笑容的公公，那晚也满脸含笑地听着我讲旅游途中的各项见闻。

大约在我们到家几天后的一个傍晚，我发现公公的神态有异。他平日下班后总是坐在那儿看报纸，要么坐在院里，要么坐在客厅里，但那天下班后他只是呆坐在沙发上一动不动。我以为他没看到报纸放的地方，就过去把家里订的几份报纸都拿到了他的面前。但他仿佛没看见，依旧坐在那里一动不动。

那天的晚饭公公吃得也很少，他只是吃了几口面条就放下了筷子。婆婆显然也很意外，问他：是不是病了？公公摇摇头，说：中午吃多了，不饿。第二天早上起床后，公公也没有像往日那样拿个收音机去散步，而是站在院中的那丛青竹前发呆。

接下来的几天，情形都差不多。

有一天正午，我看见公公和婆婆都在书房里，我听见婆婆问：他爸，你是不是遇到了什么事？公公叹了口气：没事。婆婆说：有事你就说出来，我也好帮着给你出个主意。公公说：能有什么事？放心吧。

可我断定公公心里有事。我悄悄对梁智说：你关心一下爸爸，他肯定是遇到了什么事情。梁智沉默了一阵说：不会吧，即使遇见了什么事儿，他身为师长也能想得通，不过你提醒得也对，我晚点儿问问。

两天之后，我同梁智开玩笑道：关心你爸了吗？他笑笑：问了，一桩小事，马上就会处理完毕。

我很快把这件事忘到了脑后，再说，我自己也有很多事要去操心，美容啦，做头发啦，做健美操啦，见女伴啦，买香水啦，等等等等。

我原本也不是一个会操心的人。

很多女伴都告诉我，婚后的日常生活很可怕，它会把你对婚姻的美好希望一点一点全磨掉，它会给你带来无尽的烦恼和不快。

可我发现事情不是这样的，我和梁智的婚后日常生活开始之后，我们照旧沉浸在幸福之中，我们盼着白天开始，我俩好一起去银行上班；我们盼着夜晚到来，我俩好在床上做那些特别诱人的功课。除了周日我去教堂做礼拜是一人独去之外，剩下的时间我们差不多形影不离。

只要在京，我去教堂做礼拜从来都是一次不缺。妈妈多次教导我，做了基督徒，就要记住基督徒的规矩。妈妈说，去教堂既是一种再学习——可以从布道中更深地理解教义，也是一种对上帝虔敬的表现，更重要的是，去教堂是坚定我们信仰的一种途径。妈妈说，在今天，随着科学的发展，我们基督徒有必要不断重温上帝的教诲，从而使自己对上帝的信仰更加坚定起来。

我以为我对上帝那么虔诚，上帝给我的幸福一定很多，足够我享受到一百岁，起码享受到七八十岁不成问题。没想到结婚之后仅仅七十五天，我的幸福就突然中断了！

那是一个看上去没有任何异样的礼拜天。

早饭后，我按照往常的惯例，做好了去教堂做礼拜的准备，正要出门时，梁智过来说：爸让你捎一件东西给一个谭叔叔，谭叔叔就住在离教堂不远的金云小区里，你做完礼拜，顺便走过去，几分钟的路，到时敲开人家的门，就说是爸爸让你捎过来的，放下礼物跟着走了就行。说罢，递过来一张写有具体住址的字条和一个不大的提袋，我见提袋里只装着一盒巧克力和一盒点心，很轻，便点头说：放心吧。

我带着很好的心情向教堂走去。来到北京之后，一逢秋天我的心情都格外好，大概北京秋天的空气纯净阳光透明，和我从小生活的西雅图的那种环境很近似。今年的秋天因为有了婚姻的幸福，心情更是格外的好，我几乎是哼着歌儿走到教堂门前的。

我每个周日来做礼拜的这座教堂不大，也就能坐几十个人吧。好在我们这个地区的基督徒并不多，大家一齐走进教堂也并不拥挤。我快要走到教堂门口的时候，忽见一个老太太拉着一个女孩，在教堂门口拦住几个正要进教堂的教徒说着什么，我有些好奇，也紧走几步到了她们面前，只听那老太太正对人们说着：我这孙女把三百多块钱的学费丢了，就我们祖孙俩过日子，一时凑不齐，麻烦各位帮帮忙，要不她就没法上学了，这孩子急得早饭到这时还没吃哩。几个人听了，就都去摸自己的钱包，我也去自己的手袋里掏，一掏才知道自己忘了带钱包。还好，几个教徒已为那女孩凑够了三百多块学费，祖孙俩千恩万谢地鞠躬要走。我这时因没帮上忙心里有些过意不去，想到那女孩还没吃早饭，就把手上公公让捎给他朋友家的那个小提袋递到了女孩手上，说：这里有点吃的，你拿上边吃边去上学吧。祖孙俩见状又急忙躬身致谢。我边往教堂里走边想，我改日再买盒点心和巧克力给那个谭叔叔家送去就行，反正又不是什么贵重东西，而且这种东西早一天送到和晚一天送到也不会有大的关系。我当时一点也不知道我这是犯了一个极大的错误，一点也不明白我这是在向一场冲突靠近。

那天的礼拜结束我往家走时，刚好在半道上碰见了一个和我妈妈相熟的阿姨，这位阿姨当初在美国留学时常到我们家做客。我们两个当时站在街边说了很长时间的话，话题涉及了西雅图的许多华人。待我回家时已是正午时分了。我才一进门，梁智就走过来问：送到了吧？我当时还沉浸在和那位阿姨的谈话里，一下子没反应过来他问的是什么事情，就随便地点了点头。梁智一见我点头，就高兴地跑到公公面前说：爸，咋样，我说能行吧？成了，事情肯定能成了！梁智的反常高兴引起了我的注意，我有些诧异地问他：你说什么事成了？他笑道：此事暂时保密，以后再说吧。他的话让我越加摸不着头脑。我反正有些累也有些饿了，也懒得再同他说话，就急忙坐到了饭桌前。

吃过了一碗饭之后，我才想起了公公让送去的那个小提袋，才记起该给老人说一声。于是就开口道：爸，你早上让我送给谭叔叔的那两盒吃的东西，我转送给了别人，待明天我上班路过谭叔叔家住的那个小区时，我再买了送过去。

我说到这儿停住了口，因为我看到了公公和梁智的脸上都露出了无比的惊愕，那神情好像我做了一件天大的出乎他们意料的事。他们都把筷子停在嘴边，全身一动不动。

你刚才不是说你把那东西送到了吗？梁智最先开了口问。

没有啊？！我也有些惊异。

你怎么可以这样？梁智分明是生气了。

不就是两盒吃的东西？我明天再买原样的给谭叔叔家送去不就得了？！今天那个小女孩实在可怜……我开始叙述早晨在教堂门口发生的事情。没想到我还没有讲完，公公突然把筷子往桌上一拍，忽地站起身来吼道：胡闹！

我怔怔地看着公公，我真的有些吃惊，他竟会为这么点小事向我发如此大的脾气。看来，我对他真的是很不了解。这件事要在我家，我的爸妈知道后只会夸奖我。

你还能办成一点什么事？公公的火气好像越发大了。

我原本就不多的一点忍耐这时消失了。我大概办不成什么大事，可我没有胡闹！我冷冷地回了他一句。

真是昏——头！公公拂袖离开了饭桌。他分明是想骂浑蛋的，只是换了两个字。

你骂谁昏头？我也忽地站了起来。还从没有一个人对我这样粗鲁，何况你是我的公公。

公公没有说话，走进他和婆婆的卧室把门摔上了。

我也愤怒地把筷子扔到了桌子上。

你还发什么火？梁智好像很惊奇。

我为何不能发火？我瞪住梁智，发火也是你和你爸爸的专利？我过去没有看出你和你爸是如此抠门儿的男人，连两盒吃的东西都这样看重。我要早知道的话——

梁智气哼哼地：知道了怎么着？

我早就恶心得吐了。

他猛地转过身去。

婆婆显然看不下去了，说：不就是一点吃的东西嘛，就那么稀罕？茗茗送人就送人了呗，再买两样相同的不就得了？我看茗茗这样做也对，这是积福行善的事，当做！佛祖看见了肯定要高兴的！

你懂个屁！公公这时又拉开卧室门狠狠瞪了婆婆一眼。

我再一次惊看着公公，他竟然当着我的面骂起了婆婆。我的爸爸在妈妈面前连脏字都不会说。

去！立马把那两盒吃的给我要回来！公公朝我挥了一下手。

我震惊至极地看着他。世上竟还有这样的人？我还会有这样的公公？在那一霎，我第一次对我走进这个家、对我选择梁智做丈夫的正确性发生了怀疑。看来我真的不了解军人家庭。不了解军人。我是一个愚蠢的女人。

好了！奶奶这时开了口，要啥要？送出去的东西哪有再要回来的？我看茗茗在这事上没有错！

我会给他的！我早已怒不可遏，猛地转身走出了门。

师长先生还有你梁智，我一定要还给你们！我要不还你们我就真的是浑蛋！

一个小时之后，我已经进了娘家屋门，站在了自己的爸妈面前。妈妈一看我气喘吁吁满面怒气的样子，紧忙问：出了什么事情？我阴沉着脸没说别的，只叫她赶紧给我两千块钱。爸爸估计我有急事，便连忙从皮包里掏出了两千元钱。我接了钱转身就去了一家商店。我还记得那盒点心的名字叫华夫香糕，那盒巧克力的商标上印着皇后牌。这两样东西加一起的价钱是九十九块七毛钱，我一下子买了十盒华夫香糕和十盒皇后牌巧克力，然后打了一辆的士把它们全运到了梁智家。我边把那些东西往客厅里搬边大声地朝梁智叫：姓梁的，我加九倍地偿还你！我和你还有你们这个家的账算清了！说罢，我就去卧室里收拾自己的东西。这件事是那样的让我痛心，它使我一下子意识到，我不可能再与这样的丈夫和公公生活在一个屋檐下。我当初真是瞎了眼了！我必须立刻走！

婆婆最先走进我和梁智的卧室，婆婆说：茗茗，你消消气。我转身对婆婆说：我没法消气，我只要还在这个家里就不会消气！奶奶跟着进来抓住我的手说：茗茗，你别走，奶奶晚点给你出气！我一定要训他们！我摇摇头说：奶奶，这件事与你和妈妈没有关系，但这件事也不是你能帮我解决得了的，我从这件事看到了我的婚姻的荒谬之处，我必须走！梁智最后走了进来，他嗫嗫嚅嚅地说：有些事你根本不懂——我愤怒地拦住了他，我几乎是吼着叫：你根本不值得我去懂！我也根本不想去懂！你们是谁？凭什么非要我去懂你们不可？！他看我拉着皮箱真的要走，就拦在门口企图不让我走。我立刻拿出手机叫：我只给你五秒钟，五秒过后不拿开腿，我立马打 110 报警，告你限制我的人身自由！他看我真是怒极了，老老实实地把腿让开了。

我临出门时最后看了一眼师长。他面向窗外站着，我看不见他的脸，但他的后背仍然给我一种盛怒和冷肃的感觉。再见了，师长先生，好好守着你们家的钱袋子过日子，再给你的儿子娶个懂得心疼钱的儿媳妇吧！

上帝，原谅我仅仅在七十五天后就违背了当初在教堂举行婚礼时发的誓言。我没法在梁家过下去了，我不能爱梁智一辈子，我要离婚！

到了娘家之后，爸妈一看我带着行李箱子满面阴沉，急忙追问原因。我说，我当初瞎了眼了，选了那样一个男人做丈夫，选了那样一个家庭当婆家，我要回来，我要离婚，我要同梁家彻底断绝关系！

妈妈一听竟然笑了，问：小两口是不是生气了？

妈妈的态度越发让我生气：你笑什么笑？有什么好笑的？

妈妈这才收住笑说：小两口一生气就要离婚，那成什么话？天下哪有不生气的夫妻？我和你爸爸不也吵了多少次，我们离婚了吗？结婚是两个原来陌生的人在一起生活，他们的家庭背景和教养、素质不可能一样，摩擦总是有的，不能发生一点口角就……

我不仅仅是同梁智生气，我还同他的爸爸，同那个师长生气，我讨厌他们！

究竟是怎么回事？你公公怎会惹了你？爸爸可能意识到了事情的严重，郑重其事地问。

我于是尽量让自己平静下来，把事情的前后经过说了一遍。爸妈听后半晌都没有吱声。我大了声问：你们说我该不该生气？爸爸点点头说：如果你说的这些没有夸大的成分，那么道理肯定在你这边，你应该生气，爸妈也站在你一边。我赌咒道：倘是我夸大了或是说了谎，让我出门就遭车祸。爸爸叹口气说：让我们等等梁家的解释，我想，他们会有解释的。我反对说：我不等！我对他们已厌烦透顶，发生了这件事后，我不可能再同他们生活在一起，我要立刻离婚！我边说边拿起了电话，很快地拨了梁智家的号码。

你打算干什么？妈妈按下了电话。我说：通知梁智明天去和我办离婚手续。妈妈拍了拍我的手背：还记得我在你的日记本上写的那句话吗？处理事情不要只凭情绪。孩子，解除婚约不像解除其他的协约，要特别慎重。我们应该再等一等。

等什么？我瞪住妈妈问。

起码要等梁家的一个电话，你这样一怒之下离家，他们不会不来电话的。

我气哼哼地在沙发上坐了。好，我就退让一步。等他们的电话。

十几分钟以后，电话响了。妈妈拿起了话筒，是梁智的声音：妈妈，我和小茗之间发生了一点小误会，很抱歉，把她气回了家。

不是小误会，是原则问题，是要不要行善帮助穷人的大问题，是要不要按上帝的要求关爱他人的大事情！我跑过去对着话筒大声地吼。姓梁的，我从这件事上看透了你和你爸的内心！你们是一群吝啬的可怜虫！是钻进钱眼里的小气鬼！是自私的——

爸爸把我从话筒前推开，对我摇摇头，示意我不要再喊叫。

妈妈对着话筒说：小智，你还有什么话想说？

我只想对小茗说道歉，另外，我还想问她一件事情。

妈妈又把话筒朝我耳边挪了挪，我恶狠狠地叫：有屁快放。这是我回国后刚刚学会的一句催促人的用语。

你能给我说一下那奶孙俩的情况吗？就是你送给她们吃的东西的那奶孙俩。

你想干什么？再去把那两盒东西要回来吗？你太让我恶心！甭说我不知道她们的情况，我就是知道也不会告诉你们，你们这些视钱如命的东西，我当初怎么会瞎眼看上了你？！

妈妈这时对着话筒平静而不失威严地说：小智，我和茗茗她爸都认为，茗茗在这件事上没有做错什么！

当然……只是……她是……梁智吞吐着，而且语无伦次。

我一把从妈妈手里抢过话筒，对着话筒说：梁智，明天上午，你八点准时赶到金华路法院，我要和你办理离婚手续！说罢，我啪一下扣上了电话。

我不想再跟这样的人啰唆！

晚饭我是带着怒气吃的，妈妈原来担心我吃不下饭，我说：吃，我为什么不吃？我把自己从愚蠢的婚姻中解放出来，我应该高高兴兴，我没有理由不吃饭！我要大吃！

我吃得饱饱的走进我当初的卧房，可片刻之后，我就又跑到卫生间把吃的那些东西全吐了出来。吐完之后，我伤心地趴在床上哭了。上帝呀，我做错了什么事竟要这样惩罚我？我每个礼拜都去教堂，我每天睡前都做祈祷，我每顿饭前都在感恩，我每过一段日子都要重温圣经，可你为何让我遇上这样一桩婚姻？给我这样一个丈夫？送给我这样一个公公？我不是一个没有见过世面的女子，可我当初为何就看不出梁家父子是什么样的人？……

就在我这样伤心的时候，姥姥由西雅图打来电话，这是她每天对我们一家行状的例行询问，当她问到我时，妈妈在电话里假装平静地说：茗茗很好，她和她的丈夫生活得很快乐。我一听火了，上前夺过电话哭着说：姥姥，妈妈在说假话，我要离婚！姥姥听见后大吃一惊，忙不迭地追问是怎么回事。我抽抽噎噎简单地说了事情经过，姥姥听罢就抱怨说：我当初就反对你在中国找丈夫，现在可好，不到三个月的婚姻，是我的婚姻长度的二百八十分之一，真是一代不如一代！好了，擦干眼泪，把离婚的事处理好，然后坐飞机回来，我在西雅图给你重找个丈夫，美国华人中好男人多的是，保证让你满意……也许我当初真该听姥姥的话，我的眼睛究竟是怎么回事，就这样迷迷糊糊地看错了人？

家里的门铃响了。我先是听见妈妈去开门，跟着就又听见了婆婆的声音：大妹子，我来看看茗茗。这孩子气性大，为几句话与梁智和梁智他爸生气了……我听见妈妈让座的声音。虽说我对婆婆没有任何恶感，可我现在确实没心情再与梁家的人去说话，于是急忙在床上躺下且侧转了身子，假装睡着。

妈妈说：茗茗这孩子脾气倔，好认理，只要她认为对的事，她就会去做。

婆婆说：茗茗今天做这事一点都没错，看着别人没吃饭自己手上又拎着吃的东西，当然应该送给人家吃，要是我，我也会这样做，人不积德，福从哪里来？俺梁智他爸和梁智平日要说也不是小气的人，不知这次是咋回事，竟会埋怨起茗茗来，结果让孩子气成了这样，真是不该。我刚才临出门来这里时，还把梁智骂了一通，真不知他们父子这是咋让鬼迷了心窍……

妈妈看来也真的生了气，替我说了话而且义正词严：这件事虽然小，但它给茗茗内心造成的伤害可一点也不小，她明明做对了事，不但没有受到夸奖，反而受到冷待和埋怨，这就使她觉得在这个家里没有正义可言了。妈妈年轻时在美国西雅图的华人圈子里，也曾经是个嘴头子厉害的角色。

婆婆苦笑着说：那是那是，我去看看孩子！

我听见她这样说，急忙又把眼睛闭紧。婆婆的脚步声响到我身边时，我的心有些紧张起来，我这样假装睡着欺骗婆婆，上帝会看见的，他看见了会不会怪罪我？

婆婆轻轻叹了口气，低声自语着：孩子睡着了。边说边把手伸到我的头上抚摸着。妈妈可能就站在门边，我能听见她的呼吸，她似乎不知说什么好。婆婆的手的移动让我感受到了一种温暖，我的眼眶开始发酸，我知道我此时不能流泪，可泪水还是不由自主地流了出来，而且开始了哽咽。婆婆轻轻地拍着我的身子，也可能从一开始她就知道我没有睡着。她低声说：孩子，我知道你心里委屈，你就哭出来吧。不过有一点你应该放心，你做的善事佛祖都在看着，他知道你做了就行，他会把你做的善事都记下，他会让你得到好报的。你不是去过洛阳的佛家祖庭白马寺吗？那寺里的和尚不是给你说过“善德有报”吗？你不必在意别人的抱怨，任何人的抱怨都不会抹去你做的善事，你会得到好报答的。你爸爸和梁智他们埋怨你不对……

妈妈后来把婆婆劝了出去，我不知道她是什么时候走的，我只是在不停地流泪，并在伤心中睡了过去。

第二天早晨醒过来的时候，我发现爸妈都已坐在了我的床头。我慢慢坐起身，感觉到头很疼。妈妈说：先洗洗脸吃点东西吧。我没有说话，呆然坐在那里。昨天发生的那些事又开始在脑子里一一浮现。

孩子，我和你妈妈商量了一下，爸爸声音很轻地说，好像怕吓住了我。我们觉得你和梁智的事情，还是要再慎重考虑一下，不要匆匆忙忙去处理。因为这是人生中的大事，不要凭一时的冲动去办，需要理智地去分析。我和你妈妈认为，梁智只是在这一件事上做得不对，而且严格地说，也不算个人品质上的事，他不是一个坏人，何况事情的主要责任还不——

不是坏人的人就可以做我的丈夫？！我剜了爸爸一眼。

爸爸笑了：你这脾气不是我和你妈妈给你的。

那是谁？我把火气对准了爸爸，我感觉到肚里在睡眠中流走的那些火气重又聚拢了来。我是不是还另有生身父母？

妈妈用手点了一下我的额头：顺嘴胡说。

我和你妈妈的意思是要理智地分析一下——

我不止分析了一下，我还分析了两下、三下，梁智的父亲既然是那样一个不通情理的人，而他又差不多和他父亲一样，他们的行为我一想起来就想呕吐，我怎么可以和他们继续生活在一起？我期望我的婚姻永远是一块纯净的白布，现在这块白布上沾了污迹，我就只能把它扔掉！

爸爸叹口气说：孩子，世界上纯净的白布一旦为人们所用，它就难免沾上污迹，有了污迹洗洗就行，就还可以用，不能要求它永远纯白如初。婚姻也是这样，婚姻这块白布也要经历世俗生活的浸染，不可能一直白下去，沾上一些污迹属于正常，只要能把它洗去就可以了。

这么说你和妈妈的婚姻也沾上过污迹了？

爸爸有些尴尬，他可能没想到我会这样问。一个道理要想使人相信，它就要经得起人们的追问。

是的，爸爸在短暂的迟疑之后点点头。我和你妈都是普通的人，我们不是天使，不是圣父、圣母那样的神，我们都有普通人可能有的毛病，不要把任何人包括我们想象得纯洁无瑕，不要把我们想象得特别好，我们两个结婚以后，也曾因为一些事情生过气，也曾吵过、闹过。

可我就是希望我的婚姻不沾上污迹，已经沾上了，我就宁可把它扔掉！

爸爸轻微地摇了摇头，说：我只是把我和你妈妈的意见说给你，你知道，我们从来不强迫你做什么，在你个人的生活问题上，我们从来都是把决定权交给你自己。既然你认为我们的建议没有道理，不值得考虑，你就完全可以按你自己的心意去办！

我看了看表，离八点还有一段时间，我说：这就对了，不要干涉我的个人生活！现在我要先吃点饭，然后去离婚！

妈妈拍拍我的肩，无言地走去给我端饭了。

我其实没有吃下去多少饭，我只是用吃饭这个行动，来坚定自己去办理离婚手续的决心。推开碗之后，我就打车去了金华路法院。

梁智还没有到。这个东西！你害怕了？

民庭里有三个法官像煞有介事地坐在那里，一对男女已开始上前办理离婚手续。女的在哭，嘤嘤嗡嗡，哭什么？离开他再找一个好的，天底下好男人多的是！姥姥的话有道理。中国的离婚手续还是麻烦，不像美国，几分钟就可以办完。

小茗，奶奶来了。梁智的奶奶忽然拄着拐杖气喘吁吁地站在了我面前。我一愣：你怎么来了？梁智呢？

奶奶笑笑，说：奶奶想你了，奶奶想先和你说说话。来，出来在台阶上坐下，别那么站着，看看，头发乱了，早上没有好好梳吧？

说什么？我知道她来是为了软化我离婚的决心。

小茗，你说句实话，自打你进了梁家门以后，奶奶对你怎么样？好还是不好？

好。我答。奶奶的确对我不错。可不能因为你对我好，我就要维持这桩婚姻！

既然你承认奶奶对你好，你今天就给奶奶一个面子，让奶奶把想说的话说完。

我默然。

自从咱们成为一家人后，奶奶给你说过假话没有？

没有。

我们信祖师爷的人，若是说了假话欺人，在道观，是要被逐出观门的；在家，是要自罚跪香的！

我点点头，不知她这样说的用意何在。

我现在给你讲一桩事情，你耐心听一听。有一年，我们老家那块地方春天大旱，夏天大水，一连两季没有收回什么庄稼，俺们村里家家日子难过。春节的时候，梁智他爸回老家过年，见村里没有往年那种杀猪宰羊的喜庆样子，就问我是咋回事。我给他说了遭灾的事后，他去村里挨家挨户地看了一遍，回来给我说：妈，村里买得起肉的人家几乎没有，我这次回来带了一千八百块钱，原准备给你把厨房翻修一下，看了全村人过年的可怜样子，我想拖一年再给你翻修房子，给你留点钱过日子，剩下的钱我想先拿去街上买几头猪、几只羊杀了给大伙分分，把这个年欢欢喜喜地过去再说。你说我当时不心疼那些钱是假话，我当然知道那是儿子一点一点省下来的，可我觉得他说得在理，就点头了。他找了几个村里的年轻人，随他上街一下子买了三头猪、五只羊，回来就在村中间的空场上杀了。当时村里人还不知道他一下子杀这么多猪羊干啥，好多人围过去看热闹。他让帮忙的人把猪肉羊肉收拾停当，就敲起了村里那口钟，把全村人集合了起来，说：爷爷、奶奶、婶子、大伯、兄弟姐妹们，我是你们看着长大的，外出当兵多年，今儿个回来给你们买了点肉过年，表示一点心意，谁都不要推辞，每家来一个人，领回去二斤猪肉二斤羊肉，剁了馅好包饺子。那一年全村是一百七十一户，家家都分到了肉。虽然那年过的是一个灾年的春节，可村子里照样喜气洋洋的。我说这件事的目的，不是给我儿子摆功，是为了告诉你，梁智他爸平日里不是一个小气鬼，他那天为你送人两盒吃的东西跟你发脾气，不光你想不通，连我也觉着奇怪，不知道他是出了啥子毛病，为那点事情真不值当。你回娘家后我骂了梁智他爸和梁智，奶奶我希望你多思量思量再说和梁智离婚的事，奶奶我没在外国住过，不知道外国人咋对待婚姻，反正咱们中国人，都把婚姻看成很大的事情，没有特别不得了的事出来，一般不毁婚姻。如果现在梁智他在外另搞了女人，或者是他嫖了娼，或者他迷上了赌，或者是吸上了毒，或者梁智他爸是个贪官，你要提出离婚，奶奶一句劝合的话都不会说！可如今为这点事就闹离婚，奶奶觉得太可惜，所以奶奶来找你，看你能不能再想想和梁智离婚的事？

奶奶的话让我心动了一下，也许，应该再想想？

妈妈看见我回到家时，没有问任何话，只是给我端来了一杯水。倒是我觉得应该给妈妈说明情况：梁智这东西没去。妈妈照旧不做评论，只说：你休息吧。我睁眼躺在床上，不由得想起了梁智，他的种种好处渐渐就涌上了心头。平心而论，梁智不是个坏丈夫。跟他走在一起，他的那种身高、体型和气质，都让你有一种扬眉吐气十分自豪的感觉；再就是他知道关心人，懂得什么时候给你端杯咖啡啦，什么时候给你捶捶背啦，什么时候给你递个毛巾啦；还有就是他能在你工作遇到难题时帮助你，他可以在你做账时给你指点，在你遇到计算机病毒时帮你处理，在你写文章时帮你修改；再就是他在床上的那份顽皮和不折不挠的劲头也让人喜欢，尽管有时嫌他太贪给他脸色看，但他总能把你的情绪一点一点调动起来，让你沉浸在一种醉人的快乐和无边的惊喜里，他的一双手真是两只魔爪，会使你皮肤上的所有毛孔都不知羞耻地张开都毫无保留地兴奋起来。仔细想想，这次惹我发怒的，其实主要不是他而是他的父亲。不能把账全算到他的头上，要恨，应该恨他的父亲！……

想着想着，我就不知不觉沉入了睡眠。大概生气也会使人陷入极度疲劳，我这一睡竟是九个小时，醒来时已是傍晚了。妈妈说：看你睡得香，中午也就没喊你，这会儿饿了吧？快去吃点东西，待会儿我和你爸爸去音乐厅，那儿有一场英国皇家交响乐团的演出，我们希望你也能去。这家乐团过去到西雅图演出过，很值得一听。

我明白妈妈和爸爸的用心，他们想用这种办法来改善我的心境，让我快乐起来。我不能再任性负了他们的这番好意，点头说行。

音乐的确有改善情绪的作用，尤其是乐队里的那只长笛，像一只手一样，牵着我从浊气冲天的沼泽地回到了鸟语花香的山坡上，从气恼愤怒之处返回到正常状态。从音乐厅回家的路上，我已经在心里做了决定，暂不催促梁智去办离婚手续，我也不再去银行上班，先在娘家住些日子，看能不能把这件事完全想通。

几天的闲散日子眨眼间过去，这期间我的主要任务就是不断分析和发现自己内心深处还有没有再回到梁家的愿望。分析的结果使我有些脸红，我发现我不仅期望回到梁智身边而且在暗暗想他。尤其是在早晨，这种期望更甚。婚后的那些日子，每天早晨醒来时我都能看到梁智的笑脸，他特别愿意在早晨舔我的耳轮，舔得我又痒又酥且能把我最后的睡意全部赶走。现在的早晨我总是一人独坐床头，心灰意懒无精打采迟迟不想下床。我已经在悄悄设定回梁家的条件，现在梁家的四个人里已有三个人来向我道歉并做说服工作，如果公公也能向我道一次歉，我就可以趁势下台，表示出对这件事的原谅心情。

星期天的早晨，我随爸妈去教堂做礼拜。三个人一起向教堂门口走时，我忽然想起了上个礼拜天在这里把两盒吃的东西交给那一老一少的情景。谁能想到，那样一件小事，竟会在我的生活里掀起如此大的波浪。我们的私人生活其实也是一个大海，这个海上什么时候起风浪并不全是自己能预料到的。

在那天的礼拜中，沈神甫宣讲了“未来”。沈神甫说，在未来，穷人、饥饿的人、痛苦的人和遭蹂躏的人将最终有权得到一切应得的；而痛苦、苦难和死亡将终止；人的所需都会得到满足，一切罪将得到原谅，一切邪恶都被克服，甚至对于那些恶性重大的罪人，上帝也应许赦免他们……

我在这种宣讲中心里也开朗起来，将来，这世界上不会再有贫穷，不会再有饥饿的人，不会再有痛苦，当然也不会再有类似我的故事发生。

我和爸妈走出教堂的时候，我的心情真的已很轻松。我就是在这个时候看到梁智的。他正迟迟疑疑地向教堂门口走来。在我看到梁智的最初一霎，我差不多就要像往日那样上前跟他说话了。我断定他是专程来找我的，他知道我每个礼拜天都来教堂，所以特意赶到这里来接我。好，你还不错，你知道怎样不伤我的自尊心。但你必须让你爸爸向我道歉一次！爸妈显然也看到了梁智，几乎同时回头看我一眼，他们分明是要给我留下单独同梁智说话的时间，朝我挥挥手就开车走了。我等待着梁智向我走来，可令我惊奇的是，他的一双眼睛只是朝我看了一下，向我点一下头，跟着就扭开了，根本不再看我，而是一直注视着教堂门口，我有些惊异：他在看什么？就在我这样想时，我发现沈神甫最后由教堂里走了出来，他在向他的教徒们挥手告别。梁智这时立刻向沈神甫快步走去。我越加惊讶：他一个不信基督教的人找神甫干什么？我不由得跟了过去。

先生，我能为你做点什么？沈神甫看见梁智匆匆忙忙朝自己走过来的样子，先开了口问。

神甫，我想问一下，今天有没有人来教堂送还什么东西？

送还东西？沈神甫很意外地摇着头：没有，没有人来送还任何东西。你的意思是——

我只是随便问问，我的妻子前不久在这儿送给人一点东西，我想对方可能——哦，罢了，这是我的电话，如果真有人来送还什么，麻烦通知我一声。在他向神甫递名片的时候，我已经弄明白了他的意思：他在期盼那奶孙俩能来送还我当初给她们的东西。天底下还有这样的人？我的脸迅速地阴了下来，刚刚拥有的那份好心情霍然间被风刮走，我绝不会再同他和好，他的为人处事太让我恶心。待他转回身来找我时，我已快步向远处走了。

干吗走这样快？他追了过来。

我没有理他，我没有了和他再说话的心情。这样一个人，我当初怎么会爱上了他？而且爱得如痴如醉？

我们为何不可以好好谈谈？他死皮赖脸地跑到我的面前，笑着张臂拦住了路。

我只得停下步冷了脸说：我们是该谈谈，我那天给你说好的要你到金华路法院办理离婚手续，你为何不去？

干吗一谈就要谈离婚？我们就不能谈点别的？

在我刚才亲眼看见了你的作为之后，我不想和你再谈任何别的话题！

我刚才没做什么呀？我只是随便问问神甫。我是这样猜想的，你帮助过的那一老一少既然是来到教堂门口请求帮助的，说不定那位老人也信基督，她在获得了帮助之后，很可能会对教堂充满感激，也许会做点什么——

你想叫她做什么？要她做出回报？可耻！我们基督徒做事，从来不求任何回报，我们是按上帝的要求去做的，是顺从上帝的旨意——

好了，我们不谈这个问题，我现在很关心你的身体，你的身体怎么样？不要再生气了，身体要紧！例假是不是已经来了？我记得这两天是要来的，你要小心别沾凉水——

我的例假来不来与你——我突然意识到我的声音太高，我环顾了一下四周向我聚拢来的目光，急忙压低了声音：我的身体不要你来操心！我现在只要求你明天和我一起去办离婚手续！明天，你要记住！现在给我滚开！滚！

他的眉头向上很厉害地挑了一下，我知道这是他要发火的前兆，好，发呀，我正发愁没人同我吵一场呢，发火吧，姓梁的，我正等着哩！

明天不行。他摇了摇头，声音沉郁而细微，看来他是压住了自己的火气，明天我得去医院照料父亲。

照料——他病了？我没有能忍住自己的意外。在我的印象里，他的父亲是一个强壮的人，从我进入梁家起，还没有见他生过病哩。

你走的当天晚上，他就入院了。

哦？是什么病？尽管我不想再做他的儿媳，可他现在是病人，我应该给予关心。

心脏不太好，已抢救过一次，不过眼下已经平稳。

我的心有些沉，但愿他的病不是因为我的走而引起的，要是那样的话，我在上帝面前就有了罪。自从我在姥姥、姥爷和爸爸、妈妈的引领下走近耶稣把他视为万能的主之后，我一直对他敞开着我的灵魂，他可以窥见我灵魂上的每一点变化。我能够说的是，我无愧于主的眷顾和关爱，在我的人生中，我没有做过任何有损基督徒声誉的事。也是因此，我这么多年里虽去过无数次教堂，但还没有正式在神甫面前做过一次忏悔，可要是我的行为导致了师长的住院，我就必须到教堂去忏悔了。

我没有再和梁智提离婚的事，只是慢慢转身往家走了。

爸妈和我是第二天上午走进师长的病房的，爸妈坚决地要求我和他们一起去，爸爸说：即使你和梁智离了婚，也应该去看人家一趟，毕竟他做过你的公公，何况现在还没离哩。我不能再说别的，否则上帝听见了也不会高兴。我老老实实地跟他们去了。

婆婆和梁智都在病房里，梁智看见我来，分明很紧张，他强拉着我的手来到走廊上，低了声说：希望你在病房里别再说那件事，爸爸不能激动，我同意和你离婚，千万别再闹！我甩开他的手，冷笑一声。听到他同意离婚的话，我心里说不上是高兴还是空落。我回到病房时，见师长正坐在病床上和爸妈说话，能看出他的气色很差。他说，病已经好了，下午就可以出院，谢谢你们来看我。在另外一些问候的话说过之后，师长把目光转向了我，努力笑了笑说：小茗，我想单独和你说说话，可以吗？

爸妈对师长的这个要求可能也有些意外，不约而同地看我一眼，不过他们随后就和婆婆、梁智一起出去了。

我望着墙角，等着他开口。我估摸他是要抱怨我，我在心里给自己规定，看在他是病人的面子上，我只听，不反驳。上帝，你应该看清楚，我不会对一个病人说任何不恭敬的话，即使他要骂我。

小茗，三十多年前，有一个农村青年当了兵。

我为他的这个开头一怔：说这些干吗？

那青年很珍惜当兵的机会，决心好好干，干出个名堂，做出一番事业，让自己的人生光光彩彩。他由班长当起，经由排长、副连长、连长、副营长、营长、副团长、团长、师参谋长，最后，当上了师长。

我明白他在说自己，但不明白他的用意，是要向我炫耀他的光辉经历？

当上了师长之后，他已经五十来岁，作为一个乡下孩子，有了这番经历和这个职务，照说他该满足，但他却不，依然想向上走，想有更高的职务，想握更大的权力，想当一个将军，他特别想以一个将军的身份回到故乡，他觉得那会是一份巨大的荣耀，衣锦荣归是无数从乡间走出来的男人的梦想，他也在做这样的梦。但他知道，要迈过这一步非常艰难，这个层次上的竞争十分激烈。在经过几次的失败之后，他差不多已经死心了。他已经做好在师长的职位上退休的准备。他甚至已经悄悄买了一辆婴儿车，预备当孙子或孙女降生以后，他好以一个爷爷的身份推着婴儿车来打发退休的时光。有一个黄昏，他看见隔壁的一个副师长的老婆，用婴儿车推着他们的孙子从门前经过，他急忙起身出门来到了婴儿车前，先是看了一阵那张着小手仰天舞动的小家伙，随后就弯腰抱起了他，把腮直贴在那婴儿的脸上，结果把那婴儿吓得哇哇大哭。

我看着他，他的脸上露出一抹稀有的笑容。

出人意料的是，上边又突然来了个考核组，说军里刚刚空出了一个参谋长的位置，他们奉命来考核他。这使师长的心头一震：这么说上边还在想着我？这个考核组的到来，让他沉在心底的那个希望又一下子浮了上来，这么说，成为将军的可能还存在？那些天，他开始心神不定起来。一会儿担心考核组会做出对他不利的结论，一会儿又担心自己在上边没人。他变得寝食难安了。

我忽然想起他举动反常的那段日子。

考核组走时没有对他有什么明确的说法。甚至连任何暗示也没有，他心里有了隐隐的慌意，是考核中查出了自己有问题？不太可能。自己对工作一向尽职尽责，贪占的事情更是没有，组织指挥能力有目共睹，他这个师的战斗力一向都是顶呱呱的。会不会有其他什么原因？比如师里其他干部因嫉妒而说了他的坏话？不是没有可能！他犹豫了几次，终于在一个晚饭后，拨通了考核组里一位他过去就认识的熟人的电话。那人明白他的用意，说：你给考核组的印象不错，但你知道，如今的事情办起来都很复杂，此前也考核过其他几位师长，最后能不能定下你还不一定……放下电话他呆坐在了那里，他明白现在一有个位置空出来，总有人急慌慌地跑到上边去活动。自己难道也要加入到这个活动的人群中？他当晚没有睡好。尽管他一再要求自己把提升的事完全忘掉，可脑子就是不听招呼。刚一闭上眼，少将的金星肩章就开始在他的眼前晃，一股巨大的遗憾也同时在他心里旋：距离少将只有一步之遥了。就这样放弃实在心有不甘。也许应该再争取争取？……

经过反复的思想斗争之后，欲望胜利了。他决定去找人求人，他收起自尊心，去买了礼物：铂金项链、钻石戒指、纯金手链。可他在夜晚去相求的人住的楼前转了几次，终没有勇气走进人家的门。后来，还是他的儿子给他出了个主意：让一点也不知情的儿媳借送一点小礼物走进那家的门，把贵重礼品和一封信夹在那些小礼物里，轻轻巧巧地把礼物给人家送去……

一道闪电突然划过我的脑子，我的身子猛然一震：你是说，那两盒吃食里放有——

他无语，只是两手撑着床帮喘息，好像这番话已把他的所有力气都耗尽。

我震惊至极地望着他。

他缓缓探身去床头下边拿出了一个纸做的提袋，淡了声问：还认识它吗？

我的心再次猛然一跳：它不就是我那天在教堂门口送给那一老一少的那个提袋吗？它怎么会——

它是我人生耻辱的见证物，所以我特别害怕它的丢失，当我听说你把它送人之后，你不知道我是多么恐惧和惊慌，因为那些礼物和那封信会将我灵魂深处的东西全部泄露出去，别人只要稍加分析就会明白那是怎么回事，事情一旦传开，我会失去我平时在人们眼中的形象，我从此将无脸做人。所以我暴怒无比，失去理智地骂你训你，现在你知道我何以那样对你了吧?

我呆呆地看着他。

就在昨天晚上，基督教堂里的神甫打电话让梁智去，说有一个老太太要送还一样东西。我不知道梁智这些天为了保住这桩秘密，一直在想法寻找那个老太太。他见到那老太太时，老人说，她的孙女因为舍不得一下子把那些好吃的东西吃完，直到昨天才发现了盒子底部还装有另外的物品，老人说，她们不能昧下那么贵重的礼物，她从那封信上看出了这些东西另有所用，她说她要是昧下就会终生良心不安，所以又到了教堂希望找到你。老人把东西退还给梁智时还特意告诉梁智，这件事她谁也没说，连神甫也不完全明白。可我，却非常愿意把所有这些都告诉你，好让你知道，曾做过你公公的我是一个灵魂并不干净的人，你完全应该鄙视他！来，看看这些曾经折磨过我们的证物!

他边说边从提袋里掏出了那四样东西：分装在几个丝绒盒子里的铂金项链、钻石戒指、纯金手链和一封信。

你也可以看看那封信，看看一个人灵魂堕落时会使用怎样的文字。

我没有动。我仍然处在震惊中。

我想给你说的就是这些了。向你说出这些的决定，是我费了这么多天时间才做出的。我知道说出来可能会使你更加看不起我，你不可能理解我，因为我们之间隔着上帝，就像我和我的母亲之间隔着祖师爷一样。我的母亲在知道这一切之后，抱怨我为何不想着长寿不想着进入仙境而只想着这些破事；梁智的妈妈和我之间隔着佛祖，她抱怨我为何不把希望的实现都留待来生。可我还是想告诉你，因为你是我喜欢的孩子，我不想让你带着对我的诅咒离开我的家，甚至离开中国。我不是一个值得你尊敬的公公，但我做到了坦率。我还特别想让你知道，即使像我这样不干净的灵魂，也是向往干净的，我希望你不要因为我，而对其他的军人产生误解。我也特别想告诉你，尽管我非常希望你能继续和我们生活在一起，尽管梁智非常爱你，可为了不使你感到痛苦，不使你觉得和龌龊的人生活在一起心里别扭，我已经劝梁智同意了和你离婚，现在你不用再担心他不去办离婚手续了，你决定了时间告诉他就行。他会按时去的，孩子，你现在可以走了。对了，我还要对你表示谢意，这是真心话，是你，给我创造了一个反省自己认识自己的机会，一个入世很深的人，有时需要一个特别纯洁的人来作对比，才能看清自己！孩子，我不相信你的上帝，可我觉得，一定是有人看我活得越来越庸俗，才把你派来我的身边的！走吧，孩子，你可以走了！

可我没有走，我只是泪流满面地轻喊了一声：爸爸……

我是当天下午走进教堂的，静静的教堂里只有沈神甫一个人，我没有说话，径直走向忏悔室。沈神甫只是稍稍愣了一霎，就放下手中正要点燃的一根蜡烛，默然向忏悔室走来。说吧，孩子，上帝随时准备倾听他的孩子们的忏悔。我看了看横隔在我和神甫之间的那层黑布，低了声说：我犯了罪，我忘了应该去理解尘世上的人……

这一天的晚饭后，我主动回到了梁家。爸妈坚持要送我。爸爸亲自开车，妈妈坐在我身边，三个人都默然无语。在梁家门口，爸爸和妈妈相继轻拍了一下我的手，妈妈说：上帝会宽恕你的。爸爸朝我点点头，我就转身去推门了。

坐在客厅里的梁家一家人对我的突然出现都很意外，他们几乎同时站起了身子呆看着我，梁智手中还握着电视机的遥控器。是奶奶最先看明白了我的心意，奶奶朝梁智叫道：梁智，你个憨东西，还不赶紧把茗茗领到你们屋里歇息？！

我已经忘了我和梁智是怎么回到床上的，但有一点可以肯定：那晚我俩的所有举动，都是由我来引领的，是我主动。我现在还能记得的是，梁智扑进我的怀中说的第一句话是：对不起，我是尘世中人……可我没让他说下去，我用双唇堵住了他的嘴……梁智又渐渐恢复了过去的那种猖狂，在把我的内衣揪光后，习惯性地去摸枕下的避孕套，这时，我攥住了他的手。他有些意外，轻声解释，这还是我们过去用剩下的，质量没有问题。我对着他的耳朵嗔道：傻瓜，不必用了，因为我想怀个孩子……

屠　户

那只蛾儿还在飞，不落、不停，就那样绕了肉案扇着翅，声不大，嘤嘤的。

风极小，树叶一下一下地摇。挂在肉钩上的半爿猪，在轻轻地晃。案上的两个猪头，不动，眼瞪着街路。日头在向西天坠，砍肉刀被照得有些黄。一辆牛车从街路上过，牛蹄缓缓地移。空气中含着金家肉锅的香，却也掺了曹家鱼摊的腥。十字街口，又飘过来瞎老四讨钱讨吃的梆子响：梆、梆、梆……

珠儿站在肉案后，把眼睛又扭向了南街口，没有，还是没有。可是，该到了，两个老人该到了！

“珠儿，来二斤肉！”一声响响地喊，使珠儿一惊，扭过了脸。

“不会小点声！死喊啥？”珠儿瞪了来人一眼，“瘦的？肥的？剔骨的？没剔骨的？”

“嘿嘿，半肥半瘦的，我二姨来了，剁馅。”小伙子咧了嘴，笑笑，目光却聚在珠儿高高的胸上，不动。

珠儿拎起刀，利索地去挂着的那爿猪上咔一下，扔上秤：“看见了没？秤高一点，让你拣便宜，拿走！”说罢，扔了刀，刀尖扎在肉案上，刀把颤三下，才停住。

“算了吧，谁不知你珠儿的手，准少半两！”小伙子笑着去掏钱。

“放屁！老子是八路军，买卖公平，不信，去那边公平秤上称！”珠儿把找的零钱扔过去。

“中，算我占便宜。”小伙子点头去接肉，却趁势把珠儿那白白的腕子捏住。

“滚！”珠儿啪地打掉对方的手。小伙子就笑笑地转了身，边唱边往远处走：“小珠儿，胖嘟嘟，拎了刀，去杀猪，浑身弄得血糊糊……”

在榆林街，谁都知道珠儿会杀猪。一头猪被拉进院，不管是个大的，还是个小的，只要爹的身子不适，杀不成，珠儿便挽了袖，走上去，给猪拴了腿，绑在一个门板上，拎了铮亮的杀猪刀，哧一声扎进猪脖子，而后用脚踢过猪血盆，血就一股一股地往盆里注。那猪自然要没命地叫，珠儿却笑笑，端过娘烧好的烫猪水，往猪的身上泼。接下去，就是刮毛、开膛、掏内脏。不一时，珠儿便把猪砍成两大半，扛到门前的肉案上，吸一口气，闭住嘴，用力把肉挂在肉钩上。

珠儿小时胆子也小，每回见爹杀猪，一听猪叫，就吓得捂起耳朵向娘的怀里钻，一边还扯了嗓子叫："娘，娘，让爹放了它！放了它！"娘就笑，就拍了她的头说："俺女子不怕，俺女子不怕，它是猪！"珠儿因为怕，猪肉便也不吃。日子在过，珠儿在长，加上整日地见，珠儿的胆子也就一点一点地大，先是看见爹杀猪，不再往娘的怀里钻，只站在远处看。后来，看见爹给出过血的猪用气筒打足气，猪身子变得圆圆的，她觉得怪，就走上前仔细地瞧。再后来，爹把猪开了膛，要用竹筐盛内脏，而娘正在做饭，就喊："珠儿，拿筐！"珠儿就把筐拉过来，爹把猪的肝扔进筐：啪，一滴血溅上珠儿的手，珠儿身子一抖，慌慌地去衣服上擦。珠儿的胆子一天一天的大，爹杀的猪却一日一日的少，有时杀猪刀挂在墙上，竟有了些锈。珠儿于是就问："爹，为啥不杀猪？""不让杀。"爹总闷闷地答。渐渐地，娘做的饭珠儿就有些吃够了，总是包谷糁、红薯面、炒萝卜，没有一点肉。一日，爹坐下吸烟，拉珠儿到膝前，含了笑问："珠儿，长大想干啥？""杀猪！"珠儿答得好脆。爹一怔："为啥？""想吃肉！"珠儿说罢，看到爹脸上的笑一点一点的少，蓦地爹把她搂到怀里，声有些抖："珠儿，别杀猪，去读书！"接着，一滴水啪地落到她脸上，流进了她的嘴，她伸舌尖儿一舔，咸咸的。

珠儿读了六年书。那天，十三岁的珠儿从学校回来就哭，娘慌慌地问："咋了？"珠儿不答，只是哭。问急了，珠儿就抹一把泪，连声叫："我不去读书，不去读书！""为啥？"爹也有些慌。"他们说我是杀猪家的女子，谁也不和我一桌坐，说我脏！"老两口听罢，无了话，有些怔。从那以后，珠儿就真的不去上学。老两口就这一个女儿，视为掌上明珠，见劝了几次无用，便也不好太委屈她，就默允她退了学。娘对爹说："算了，就这一个丫头，读多了书，跟个识字人一走，咱老了靠谁？还不如就让她在家给你当个帮手，晚点招个女婿，把咱这个户头撑起来。"爹就磕了几下烟锅，说："也中，就让她学学杀猪和卖肉！"

珠儿心灵，日子没过多少，就把爹的手艺学了过来。但只要爹身子好，并不用她操刀杀猪，只要她在门口的肉案前卖肉。太阳在走，月亮在来，珠儿就在肉案前走向她的黄金时代，身子高多了，脸蛋丰腴了，胸脯子把衣服撑起来，肤色在遮肉案的篷布下渐渐地白，一双眼珠儿极亮、极黑、极水灵，让人看了有些呆。加上她的刀法好，买肉人说了斤两，她一刀下去，扔到秤盘里，也就只差个高低，所以小镇上去她案前买肉的人就多，她家的生意就红火。这就惹得街上另外几个卖肉的有些气，那些人就小声骂："日他妈，都是贱种！为了看一眼人家的脸，就去买人家的肉，贱！……”珠儿听不见这骂，自然也不去管它，依旧响响地喊：“哎——新鲜猪肉，才杀刚卖，大量供应，要肥给肥，要瘦给瘦——”照样地叫：“哎——不坑不哄，八路军的政策，公买公卖——”

常常是半条街都能听到珠儿那脆脆地喊。

但已有好长时间，人们再没听珠儿喊、珠儿叫，只见她如今日这样，默默地割肉，默默地收钱，案前无了人，就扔下刀，站那里，不动，眸子向街，散漫地看。

那只蛾儿还在飞，不落、不停，就那样绕了肉案扇着翅，声不大，嘤嘤的。

风更小，树叶已停了摇。对面二婶胡辣汤锅的烟，袅袅地飘。

珠儿站在肉案后，把眼睛又扭向了南街口，没有，还是没人。可五百多里路，坐汽车这时该到了！

“同志，割肉。”一声礼貌地叫，使珠儿回了头，“二斤半，要瘦的！”

珠儿拎刀、砍肉、过秤、收钱，然后目送着对方走。

眸子一跳、一闪，转瞬间又暗。

“同志，割肉！”董一宝头一次来时也这样叫。珠儿当时正在弯腰砍排骨，听到叫，抬了头，见一个当兵的推个车子停在案前，车后绑了两个筐，于是就明白：是个上士。西山下住了一营兵，珠儿晓得，每个连都有一个上士，上士和班长一样大，任务就是买肉买菜记账目。这是大主顾，珠儿很快地直起腰，笑一笑：“割多少？”“四十二。”“好哩——”珠儿欢欢地一声叫，手起刀落，就砍下了一块肉：“看好了吧？秤砣放在四十二斤上，哟，多一点！算了，你们当兵的辛苦，一两半两不切了，拿走吧！”对方就说一声“谢谢”，把肉放进筐里，骑上车子走。

人家还没走出南街口，珠儿就开始笑，咯咯咯地竟笑弯了腰，直到娘出来拍一下她的头：“疯笑啥？”她才直起身，附在娘的耳边说：“刚才来的那个兵是个憨瓜，我把秤砣摆在三十八上，说是四十二，他竟没有看出来，少给了他四斤肉，走时他还说‘谢谢’！”娘听了，眉就有些皱：“一回少给人家这么多？”“咋，怕啥？他们是公家的人，钱多！”珠儿声音硬硬的。她平日就是这么做，逢着公家伙食单位的人来买肉，她总能变着法儿少给些。

这事儿办过，珠儿自然就忘了。却不料，半后晌，珠儿正收拾一堆猪蹄，一辆自行车咔地扎在她的案前，跟着就响起一句喊：“同志，有事！”声音瓮瓮的。珠儿一怔，回了头：嗬！又是那个兵！“咋了，还买肉？”眉眼间就露了一种心计得逞的笑。“不买！”话音中夹了气，怒冲冲的，“你上午少给了俺四斤肉！”“胡说！”珠儿的柳叶眉立时就凶凶地竖起来：“凭啥坏俺个体户的名声？为啥当时不去公平秤上称？你前晌看没看秤？你算什么兵？”这一连串的反问把上士弄得有些懵，声音顿时就降下来：“我上午把肉买回去，厨房值班员一称，少四斤，人家就怀疑我在中途把肉送给了熟人，我刚当上士，你说这糟不糟？”听上去火气已无，就只剩下一些委屈，有那么一刹，珠儿的心就被这话弄得有些软，眼也就不敢再去看那张憨厚的脸，但她到底还是心一硬：“你糟不糟我管不着！”说罢，就转了身，挺响地摔那些猪蹄。这时，就听那上士突然说：“来，再割四斤！”珠儿就回过头，咔一刀，挂到秤上，声硬硬地：“看清！别又说俺坑你！”那上士交了钱，拎了肉转身就去推车子，珠儿就赌气地叫：“要不要报销的条？”“不要！自己的钱！”上士的话音挺冲。珠儿一听，先一愣，随即就抓过对方刚交来的钱，啪一下扔出去：“拿走！”“不要！”上士说着推了车子要走。“站住！”珠儿的心火升起来，呼地拎起一把刀，跑出肉案把车拦住。“你，干啥？”上士被珠儿的凶劲吓住。“把你的钱拿走！”“为什么？”“拿走！”珠儿并不多说，只拿杏眼吓人似的瞪了他。他于是只好转回身，拣了钱。“珠儿——”娘在屋里看见珠儿拎刀的凶样，慌慌地跑出来：“你咋这样拿刀吓人家？”“少管！”珠儿叫一句，不回头，只用眼看上士慢慢地走。当晚，娘做了珠儿平日最爱吃的芝麻叶面条，珠儿吃两口，却一推碗说：“难吃！”便去屋里睡。娘跟进来，去摸她的额，担了心问：“是不是有病？”珠儿一拍床，连叫几声：“瞌睡！瞌睡！瞌睡！”娘不敢再问，就悄悄退出来，对老伴使个别出声的眼色。

第二天，珠儿立在肉案前，又看见那上士骑车驮了两只筐，显然是要买肉，但却并不往她的肉案走，于是就喊：“当兵的，过来！”那上士就尴尴尬尬地走过来。“咋了？怕俺坑你？去别处割？来，要多少，俺割了你自己称！”上士脸就有些红。就说出自己要割的斤数，珠儿就一刀下去，秤好后，再让他亲自过秤。上士却把肉往筐中一放，说声“谢谢”，付钱，推走。

这以后，上士就天天来买肉，或买多，或买少，或买肝，或买肺，一天一回。回数多了，珠儿和他自然就熟。一熟，当然就说、就笑，就扯些家常。于是，珠儿就知道他叫董一宝，家住信阳北边的董家堤，离这儿有五百多里，就晓得他家还有老父和老母，他是三年前入伍的。

有了这个老主顾，每天都能卖出几十斤肉，珠儿当然欢喜。于是，便稍稍地给些照顾。比如，猪肝、猪蹄一向买家多，但珠儿总是先尽一宝要。有一阵，小镇上猪肉供应紧张，珠儿便把一宝要买的肉预先留下。

得了这些照顾，一宝自然也就感激。没法用东西回报，一宝就用力气。每次装完肉之后，他或是拿过扫帚，帮珠儿扫一下案前案后，或帮助把肉案上的什物摆整齐，往肉钩上挂挂肉，收拾一下猪杂碎。珠儿娘看见了，就悄悄地在珠儿面前夸几句：“看看人家这当兵的，心眼多好！”珠儿听了就笑笑。但笑着笑着，就把心里的一种什么东西笑出来了。有一回当娘又这么夸那个勤快的一宝时，珠儿心里就忽然觉着了一丝儿甜，一阵儿颤，颊上还现出两片儿红。这以后，娘再酱猪肝、猪肚、猪耳时，珠儿就悄悄在盘里留一块，一宝来后，珠儿就将娘支走，自己把一宝叫到紧挨肉案的屋里说："俺娘酱了点肉，我觉着挺难吃，你帮着尝一下，看有没有点味。"一宝诚诚地说："行，拿来我尝。"珠儿于是就端出盘，一宝吃几口，品一品后，憨厚的脸上就浮了笑："好好！这味道好着哩！"珠儿就说："味道好你就把它吃下去，反正你手已经捏了，也不好放。"一宝便全吃下去。看着一宝香香吞吃的样子，珠儿心里就甜，眼珠儿就亮，身子就软。

接下来，珠儿夜里就多梦、失眠、睡不好。往常珠儿累了一天，总是一上床就呼呼入睡，有时娘来掖被她都不晓，而且也很少梦见什么，而这时却常常睡不着，一宝的脸总在她眼前晃，想赶也赶不开，好不容易入睡了，又总是梦见他。白天，只要一见一宝来，她就觉着想说、想笑，一宝一走，她干啥都觉得心绪全无。一宝哪天要是有事让别人来代买肉，她心里就有一股无名火，不好朝着别人发，她就全倾给了娘，为一点点事就能把娘吵得晕头转向。娘便只好悄悄也向珠儿爹诉怨："这憨女子是吃了枪药还是咋的？"爹就反过来又抱怨娘："都是你给她惯的脾气！"于是老两口就都住嘴，各忙各的。

事情发展下去，就到了那个上午。那天，珠儿爹一大早就到镇东的村庄里去收买活猪，家里因前一天收的活猪少，就杀了一头。珠儿娘看看家里没了别的事，就对珠儿说："我去看看你姨，今日是个空。"珠儿便说："去吧。"那日的天有些怪，早上挺蓝，只有几块云在游，但饭后不久，几块云就膨胀、变大，慢慢地竟把天遮住。这时候珠儿还没怎么在意，只一心盯着街口，盼一宝快来。不想很快就从街筒里滚过一阵风，极凉，且风转瞬间变大，呼一下，就把珠儿肉案上的篷布刮走。近处几个摆货摊的人，也都一声惊呼，慌慌地去拣被刮掉的遮阳布，不能来帮珠儿的忙。很快，雨点就也赶来，啪啪地打在肉案上。珠儿有些慌，门前的东西要收拾，后院也晒了一些衣，被要往屋里拿，然而一个人，顾这顾不了那。也巧，一宝这时骑了车赶到，不用说，他扎了车就跑过来帮忙，待两人把该往屋里拿的东西都拿完之后，衣服就已经湿透。雨点此时变得更大，砸着屋瓦，响声竟有些震耳。珠儿一边捋着湿发一边说："今天亏了有你！"一宝就笑笑："没啥，这点事！"话说完，两人就都打了个冷战，一身湿衣，当然凉。于是珠儿就说："来！你把我爹的干衣服先换上暖和暖和。"说着，就去柜里找了爹的一件蓝褂和一条黑裤，扔到了一宝手上。一宝脸有些红，说："换啥，我的身子壮！"珠儿就凶凶地把杏眼瞪起："你是不是想害病？换上！"一宝大约也确实耐不了那冷，就说："也中，待俺换下把湿衣拧拧，走时再换了军装回去。"

珠儿便走进里屋换衣，几下把衣服换好，就出了里屋门。这时，一宝按说是该换好衣了，却不想他因怕把珠儿爹的衣服弄湿，先很过细地擦了一通身子，结果珠儿出现在里屋门口时，一宝上身还在赤裸着。珠儿一眼看见一宝那隆着肌肉的结实的胸脯，乌眸儿顿时有些发直，呼吸也转瞬开始变急，接下去，一股火蓦然间在珠儿眼里烧，随之，就见珠儿猛地向一宝怀里扑去，双手一下子抱住了他的腰。一宝被这突然的变故吓呆，一边挣着身子，一边讷讷地叫："你干啥？干啥？"但很快，珠儿的唇就堵了他的嘴，他的低叫声一停，挣着的手也蓦然间无了力。珠儿死死地抱住他，他的心在狂跳，眼恐惧地隔门缝向大雨滂沱的街上看，腿却不由自主地随珠儿向里屋移。终于，他迈进了里屋门坎，听到了里屋门咣一下关住，跟着，风雨声就一下子变得极小、极远了……

当风雨又可以把它们的声音送进两人的耳朵时，一宝突然间捂脸哭了。珠儿慌慌地掰开他的手，心疼地问："咋了？身子不好受？""我要受处分了。"一宝竟有些哽咽。"谁敢处分？"珠儿的眉又凶凶地竖起来，"我们是自愿！咋了？《婚姻法》上写了，自由恋爱，自由结婚，我们马上结婚，谁敢处分我去找他！""你不懂，不懂！部队有规定，战士不准在驻地附近找对象，这事要让人知道了，非处分我不可！"一宝说着就去穿衣。"别怕！大不了让你复员。你一复员，就留俺家，你管账，我卖肉，爹杀猪，娘做饭，日子过得肯定好！""唉，哪能那么简单！"一宝叹口气，呆立一会儿，就要留下车子，换上湿衣背了肉走。珠儿说："不能等等？我去给你做碗荷包蛋！"一宝摇摇头："不敢再耽搁，这时候要再晚回去，更让人怀疑。"珠儿拗不过，上前亲亲他，帮他把肉筐放肩上，便倚了门框，心疼地看他冒了雨走。

一宝第二日来时，两眼布满了血丝，脸也苍白得厉害。他刚在案前站下，珠儿就扭头向屋里喊："娘，你来照看一会儿案子，我进屋去跟这个当兵的结算账目，他两天的肉钱没给。"娘应一声，就出来。珠儿立时便使眼色，让一宝跟她进屋。珠儿爹在后院杀猪，屋里没别人，一进里屋，珠儿便又扑到他怀里，疼爱地抚他的脸："眼咋这么红？"珠儿温热的身子和暖心的话，也立刻使一宝动了情，他把珠儿紧揽在怀里，声音哑着说："我想了一夜，觉着咱俩这事瞒下去不行，没有不透风的墙，早晚领导会知道，那时，怕会处分得更重。所以，我想先向领导汇报，当然，不说别的，只说我俩已悄悄订婚，任领导处分。我估计，可能会给我一个严重警告，宣布我填的入党志愿书作废，让我中途退役。如果这样，你和你爹娘要是愿意，我退役后就留下——""愿意！愿意！"一宝话还没说完，珠儿已欢喜地低叫了两声，又用唇堵了他的嘴。直到听了娘在外边催："珠儿，账还没结完？"珠儿才松开了他，应一声："快了！"又转过身急急地向一宝交代："你今儿回去就向领导说，看他们咋处分。明儿我等你的话！"……

珠儿第二日含了笑在肉案后等待。她只要一听到确实消息，就要向爹娘摊牌：我找了个撑门户的人！

却不料，一宝一天没来！

第三天，一宝照旧没到。

珠儿的心躁极、焦极、怕极：总不会被当官的关起来？

第四日早饭后，珠儿牙一咬，下了狠心：去营房里找！倘真是当官的把他关起来，就跟他们吵、跟他们闹、跟他们拼了！不想她刚找了借口要出门，一宝却突然骑车子来了。

珠儿望定他，双眸中有惊，有喜，有气。

那只蛾儿还在飞，不落，不停，就那样绕了肉案扇着翅，声不大，嘤嘤的。

日头在挺快地坠，快近了金保伯的屋脊。斜对门老山叔养的鸡，在街边聚一堆，正准备着上宿。菱嫂的货摊已开始收，她那六岁的儿子趁她不注意，拿了一包瓜子跑开去，菱嫂于是就高声骂："日你妈，光知道吃，败家子！"十字街口的瞎老四，大约钱讨得不多，所以就很响地敲着梆子唱："人本是从土里长，土长粮，粮养人，人爱土，土是娘，可俺因为看不见，不能弯腰侍奉娘，娘就让俺饿得慌，众位发个善心肠，给个钱，买碗汤……"

珠儿站在肉案后，把眼睛又扭向南街口。没有，还是没有。可是，该到了，两个老人该到了！

"小珠子，给爷称个猪头！"一声苍老嘶哑的喊，使珠儿扭过了脸。

"九埂爷，又要自己酱猪头？"珠儿边说边拿秤。

"自己酱的吃着好。你爹呢？又在杀？"老人颤颤地掏着钱。

"嗯，后晌杀一头。九埂爷，你慢走！"

珠儿又把眼睛移向南街口。

"你咋才来？！"珠儿当时的声音极高，把一宝吓得一跳。于是两人一齐慌慌地四顾，还好，人们都在忙，还没人注意到。只有娘听见走出来，嗔怪地说："珠儿，做生意人，咋这样高腔大嗓的？"珠儿一听，抿嘴一笑，便装了气恼叫："娘，你不知道。这人两天前买个猪头，钱拖到这会没交，走！进屋跟我结账！娘，你照看肉案！"

一宝随珠儿一走进里屋，珠儿就转身挥拳向他胸脯砸起来，边砸边含了委屈叫："你为啥才来？为啥才来？看把我惊的、吓的、焦的！"捶一阵之后，又扑到他胸上，抚着、亲着，心疼地问："打疼了吗？"一宝轻轻地摇头，手抖抖地抚着她的头发。"领导咋说？给啥处分？"珠儿仰了脸问。一宝不语，只是抚着珠儿的黑发。“究竟咋说？”珠儿又在他胸脯上捶一下。“部队要去打仗了！”一宝突然说出了一句。“啥？”珠儿的眼蓦地瞪大。“打仗！去南方。大前天我从这里回去时，部队刚接到了命令，我这几天没来，就是因为部队正做出发准备。”“哦？”珠儿的身子一颤，“那你快把咱们的事说出去，让领导处分你，让你中途退役！”一宝头极缓地摇着：“这事现在不能说了，现在说出去，别人以为我是在找借口，不想去前线，临战怯逃。”“不管咋着，打仗要死人的，我不准你去！不准你去！”珠儿伸手紧紧抓住一宝的领扣，眼中，涌出了泪。“傻珠儿，”他抬手，手抖抖地为她擦着泪，“如果我真的为这事被留下来，不去打仗，怕别人晚点就会指了你说：珠儿的男人是个逃兵，打仗时生着法子不去，胆小鬼！那时你会受不了的。我日后也无脸去人前，还咋帮你在街前站着卖肉？再说，打仗并不一定就死，七九年那仗，不是那么多人都回来了？还有，战场上立功、提干比平日容易，只要能打仗不怕死就行，我已经要求不当上士，去一排当班长，我要是在战场上立了功，当了排长，回来时就可以正大光明地娶你。部队有规定，排以上干部可以在驻地附近找对象，珠儿，你说，这多好！”“呜……”珠儿突然低声哭起来。一宝见状，发慌，一边用手给她擦泪，一边说：“别哭，小心娘听见！”珠儿把哭声压低。一宝于是就又交代：“我走了后，不能直接给你写信，怕信一到，街坊邻居就会猜测、议论，坏你的名声，你也不要直接给我写信，免得战友们发现。我有一个老乡叫罗同，领导已确定让他在营房留守，我给你的信让他转给你，你给我的信也让他寄给我。好了，我该走了。今天我是最后一次来买肉，以后换成了另外一个战士。”珠儿猛地抓紧他的手：“走前啥时再来看我？”声音中带了哀求。一宝的身子抖一下，低低地答：“我找个晚上悄悄来。”说罢，两人紧紧搂抱一刹，分开，珠儿用湿手巾擦擦眼，假装着大声说一句：“以后欠账，记着按时还！”接着，出门，给一宝割肉，而后倚了肉案，恋恋地看一宝走远……

四天之后的那个夜，天无月，星也不多，在镇外的枯河道里，他告诉她：部队明天中午会餐，可能在晚上走。珠儿不语，只紧紧地抱着他。身下铺着他的衣，河道里土的硬和草的茸，透过那薄薄的衣，能让他们感觉着。风一股一股地在河道里过，镇子里有狗在一声一声地吠，女人喊娃睡觉声在不时地响。但两人什么也没听见，只听到对方的心跳，呼吸。渐渐地，风开始凉，镇子里的声音在平息，该分开了。他先松开了手，无言地拿过身后的挂包，从中掏出一个塑料袋，说：“这是一身衣服，给你买的，不知道尺寸是不是合适。拿着，做个纪念。”她无言地接过，停一刹，便去脱自己刚穿好的上衣，直把最贴身的背心脱下来，说：“我这几天心乱，忘了给你买个东西带上，这个背心可能小，来，你看能不能穿上，能穿上，就穿去，不能穿，就带上，想我了，摸摸它。”他顺从地脱去上衣，穿上她的背心，背心小，有些勒人，但他说："挺好！"两人拉手上了河堤，他送她到街边，两人又在黑暗中抱。他感到他的脸上沾了她的泪，就抬手去擦她的脸，擦不干，停一下，就松开手，转了身要走。走几步，又被珠儿从背后抱住，脚停下，一刹，他用力掰开她的手急步向远远的暗处走。珠儿瞪了眼望，直到看不见才突然蹲下，发出一阵抑低了的泣。泣声惊动了一条狗；狗挺响地叫，珠儿这才惊起，慌慌地向街里走……

第二天早晨一起身，珠儿就穿上了一宝给买的衣。他显然不是会买衣服的人，衣服又宽又长，颜色也是深蓝的，但珠儿照样极珍爱地穿上。娘看见，就诧异："啥时买的衣？""前几天。""咋买这么大的？""大了穿上美气，咋了，我喜欢！"娘于是不敢再问，只好笑笑摇头："倔丫头，穿衣也不跟人家一个样！"

早饭后不久，接替一宝的新上士就来买肉。珠儿问："要多少？""七十五。""会餐？""你怎么知道？""猜的。"珠儿边说边挥起刀，肉割好，过秤，收钱，开票。新上士刚上任显然也小心，就把珠儿称好的肉又搬到那边的公平秤上称，秤罢却吃惊地叫："九十斤！给多了？""少啰唆！那公平秤坏了，俺家的秤准，快拿走！"那新上士点点头，就放上车子，说声"谢谢"，骑了走。

珠儿定定站在肉案前，神情有些呆，两滴晶亮的水，在她的眼角晃、晃、晃，终于，极快地滚下来……

那只蛾儿累了，落在肉案上，不哼，不动。不过，只一刹，就又扇了翅，飞起来，围了肉案转，声不大，嘤嘤的。

对门的风箱开始响，炊烟升起来，燃过的麦秸灰便又在天上极慢地飘。西街的秋子嫂又跟男人在吵架，骂声很响地传过来："日你个先人哟，老子当你的老婆有啥好？坐月子吃的都是煮萝卜，红糖你都舍不得买三斤！娃子给你生了一个又一个，你啥时夸过我一句话？日你祖宗八辈子！……"

珠儿把眼睛又扭向南街口。没有，还是没有。可是。该到了！两个老人该到了！总不会是车在路上出了事？

"珠儿孙女哟，给奶奶割点肉。"一声亲亲的唤，使珠儿扭过了脸。

"四奶，割多少？"珠儿恭敬地问。

"三两。牙不好，又是一个人，多了吃不了。"四奶蔼然地说，眼却看着手中的一张纸。

"手里拿的啥，四奶？"

"信。孙子来，"四奶的脸上全是笑，"一封信！"

"一封信！"那日珠儿正在肉案前呆站，一宝的老乡罗同突然在肉案外边低低地说。

珠儿闻声扭头，一惊，一喜，慌慌地接过信，急急地进屋去读，刚读完信末“想你、想你、想你”那六个字，心中的甜蜜正在弥漫，却突然觉着胃里一阵难受，不好，要吐，几步跑到后院墙根，哇一下吐了。

“珠儿，咋了？”爹和娘看见，极心疼地问。

珠儿摇头：“不知道，这几天总恶心。”喝一口娘递过来的水，嗽着嘴。

“快跟你娘一块去刘家诊所看看。”爹催，娘就扶了珠儿去。在诊所要了止呕的药，回来吃了几天，效果却近于无。珠儿总是觉着想呕、想吐。爹和娘于是就越加地慌，要不是那天早上的那盘藕，不知老两口还会怎样地慌下去。

那日早上，娘凉拌了一盘藕，放了姜，放了蒜，放了香油，当然也放了醋。珠儿娘拌好后特意先尝尝：咸酸适度。不想珠儿坐在饭桌前，只吃了一口藕，就叫“咋不放醋”，边说边就站起身，拿过醋瓶便往盘里倒。结果，珠儿爹和娘再去叨藕吃时，却几乎同时一伸舌头，叫：“嗬，酸成这了！”但珠儿当时却说：“我吃着正好！”珠儿爹当然没从这话里听出什么，只是慈爱地一笑：“胡吃！”但娘却身子一抖，从珠儿的爱吃酸一下子想到她这些天总吐，想到她这个月的“红的”还一直没来。珠儿娘就这一个女儿，平日对女儿照顾得也就极细，她知道珠儿“来红”的日期，一逢那几天，她啥活都不让珠儿干，就连珠儿的内衣裤也不让她洗。这个月的“红的”本在前十几天就该来的，但珠儿娘在替女儿整理床铺和衣物时，却一点也没有发现“来红”的痕迹。往常，粗心的珠儿“来红”时，总要在换下的衣裤和床单上留下一点一滴，这次却一直没见。珠儿娘原以为是因为珠儿卖肉累着了，推迟了来的日期，但把珠儿的想吃酸和呕吐连在一起想，一个可怕的推测把珠儿娘的心都吓抖了。她立时就觉着一股冷气从脚底升起，直向背爬去。她并没立刻向珠儿爹说出自己的猜测，她还要再证实。饭后，她把女儿叫到里屋，不由分说地掀了女儿的上衣，把手放到了珠儿的腹部，她的手立时哆嗦一下。

“娘，你干啥？想吐又不是因为肚子疼，是胃里难受。”珠儿那乌黑的眸子诧异地闪。

“说！”娘的声音第一次变得这样严厉，“这是谁的孩子？”

“啥孩子？”珠儿震惊地瞪大眼，但转瞬之后，她就一下子明白，双手慌慌地去护她的腹，她蓦然间懂得了自己身体变化的含义，脸也一下子没了血色。

“啪！”娘猛地扬手打了她一掌，她跌坐在床沿，怔怔地望着娘，从小到现在，这是娘打她的第一掌。

“你为啥要办这丢人的事？为啥？为啥？”娘摇着她的身子，但突然间，娘停住手，双掌捂了自己的脸，开始呜呜地哭，边哭边诉：“天啊！这事一出，你憨女子日后还咋活？我和你爹的脸往哪里搁？咱家的清白名声还要不要？天啊，我为啥要养你这个闺女……”

珠儿眼呆呆地望着娘，她什么也没说，什么也没讲，她只是觉得脑子木。她双手护着腹，紧紧地……

整整一天，珠儿娘都没敢把这事向丈夫说，她怕、她怯，但她不能不说。这件事在家里太大、太大。吃晚饭前，她关了屋门，吞吞吐吐地、结结巴巴地开始向丈夫说，但只说了一半，珠儿爹的脸就被气得发紫，只听他吼叫一声：“贱女子噢！”就握起拳没命地向里屋的珠儿冲去，珠儿娘急急地去扯丈夫，但没扯住，就在丈夫的拳头抡起时，珠儿娘凄厉地低叫一声：“她身子重，打不得哟！”珠儿爹的身子一抖，拳头在快触到女儿的身子时骤然停住。

珠儿紧缩在床角，双手捂着腹，眼如受惊的鹿一样瞪大，身子在瑟瑟地抖。

“你这个当娘的是咋当的？咋当的？！”珠儿爹猛地转过身朝妻子吼，紧跟着，就扬起巴掌朝妻子的脸上打，啪！啪！啪！一缕血丝从珠儿娘的嘴角极快地渗出，但她却一下没躲、一声没吭，一任丈夫打、打。珠儿爹突然住手，几步跑到外屋拿一把杀猪刀在手，又跑进来朝女儿低吼，“说！男的是谁？老子非去拼了他不可！说！”

“不怨他！”珠儿极低地答。

“说！他是谁？”爹手上的刀在颤，脖子上的筋在跳。

“是个当兵的。”

“住哪？是不是在镇西那个营房里？叫啥名？”爹的眼红极。

“去云南打仗了！”

珠儿爹一愣，切齿地：“这个狗东西！”手中的刀随之落地，无处发泄的气恼转向了自己，只见他猛地扬手打起自己的嘴巴，啪、啪。珠儿娘慌慌地上前拉住丈夫的手，抽噎着说：“光生气没用，得想个主意。”

珠儿爹蓦然双手抱头缩下身，呜咽着叫一声：“想啥主意？啥主意呀？！”

珠儿被这猝然而至的事情吓得有些呆。她从没想到，爱上一宝，原来还会带来这么可怕的后果。她十九岁生日过完不久，还根本没有要做妈妈的心理准备。她尝到了“怕”的滋味，在这之前，爹娘的宠爱，使她从来不知道“怕”对于人竟是这样厉害。她曾想立刻给一宝写信，告诉他她怀了孩子的事，让他知道她现在有多怕、多苦。但她最终还是把这念头打消，他在前边已经够险，不能再给他添一分“害怕”，不，不！

十几天之后的一个下午，娘低声告诉珠儿：你爹在八十里外的一个小镇医院找到一个熟人，答应悄悄给你做手术，咱娘俩明儿个坐车去。珠儿当时木木地点头，她已经晓得，这个孩子无论如何不能生下来，西街的疯玉兰，就是因为没结婚生了孩子，受不了人们的冷眼，疯了的。娘说完进屋不久，肉案外突然响起一声低低的唤："珠儿。"珠儿抬头，呆滞的眸突然一亮：案外站着一宝的老乡罗同。"有信？"珠儿蹙紧的眉一下展开。"有……一封。""快给我！"珠儿迫不及待地伸手抓过，根本没去注意罗同那颤颤的声、噙泪的眼、抖抖的手，甚至连罗同那声"多保重"也没听见，就把信装进了衣兜，转身喊："娘，你来！我进屋喝点水。"娘刚出门，她就进了屋，急切地撕信，贪婪地去读——

我亲爱的珠儿：

天亮之后，我就要带突击队去夺敌人占领我们的一个山头了。这样的进攻战斗，突击队员能活下来的一向很少，因此，我必须做好死的准备，把有些话给你说说。我走了之后，你要记着把我给你的信都烧掉，不留任何痕迹。你在外人眼里还是个姑娘，你还要生活。我曾想过把我不久前得到的一个军功章寄给你，做个纪念。后来想想，不能寄，你以后还要成家，万一这东西叫你以后的丈夫看到，会引起一些猜疑。

我现在十分后悔，后悔认识你太晚，后悔当初胆太小，和你在一起的时间太少。我在想，假若早认识你，假若和你在一起的时间多些，说不定我们会有一个孩子，孩子！这样，我虽死了，但我们董家还有一个后代。你晓得，我爹妈就我一个儿子，我一死，我们董家就彻底绝了。一想到两个老人会孤独无望地生活在那三间老屋里，我心里就怕，就抖。我真后悔！十几年之后，人们可能就会忘记，世上曾经有过董一宝这家人。当然，我这话有些自私，只想到了自家，没想到你，你会原谅我的这些瞎想吧？

天亮出发前，我要把你的那件背心穿上，那样，就是中弹倒下，我也是和你在一起的。只是不知以后整理我遗体的那些战友，会对我穿女式背心做些啥样的猜测。不多写了，珠儿，这算作一份遗书，先存我一个好友手里，我若能回来，他自然不会寄出，如果你真看到了这封信，那就证明我真走了。你不要哭，不要让爹和娘看见你哭……

"一宝——"珠儿只痛楚地嘶叫一声，就软软地倒在了地……

她醒来时，已经躺在了床上。娘默默地坐在床沿："是不是总觉得晕？"娘恨爱交织地问。她以为女儿的倒地是因为头晕。

珠儿不答，只默默地看着屋顶。脸，平静得很。

第二天早饭做好，珠儿一反这段时间总等娘喊吃饭的习惯，先坐到桌前，并且不是皱了眉只吃几口，而是咬牙吃了两大碗。娘见了就说："今儿要坐车去医院，多吃点好。"然而，待娘把随身带的竹篮挎好，说："珠儿，咱去坐车吧。"珠儿却突然开口："不去！"声音硬硬的。

"为啥不去？"娘吃惊了，"昨日你不是答应了去？""昨日是昨日，今日不去了！"珠儿的声音冷静至极。"为啥不去？"一直蹲在一边抽烟的珠儿爹，猛地站起，低吼道。"就是不去！"珠儿的声音冷极、硬极。"你——"气极的珠儿爹向珠儿冲去，但就在这时，珠儿闪电般地伸手抓过一把铮亮的杀猪刀，一下子把刀刃放在了自己脖子里。

珠儿爹骇然地止了步。

"你们要再逼一句，我就扎进去！"珠儿的声音极冷厉。

"你！你？你？"两个老人被吓呆，一时竟都瞪大眼、屏住气、站定在那里。

屋里静极。

铮亮的刀刃在珠儿的脖子上晃晃的。

"珠儿，娘求你了，你能不能说说你为啥又不去了？"娘的话带了哭音。

"他死了！"珠儿平静地说。

"谁？"两个老人都没明白。

"在云南打仗的人！"

"哦？"娘一声轻叫。

"是立功之后又战死的！"

"哦？"爹的嘴角一颤。

"他家里只有年老的爹和妈，日后要绝了！"

娘的眼瞪大。

"这样的人应该留个根！"

静寂填满屋里。

远处的十字街口，瞎老四的梆子又在敲。

"叫留不叫？"珠儿的刀尖又挨到了脖子上那莹白的皮肤。

两个老人站那里，不动，不吭。

"再问一句，叫留不叫？"珠儿的刀尖刺破了皮肤，一股血立时把她那洁白的脖子染红。

"叫留！叫留！我的珠儿！"娘惊慌至极地喊道，同时转了身没命地摇着丈夫的胳膊。

珠儿爹双手捂着脸，呻吟似的说道："留吧……"

那只蛾儿还在飞，不落、不停，就那样绕了肉案扇着翅，声不大，嘤嘤的。

日头已经沉下去，暮色开始浓，街上一点一点地暗下来。珠儿紧盯着南街口，可是，没有，两个老人还没到。莫非又出事了？

“珠儿哪，还有猪蹄没？”一声响响的叫，使珠儿扭过了头。

“有，七婶，要几个？做汤喝？”

“唉，你七婶有那福气？！给儿媳妇买的！人家坐月子，有功劳，想吃啥都得给人家买到！”七婶絮絮地说着，话中就露出了几分气，“要四个。”

“七婶得的是孙子还是孙女？”

“是个带把的！”

“是个带把的！”那晚，当珠儿终于从疼痛的苦海中一下一下挣出来时，爹从远处请来的那个接生婆，望了她笑笑地说。珠儿原本是想在脸上浮个笑的，却不料先出现在脸上的，竟是两串泪。几百天的痛苦反应，几百天的隐居生活，几百天的提心吊胆，现在总算有了结果，有了结果！

当珠儿第一次抱着自己的孩子喂奶时，心在痛楚地叫：一宝，这就是你的儿子！你的后代！你们董家不会绝了！不会绝了！”

这个孩子的出世，使笼罩在这个家庭的气氛有些变。珠儿会笑了，尽管她有时还会对着孩子流泪；珠儿娘笑了，看着这个胖胖的外孙，她抑不住心中的欢喜。只有珠儿爹仍然不笑，而且在珠儿娘几次把外孙抱给他看时，他都扭过了脸。但有一天，当珠儿和娘都去后院晾晒尿布时，那老人慢慢地踱进里屋，俯下身仔细地看着躺在床上的外孙。那小家伙见有人来，便瞪了乌亮的眼，挥着白胖的手，噢噢地轻叫着，于是，珠儿爹那满是皱纹的脸，就极快地俯下去，在外孙的脸上贴一下。待他抬起头时，皱纹里夹着的就全是笑了，珠儿刚好这时进了后门，默默地看着这一幕。老人发现女儿，有些尴尬地止了笑，咳一声，说一句：“我怕他滚下床。”便慌慌地走了。

一日，晚饭后，珠儿娘对珠儿说：“该给娃子起个名了，不能老‘小胖、小胖’地叫。”珠儿就说：“中。”豫西南地区的风俗，孩子的名一向是由爷或外爷起的，但珠儿怕爹不愿起，就说：“娘。你看起个啥名好？”珠儿娘想想，就说：“这娃子身子结实，就叫他董大柱吧。”不想珠儿爹却突然生气地打断老伴的话：“女人家见识！啥柱不柱的？人家爹是当兵的，死在战场上，是卫国的人，叫他‘继卫’多好！”珠儿娘就撇撇嘴，说：“哟，就你起的名字好！”珠儿就笑笑：“按爹起的叫！”

小继卫在长，珠儿的身子也在恢复。月子里，猪蹄汤、猪肝汤珠儿是常喝的，除此之外，爹还常用猪耳朵、猪肚去街上给她换鸡、换鱼吃。满月之后，珠儿更显得白而丰满。由于珠儿身子好，奶水当然就足。小继卫一噙住奶头，就是喝水似的尽情把肚儿喝圆。尽管小继卫挺能吃，但奶水却还喝不完。时常的，珠儿要把奶水挤下地。而且就因为这奶水，还差一点暴露了小继卫存在的秘密。

那是小继卫满月的二十天之后，这时，因为珠儿的身形已大致恢复到了做姑娘时的样子，爹和娘便改了当初遮人耳目的种种借口，准许她到门外的肉案前卖肉，自然，是在孩子睡了之后。那一日也巧，天稍稍有些热，珠儿卖了一阵子肉，便脱去了外衣。这一脱不打紧，她那两个圆圆的奶子就从衣下露出来，而且每个奶头上边的衣服都被奶水浸湿了一块。珠儿当时没在意，是一个来割肉的姑娘发现的，那姑娘诧异地叫："珠儿姐，你胸脯子上的衣服咋了？"珠儿一惊，竟一时说不出话。幸而珠儿娘这时出来，急忙朝珠儿喝道："看你那个邋遢样，喝水把衣服都弄湿了，还不快回去换换！"珠儿便慌慌地向屋里走去。所幸的是，发现这个情况的也是个姑娘，她还不会去做过多的联想。待那姑娘走后，娘吓出一脸汗，进屋对珠儿低叫："天爷呀！你咋这么大意？！"

这之后，又有一次，因为小继卫的哭声，差点把他存在的秘密泄露。过去，为了防止别人听到他的哭声，珠儿爹把窗户用土坯堵了，在里屋门上挂了棉门帘。加之左邻是钉鞋的九叔，双耳全聋，右邻是个人来人往的马车店，还没有谁留意到小继卫的哭声。但随着小继卫哭声的响亮，右邻到底留意到了。那日，马车店主来珠儿家割肉，就用颇带几分奇怪的口气向珠儿爹说："我这两天咋总恍惚听到你们家有小孩的哭声。"珠儿爹当时吓得差点把手中拎的一个猪头扔地上，还好，他到底想出了一个搪塞的主意："是呀，我那个外甥女前几天抱着孩子来这里，说要给孩子看看病。"那店主知道珠儿爹是本分人，倒也没想别的，只是随口"哦"一声，就提了肉，转身走。珠儿爹这才带了一脸的恐慌进屋，摸着外孙的脸蛋说："老天！你为啥要哭那么响？"停一刹，老人转向珠儿，脸浮了歉疚，讷讷地说："不敢让他再在这里住了。"

珠儿咬了牙，点点头，极轻地。几乎在这同时，泪涌出眼，在脸上流。是的，小继卫已经五个月，该回他的老家了！

小继卫那远在信阳的爷爷奶奶，在他刚生下不久曾在罗同的引领下，在一个夜里来悄悄看过一回孙子，以后多次托罗同来问：啥时候来抱？珠儿一直没有说个准话。就在珠儿爹说了那话的当天，珠儿向继卫的爷、奶发了信。

两位老人回信说，今日来抱。

那只蛾儿还在飞，不落、不停，就那样绕了肉案扇着翅，声不大，嘤嘤的。

街灯开始亮，光微微。珠儿两眼紧盯着南街口，蓦然间，她的身子一抖：来了，来了！那两个老人，一前一后，提了包、挎了篮，慢慢地向这边移着步。

哦，继卫，你爷爷、奶奶接你来了！

五碗黄酒，摆在那个黑漆斑驳的木桌上，热气袅袅地飘。

珠儿怀抱着小继卫，坐在桌子的一头。胖胖的小继卫一手攥了妈妈的衣角，闭眼、伸腿、微微张嘴，香香地睡。

四位老人分坐在小桌的两边，垂了眼，默望着那酒、那桌、那桌上斑驳的漆。

电灯泡不大，黄黄地燃着。

风又变微，后院里的树叶一下一下地摇。远处的十字街口，隐约传过来瞎老四的梆子敲。

屋里，静极。一只蛾儿在屋角飞。

“喝，老哥！”穿黑褂子的继卫的爷，双手捧起一碗酒，递到了继卫的外爷手里。

“喝，老姐！”穿蓝大襟衣的继卫的奶，双手捧起一碗酒，递到了继卫的外婆手里。

“喝，闺女！”继卫的爷和奶两双手捧了一碗酒，颤颤地递向珠儿的手。

四个老人端碗，无言，扬脖，喝下去。

“让小卫爹替我喝了。”珠儿低低地说罢，倾碗，让酒缓缓地向地上洒。洒毕，放下碗，整理一下小继卫身上的襁褓带，俯首在熟睡的小继卫脸上亲一下，而后，缓缓地站起。

四个老人默默地起身、离坐。

珠儿把小继卫捧在手上，手在抖，身在颤，无言地向继卫奶怀里递过去。

扑通！小继卫的爷和奶，突然间双膝落地，当爷的发出一声苍老低哑的叫：“你们使俺董家一门香火不绝，俺们跪下了！”

珠儿、珠儿爹和珠儿娘，身子几乎同时一抖，便也扑通一下，朝脚下那黑色的地，跪下了膝。

夜，静极。

那只蛾儿还在屋角飞……

武家祠堂

日头在祠堂的屋脊上极轻巧地一纵，就爬上了天去，于是街面上，便铺了些黄，于是卖豆腐的景宽就高声叫:“日头出来称豆腐，身子发福屋里富，来哟——”

声音长长的，在街筒子里响。

就在景宽的叫声中，尚智拉了装货的平板车子，眯着眼，进了祠堂前的空场，在平日售货的老地方，摆起了自己的货摊。片刻之后，在铺着印花塑料台布的长方形售货板上，尚智的货物就全摆了出来：绣着刀、矛的红兜肚，刺着剑、盾的灯笼裤，织着弓、箭的练功宽腰带，印着坦克、飞机、军舰、导弹的白背心，绣着侦察兵、炮兵、喷火兵字样的运动裤头，绣着卫、护、士、勇各种字样和车、马、枪、炮的各色手绢，全是武人们和尚武的人们用的东西。

“尚智老弟，不来一斤？”景宽在那边叫。

尚智手摇摇，仍又弯腰细心地放置货物，待一切布置停当之后，他才舒一口气，扭头看了一眼祠堂，祠里大堂屋脊上的兽角，直插入展空，很是巍峨；祠外那七尺高的土黄色院墙在阳光下放了金光，极是气魄，祠堂的大院门还没打开，只有“武家祠堂”那四个烫金的字立在门楣，威武、缄默。

这祠堂尚智很熟，小时候常和伙伴们翻进院墙去玩。它总共有大堂、二堂、三堂和十二间厢房，外加一个高高的哨台。祠堂是南宋末年修的。早先埋在后院土里，如今安放在前院大堂中的那块“修武家祠记”碑上刻着“存武家元气”五个大字，落款是:“岳武穆七十七部属。”

镇子上的老人们说，当年岳飞被害之后，岳家军随之解体，其中有七十七人就流落在此地落户，这也就是我们镇上人的先祖，祠堂就是他们捐资修的。

这里离岳飞的故乡汤阴不是很远，岳家军的好多将士是中原人，他们在中原南部的这个盆地安家似乎可信。

“早呀，尚智！”卖兵器玩具的梗子推着平板车来了。“早！”尚智应了一声，眯着眼看对方乒乒乓乓地摆着兵器玩具摊子，兵器倒是什么都有：刀、斧、弓、箭，各样枪支，可惜都是些木头做的，涂了些银粉和白漆、黄漆。

尚智不屑地看他一眼：成不了大气候！

他把目光移向平日和自己卖同样货物的几家摊子：四婶、郭灶叔、伏田哥、苇儿嫂，哦，除了专卖绣花灯笼裤和绣花红兜肚的苇儿嫂来了之外，其余人家的摊位都空着。

他们大约是不能来了！这一点尚智早已料到。自从半月前他改制了一台绣花机，又买两台缝纫机办成专制兵家徽记的服装社之后，他就已经料到了四婶、郭灶叔、伏田哥他们的这种结局。他们手工绣制的服装产品在价钱的低廉上远比不过尚智的。

他满意而且得意地笑了笑，最后把眼睛停在了苇儿嫂身上。她的眼皮还有些肿，面孔还是那样苍白，黑布鞋的前边还缀着孝布，她是不是又在为定坤哥哭？别哭了，嫂子，不要哭坏了身子。今天我要把绣花灯笼裤和绣花红兜肚降价了，我的缝纫社里这东西已经做了很多，我不能再积压下去，你可要有点思想准备，你将来也应买台缝纫机，我可以帮你把它改制成绣花机，这样你的产品成本就可以降下来了，产品的价钱就低下来了，售出的数量就会多了……

咯吱吱，一阵钝重的木门与石门礅摩擦的声音传进了尚智的耳朵，他不用回头就已经知道，祠堂的大院门已经打开，第一批游客就要进去了。

对那座大门他是太熟悉了。门漆的是草绿的颜色，据说刚建起来漆的就是这种颜色，这种颜色的大门在豫西南还不是很多，不知当初造祠堂的那些岳家军官兵们，是想以此把它与富人们的祠堂相区别，还是怕朱漆大门会让他们想起战场上流的血，反正门漆的颜色有些怪。两扇门的正中，各镶有一个铜牌，一个铜牌上凸现着一把刀，另一个铜牌上凸现着一根矛。门槛下安着一个暗藏的机关，这机关设计得极其精妙。外来的生人如果不知道这机关，迈过门槛后准要一脚踩上它，而只要踩上它，两扇门后就会忽然从地下冲起六名木雕彩绘的士兵，一边三人，六人手中各持一柄大刀，刀尖直戳向来人的心窝，当然不是真戳，刀在离你一尺左右的地方停下，六个真人大小的士兵怒目瞪着你，这一招能把预先无思想准备的人吓死，这机关叫“门后伏兵”。听说，这机关自装上到一九八五年，已经先后吓死过十七个人。那机关前不久拆了，怕的是它吓了游人。有一次，一个来此游览的英国朋友非要看看不可，管理人员没法，就装上了，那人是在预先有思想准备的情况下去踩那机关的，就这，还把他吓得心脏病复发住了院。

“喂，一条灯笼裤多少钱？”摊子前走过来一个小伙子问。尚智见有顾客，脸上立时浮起了笑，那笑极谦恭、极亲切：“九块。”答完又急忙接着介绍：“这灯笼裤最宜于杂技演员、武术运动员和业余武术爱好者演出、比赛，练功时穿用，美观、大方、轻柔且不妨碍腿部的任何运动，本品采用黑色优质府绸，并用彩线绣有兵家符号，穿上它会使你英姿勃发、豪气顿生，怎么样，来一条？”“贵了吧？”“贵了？哈哈，明给你说，昨天每条卖十一块，不信，你去问问别的摊子，然后再决定买不买，如何？”

那小伙子果然转身向那边苇儿嫂的摊子走去。

尚智笑了，笑得胸有成竹。灯笼裤压价两块，是他今天预定的计划。他那高中生的脑子当然明白，薄利多销比价高滞销要好。他早已看到，武家祠堂门前这个销售兵家徽记服装、兵家纪念品和各种兵器玩具的小市场大有可为。这里不仅是四乡六十多个村庄的商贸中心，而且是南下襄州北上宛城的必经之地，宛襄公路就从祠堂门前过，每天往来的旅客极多，再加上武家祠堂是武人们的景仰之地，不仅四乡常有从军尚武的人来参观，连宛城、襄州的青年人甚至外国人也常坐车来游览，祠堂门前，每天都停十几辆游览车。尚智高考结束知道自己不可能考上的第三天就来这里摆摊，正是因为他看到了这点，他要在此处干一番事业。不过半年多时间，他就已经办起了缝纫社，他还要大干，一个宏伟诱人的远景已在他的心里出现：他要在武家镇上建立一个生产和销售兵家徽记服装、兵家纪念品和兵器玩具的中心，并且要让自己的产品打入宛城、襄州的市场，然后到更远的地方去打开地盘。他甚至已想到，不久的将来，他要去东南亚国家签定出口合同，去时当然是坐飞机，别的机种不坐，只坐波音 747，那种飞机既豪华又安全。他坚信在不长的日子之后，他的名字定会在《中国青年报》的头版出现，可能是消息也可能是通讯，要是通讯的话题目最好叫“武门之后，商界之王”。他相信他那些坐在大学里读书的高中同学，读了报纸之后也。会对他生出一点忌妒，而不光只是由他对他们生出羡慕!

“不错，你的灯笼裤是比较便宜。”那小伙子此时走回来，递上九块钱，拿走一条。“欢迎再来！”尚智满意地目送着顾客走远，当他把门光收回的时候，中途却又让它们拐向了苇儿嫂，她坐在自己的小摊子后面，边绣着东西边等着顾客。他定定地望了望她，她的眼皮儿有些肿，是的，有些肿，不像是因为没休息好而肿的，嫂子，你一定又哭了，你还有孩子，孩子还有奶奶，你该保重自己的身子。我压了灯笼裤和红兜肚的价可能会影响你的生意，不过你不要怕，你以后可以到我的缝纫社里去，我给你工资，而且，假若你同意，我可以帮你照顾孩子。

他猛地摇了一下头，不让自己想下去。

他的脸突然间红了。

“朋友们，同志们，这里保存的是武家镇自宋代以来出的卫国义士们的塑像。”一个听上去颇舒服的银铃般的声音从礼堂大院里飘来。尚智知道，这是解说员在向游客们讲解大堂里的那些塑像。

大堂里的塑像尚智看过多次。正中间塑的是岳飞的像，岳飞身着战袍、手按剑柄站在那里，一脸庄严，一身威气。塑像两边写着字，一边是：靖康耻，犹未雪；

另一边是：臣子恨，何时灭。紧挨岳飞的右边，是明朝的戍边小将靳青河的塑像，青河是武家镇人，明初从军，后率兵西征，战死在西域。青河持戈雄立，一看就知是一员骁将。塑像两边也有对联一副，一边是：拍马挥戈戍西界；另一边是：虏骑闻之胆魄慑。紧挨岳飞的左边，是清朝的戍边壮士陈横的塑像，陈横生在武家镇，后随父南行做生意时从军，在广州虎门关天培部下当一名炮手，当英军进攻虎门炮台时，他手抱肠子开完最后一炮。塑像两边写着；国人之子，武家之后。接下来，是武家镇抗日游击队长冯一海和十一个队员的塑像，还有抗美援朝时武家镇出去的七名志愿军的塑像。最后一名塑像就是苇儿嫂的男人——抱枪而立的定坤哥，定坤哥一九七九年当兵，年初战死在南疆。他的塑像两边写着：祖辈血染战袍，后代捐躯边疆。

“尚智，你这生意是越做越大了。”一个沙哑的声音撞进耳朵，与此同时，腰上被人用棍戳了一下，有些疼。正在卖货的尚智愠怒地扭头一看，是朝顺爷。朝顺爷是这镇上辈分最大的老人，且又诸样武功都懂，是全镇的权威，尚智只得收起脸上的怒意，朝对方不自然地笑笑。在朝顺爷的身后，站着七爷和新富爷。又是这几个老头！尚智在心里闷闷地叫。每天都是这样，这几个老头搭帮结伙，各拄一根拐杖，在这武家祠堂门前来回转悠，也不知道转悠什么，东西又不买，老在人家的摊子前问这说那，唉！烦！

“听说你卖的东西压过了你四婶、郭灶叔他们，行，小子，好好干！”朝顺爷却没理会尚智的心境，依旧絮絮地说，“可是你要记住，”朝顺爷的拐杖又在他的腰里戳了一下，“对面你苇儿嫂你可要记着照顾！”

这还用你说？！尚智在心里叫了一句。他不满意朝顺爷总用拐杖戳自己的腰，他觉着这种不尊重人的行为让顾客看见，会减轻他在他们心中的分量。卖主在顾客心中的分量颇为紧要，它能对顾客的购买计划起微妙的影响。也就因此，尚智连自己的服饰打扮都极注意：西装，后拢头，且抹了一点“丽都”牌发油。“只要我的生意做大了，谁都可以照顾！”他扭头说完这句，就急忙去招呼顾客，不再搭理对方，他听见老人的拐杖在向远处响。

摊子前的几批顾客打发走之后，尚智的目光得了空闲，就又不自主地投向苇儿嫂那边。苇儿嫂正含笑对着摊子前的一个顾客说着什么。尚智觉得，苇儿嫂笑起来特别好看，就是眉梢那么一扬，嘴角轻轻一牵，腮边的两个窝儿一闪，让人看了心里像刮过一阵极柔的风，真舒坦。有人说，凡吸引人的女子都有一个特点：恬静。苇儿嫂的笑里大约就带了这种成分。尚智还在上中学时就爱看苇儿嫂笑，那时她还没有和定坤哥结婚，尚智叫她苇儿姐，她比尚智高三个年级，是学校的学生会主席，有时开学生大会时，她就上台讲话，讲话前总是那么微微一笑，笑得好多正在说话的男生就闭了嘴。后来她毕业了，还在上学的他见她的机会就少了，忽然有一天，听说她和当兵的定坤哥定了婚。又隔了一段时间，就听说她要和定坤哥结婚了，他们结婚闹新房的那晚，尚智去了，去的路上，他心里不知怎么地竟生出一缕不舒服，他自己也不明白为什么不舒服。但到了新房里，看到她站在魁梧的一身戎装的定坤哥身边甜笑时，他就也笑了，那缕不舒服不知不觉间便也飘走了。怎么也不会想到，定坤哥竟会又离开了她。

苇儿嫂含笑接待的那个顾客向这边走来，尚智看见，那人没买苇儿嫂的东西，苇儿嫂脸上的笑容在慢慢消去。尚智的心里突然有些难受，也许，我不该压价的。可不压价缝纫社里已做了那么多的产品，价格偏离价值太多就会滞销。是不是今后可不再做绣花红兜肚和灯笼裤？但这两样货物又明明有销路！苇儿嫂，你别着急，你晚点可以去我的缝纫社里……

“杀——！”蓦地，一阵喊声骤然划过树梢，惊得身边树上的几只雀儿呼一下飞起，在空中撒下一串受了惊吓的啁啾。尚智没有扭头，他知道，这是二堂里的“武士”们又在表演武术。

二堂原先叫习武堂，镇上的儿童和青年，过去常在此堂里由老人们教授武艺。后来武家祠堂变成游览点后，镇上就挑了二十四个会武艺和当过兵的精壮青年，在此堂里轮流向游人们做武术表演。既表演古代的单人拳术，也表演现代的单兵战术，既表演古代的双人徒手斗拳，也表演现代的双人手枪对射，当然打的是橡皮弹，既表演古时的三人一线向敌冲锋，也表演现时的三人交替跃进接敌；既表演古代的四人刀剑对刺，也表演今天的四人捕俘与拒捕；此外，还有古代的梅花阵阵法展示和“伍”进攻动作表演，这是游人们情绪最高的地方，好多宛城里的年轻人来此游览，其实就专为看这个项目。

“来一条灯笼裤！”又一个顾客在摊子前叫。尚智亲切地应声，热情地介绍，麻利地收钱、送货。

日头终于爬上天顶，懒懒站那里向下看，看得尚智有些冒汗。卖豆腐的景宽还在那边喊：“日头当顶称豆腐，是男是女都会富，来哟——”

一个上午仅灯笼裤就卖出三十一条，按每条二元二的盈利，还真可以！尚智高兴地一拍腿，但当他抬头看见苇儿嫂时，刚才的那欢喜又慢慢消去。她的摊子前依旧十分冷清，她一个上午好像还没卖出一件。他知道她不能像他一样降价，她那些货物的大部分都是靠手工做，几天做一件，价格再一低，就赚不了钱了。他看见有一层沮丧罩上了她的脸，是的，是沮丧，他的心一动，有一刹那，他几乎就要做出再把价钱提起来的决定，但是一想到他心中的那个远景，那决心就又碎了。

梆！屁股上突然被人用棍子敲了一下，敲得很重，很疼，还有些响声，他恼火地转过身子，他虽然看清是朝顺爷，也还是很不高兴地叫："干什么？"

"干什么？"朝顺爷的脸色也有些难看，"你还叫不叫别人干了？"说着，用拐杖朝苇儿嫂那边指了一下。

"你少管吧，这是做生意！"尚智话音极干脆。他知道对方话中的意思，倘若对方刚才不用拐杖当着顾客的面敲他一下，他不会用这种口气回答，他可能会做个说明。但是现在，他心里有气，他要维护自己的尊严，何况有几个顾客正在朝他看了。

他感觉到朝顺爷在他的后边站了很长时间，但他故意不再回头，直到听见他的脚步声走远之后，他才扭头看了一眼，他注意到老人的脖子梗得很直。

一缕羼在风中的香味在弥漫，尚智深吸了一口，辨出这是祠堂院里三堂门前那尊香炉里插的棒香的味道。每天清早，祠堂里的管理人员都要在那尊香炉里插上棒香，为的是让进三门的游客们知道兵家读兵书的规矩：焚香而读。三堂里放的全是兵书，是武家镇人数代从各处搜集来的，历朝历代、各种版本的兵书和记载有兵家之事的书籍《孙子兵法》、《孙膑兵法》、《左传》、《广名将传》、《三十六计》、《三国志》、《汉晋春秋》、《资治通鉴》、《三韬》等等，兵书一律置放在条案上，一案一本，进了三堂的人都可以坐下静静读书。过去，武家镇的年轻人，就是常在这间房里听老辈人讲兵说阵的，尚智小时候也进去听过，听不懂，就跑出来到二堂摸一把刀，在门口抡。

日头斜过头顶不久，几缕云就扑上去，缠了它，于是，人们便感到了一股挺舒服的凉意。但尚智却依旧满头大汗，一批又一批的顾客涌到他的摊前，看货、问价、交钱，以致妹妹送来的那一大碗面条，都已经放得无一丝热气。每天的这个时候，游客们都要在祠堂前边吃饭歇息边买些中意的东西。

当尚智终于得了空端起面条碗时，瞥见苇儿嫂的摊子前依旧十分冷清，而且，他分明地看见，苇儿嫂在用手背抹眼，尚智的心一紧，上唇上的那片茸毛开始轻微地抖动：嫂子，你总不是因为货卖不出去在伤心吧？他觉着刚才折磨他的那股饥饿在慢慢消失，胃里像是一下子塞满了东西。你不该压价！可我的缝纫社里已做了那么多东西？你少赚点钱有什么了不起？！那么那个远景怎么办？兵家徽记服装、兵家纪念品和兵器玩具生产贸易中心还办不办？办不办？办不办？

两三根柔长的面条滑出尚智手中的碗沿，在随风晃动，晃呀，晃呀，终于无声地断掉了，坠了下去。

嗵！突然地，尚智觉着腰上又被人敲了一下，一阵疼痛迅速传到了小枢神经，正凝神站那里的尚智手一晃，面条碗险些落地。他猛地扭过脸来，恼怒至极地看着朝顺爷，竭力抑制着怒气问："又怎么了？"

"提上去！"朝顺爷的口气是命令式的，而且他身后的七爷和新富爷花白的眉毛也都在拧着。

"提什么？"恼怒中的尚智一怔。

"你那些东西还卖昨天的原价！"朝顺爷一字一顿地说。

尚智身子一个激灵，明白了。但随之就有一股更大的怒气涌上心头：你们竟这样放肆地来干涉我的生意，我偏不！"请不要干涉我做生意！"他冷冷地扔下一句，就把脖子拧过去。

"你不要仗着你有绣花机！"朝顺爷的声音嘎哑，粗重，且夹了几分怒气。

"有了你能怎么着？"尚智放下碗，把手掐在腰上，咖啡色的西装衣襟被风撩起，一扇一扇。

他看到朝顺爷那瘦骨嶙峋的肋部大幅度地起伏，许久没有发出声音。

他扭过了脸，再不向朝顺爷和那几个老人看，他只听到几支拐杖捣地的声音在向四周飘散。

他舒一口气，极痛快的！

呜——！一声响，音调宏亮、悠长。尚智知道，这是有游客在吹那个牛角号。在三堂的后边，有一个高高的哨台，哨台上就有这把据说是明朝军中用物的牛角号。这号角解放前一直是全镇上集合的信号。过去，哨台上整日有人值班，一旦有战事，号角一响，全镇的人有刀拿刀，有戈持戈，一律到祠堂大院里集合，听从族长的指挥和调遣。据说，民国三十二年初，二队日军由宛城过来，想在武家镇显一显东洋武威，就是这号角把武家镇所有能上阵的人全都集合起来，由当时的族长指挥，采用七点桑叶阵法进行伏击，使我拎刀挥戈的镇上人突然出现在鬼子面前，让他们的三八大盖失去威力，不得不和我拼刺，而他们的刀法还是从我们这儿传去的，因此，拼到最后，一个个便全被镇上人剁了。

日头又偏下去许多，射来的光线已显不出热，景宽的叫法也已经变了："日头偏西称豆腐，子也富来孙也富，来哟——"

开回宛城的第一批旅游车虽已经启动，但广场上的游客依旧不少，尚智的摊子前仍然围满了人，他慢慢又变得亢奋起来，把刚才的那阵不快完全丢开，一心投进了生意中。

就在他含笑抬头给顾客递货的当儿，他突然瞥见，苇儿嫂已推起她的小货车向家走了。这么早就收摊？是不是生我的气了？有一刹那，他真想停下售货奔过去，向苇儿嫂做番解释，把他心中的那个远景说给她，把自己要干的那番事业告诉她，她也许会原谅，也许会笑笑。但他到底还是抑制住了自己，苇儿嫂是这镇上最漂亮的女人，又正在守寡，自己主动跑上去同她说话，说不定会让人生出什么猜疑罢。

他望着苇儿嫂慢慢推车走远，他看见朝顺爷和那几个老人拦住她在同她说着话，他很想听听他们说些什么，但离得已经太远了。

直到最后一批游客离开他的摊子登上旅游车之后，尚智才伸了伸腰，舒了一下臂。该收摊子了，日头已将要坠地，镇上人家做晚饭的烟缕已经升起，归宿的鸟儿已开始向祠堂院里的树上飞。

他推着售货车缓缓往回走，尽管他年轻，浑身都是力，但站了一天，终也有些累，车推到家他刚接过妹妹递来的水杯，却忽听当当当当从祠堂院里传出一阵急促闷重的钟声。

鸡、鸭、鹅、狗同时被惊得叫了起来，黄昏时分的镇子被这钟声搅动。

尚智一怔。

挂在祠堂院里老榆树上的那口大铁钟，这几年难得一响。早先，那钟是专为召集族人开会议事用的，如今，只在每年的阴历三月十八响一次，召集镇上人去祠里祭祀。三月十八这天，只要钟声一响，镇上人凡在家的，都要到祠中来，男女老少在大堂门口站定，向着满堂的塑像，在镇上最老的老人指挥下，一齐三鞠躬，躬鞠罢，便解散，有带棒香的，就插在临时设在大堂左侧的香炉里，有带纸钱的，就在大堂门外右侧的纸盆里焚烧，有带供香馍和酒菜的，就在门前预先备下的长条案上摆开。

眼下三月十八早已过去，敲钟干什么？

尚智正在诧异，就听门外传来镇上武功最好的旺才叔的声音：“尚智，喊上你爹，咱们一起走吧。”

“上哪里？”尚智有些意外。平时他和旺才叔很少打交道。

“祠堂。”对方的话极干脆。

“噢，听到钟声我们也正说去哩。”尚智爹这时就急忙走出来。尚智随在爹的身后，不甚情愿地走，在镇上，钟声是令，不去不成。他以为旺才叔是从他家门外过时顺便喊他们一句。

当尚智父子和旺才叔走进祠堂大院的时候，只见大院里已黑压压站满了人。尚智原想就站在人群后面听听，不料旺才叔喊了一声：闪一下。众人回头一看，立时闪开一道缝，让他们径直走到了大堂门前的石阶旁。尚智正暗自诧异大家何以自动为他们闪路，却已听站在石阶上的朝顺爷威严地咳了一下，低沉地说：“来，我们一起向镇上的义士们鞠躬！”说罢，先转身向大堂里的塑像鞠了一躬，于是众人也都弯腰，尚智顿时感到，一种肃穆庄严的气氛在暮色中漫开。

“今天惊动大家来，是想说一件事。大伙都晓得，照顾镇上为国战死的义士们的家人，是我们祖辈子就传下来的规矩，可是到了今日，这规矩竟然被人坏了！”朝顺爷说到这里，尚智身子一震，突然意识到了什么。

“你们都知道，”朝顺爷的声音又低沉地响了，“苇儿的男人定坤，是为国战死的，她在祠堂前做个小生意维持家用，可镇上的尚智，身为男子汉，竟不听劝阻，执意压价捣乱，使她的生意做不成，大伙说这事该咋办？”

尚智震惊地瞪大了眼。他此刻才完全明白，今天的敲钟是为了什么，才明白了旺才叔何以去喊自己。在一瞬间的震惊过去之后，他觉到了一股强烈的气愤在胸中聚：我做生意，愿怎么做就怎么做，用得着你们管？！他刚要开口抗议，人群中已响起了声音：“按老章法办！”

“对，按老章法办！”更多的人在附和。

尚智看见爹先是吃惊地朝自己看，又慢慢在目光中掺了恨和悔。

“我做生意压自己东西的价有什么错？”尚智怒极地叫一句。

“不，不能怨尚智。”人群中突然传出苇儿嫂的带了呜咽的声音。她边说边往前挤，但朝顺爷手一挥，两个妇女拉住了她。

“跪下！”他听到自己的爹喝了一声，但他没有理睬，他又转身向人群喊了一句：“我没有错！”可他没有从人们的眼里看到一丝同情，却只看到了一种冷极了的轻蔑，这轻蔑立时变成一种威压，使尚智心里感到了一种真正的害怕。扑通！他看到自己的爹爹面朝那一列塑像蓦然跪下，抖抖地说：“各位义士，定坤侄子，我尚某无德，养出不义之子，赔礼了，赔礼了！”老人说罢，啪，啪，抬手连打了自己两个耳光。

“不，不，我不怪尚智，不怪尚智家大伯，定坤也不会怪，不会怪……”苇儿嫂边哭边说。

尚智呆了似的看着他从未料到的一幕，一股巨大的委屈把泪水带出了眼眶。泪眼迷蒙中，他看到爹爹转向自己哑声说：“还不给我跪下！”

声音中带了哀求，浸着泪，尚智猛地闭了眼，让双膝弯下去，弯下去……

每天，当苇儿嫂摆好自己的摊子之后，总要向尚智当初摆摊子的地方望望，然而，那地方一直空着。

听人说，尚智进了宛城，在那儿的建筑队里给人家当临时工。

苇儿嫂常常定定地望着那空了的地方。

后来，已经决定不做生意的四婶和郭灶叔他们，又都把摊子摆了出来。

朝顺爷和镇上的人们，每当看到苇儿嫂在那里安安静静地摆摊子时，就十分满意地笑笑。

祠堂依旧巍峨地立着，而且游客，也日渐多了……

风 水 塔

在我们柳镇的十字街口上，有一座塔，砖砌的，方形，共七层。据说是隋朝时建的。大凡是塔，都多少与佛家有关，然这座塔却无，老人们说，当初修它只是为了它下边的那口井。据说那水井初是藏在一块石板下，并无人知晓。偶有一日，镇上的哑巴与人比赛力气，无意中掀开了石板，遂发现石板下有井，水极清，且水中卧一朵莲花，溢着香。用水桶汲水，一桶水提上来，桶里便也卧着一朵莲花，把水倒在锅里，锅里也有一朵莲花；把水舀在碗里，碗里就也有一朵莲花，然要待人用手去抓那莲花时，那花却就隐了。用莲花井水做饭，饭里总有一种莲花的清香。柳镇人因常饮用此水，所以高寿者极多，且很少有人患病。后来消息渐渐传开，让相邻的陕南和鄂北人听说，他们就经常用毛驴来拉水去喝。拉水的人竟日不绝，柳镇人就生山一些担忧：长此下去，柳镇的好风水怕要毁掉！于是，就相商要保护莲花井，最后商定：仍用厚石板将井口封死，并在井口上建一砖塔，护住这方宝地的风水，镇上人饮水，仍用过去的老井。

于是，砖塔就带了这使命在柳镇立起来。

至今，只要你走进砖塔底层，在那厚石板上跺一下脚，就可以听到一阵空洞的响声，那响声证明，下边是空的，有井。而且，在天气极好时的午夜时分，倘你走近塔身，还能闻到一股莲花香味，淡淡的。

解放后，为了保护那塔，镇政府围着塔砌了一圈院墙，院门处还盖一间小房，让一老人住着，负责看塔。

那看塔的老头不是本镇人。早先，看塔山镇上的老人轮流负责，轮到谁谁就搬进塔院小屋住。一日，镇上颇有威望的老七爷拄了杖进镇政府对镇长说：南街上来了一个讨饭的老头，带着一个才生几个月的孙子，怪可怜的，干脆，叫他住塔院小屋看塔算啦。镇长就问：他家是哪里？七爷说：是东边的唐河县里，那地方去年发了大水，我问过。镇长于是就点头，说：中！

那老头倒没辜负七爷的推荐，对于护塔极是尽责。每日一早起来，总是拿起扫帚，先把塔院扫得干干净净；不是镇上允许的人来参观，他决不放人进院子；而且他还抽空用细铁丝编了网，将塔的四周易于鸟们栖落的地方罩上。他的举动颇令镇上人满意，后来，镇上就同意让他入了户口，每月从附近的生产队里领些粮食，他和孙子就也慢慢变成了柳镇人。

那老头的脾性有些古怪，平日里绝少与人说话，笑，更是极稀少。总是默默地干活，默默地做饭，默默地抱着孙子哄他睡觉，默默地噙着旱烟坐那里向天上看。有时不得已与人搭话，也总是头垂着，眼眯起，很少让人看到他的双眸。他的须发已经全白，脸上的皱纹纵横着，腰也佝偻得厉害，让人一看总觉得他好像经历过什么。老七爷认为他是因为在洪水中失了妻、子、媳，生了悲，就常来劝他想开点。每回他听完七爷的劝说，总是默默拔下嘴上的旱烟，把头点点，并不说出什么或叹一口气。他与街坊邻居们相处得颇好，而且极勤快，倘是落了雪，他不仅把塔院的雪打扫干净，还总是把街道扫得清清爽爽。邻人家若有事，他总是默默上前帮忙，亦不图回报。

老头极爱他的孙子。他刚来时孙子还小，常见他抱了孙子去找有孩子的妇女给喂奶。小镇上有奶娃子的妇女们，虽说平日并没什么好东西吃，但奶水却都一律的旺，两奶子总在胸前很有气势地晃，而且极慷慨，不论哪个有奶水的妇女，只要一见老头抱着孙子过来，就都是一边喊：抱来！一边就去解上衣的扣子。不过，那老头倒也不让孙子白吃人家的奶，每当孙子躺在人家怀里噙了奶头猛吸时，他总要不声不响地在人家院里找点活干，或是打扫院子，或是垫垫猪圈，或是挑一担水，或是劈一堆柴。那孩子到了不用吃奶的时候，就常见老头坐在门前，让孙子坐怀里，手中捏一块白面饼子，咬一口在嘴里嚼，嚼成糊状之后，就俯下身，伸出舌尖，把饼糊糊填进孙子嘴里。再不就是见他把孙子放在脚脖子上坐着，自己端个盛了面条的小碗，用筷子挑了面条喂孩子。镇上人还没想到，那老头就靠这办法，竟把孙子喂成了个白白胖胖的娃娃。那娃娃三岁时，自己就端碗吃饭，常去塔院串门的镇上人发现，那娃娃碗里不是鸡蛋面条就是白面疙瘩，而老头的碗里总是红薯面汤，看到的人都十分感动，有识字的还要叹上一句：可怜天下祖父心！

那娃娃长到六岁时，身个已可和镇上八岁的孩子相比。六岁后半年，老头拉上孙子去镇上小学报名上学。老师问孩子的名字，老头答：雪止。老师颇有些意外：镇上人给娃儿起名字，多是栓儿、柱儿、狗儿、虎儿，还极少有这样别致的名字。于是就问：这孩子生下来时雪停了？老头当时只嗯了一声，很含混。

雪止七岁以后，镇上人渐渐发现，老头对孙子的态度有些改变，而且变得很怪。比如下雪的早晨，别的孩子都还在热被窝里躺着，雪止却已经被爷爷叫起，让他随自己去野外看雪。小雪止看着门外漫天的雪粒，怕冷，总是缩肩抱臂地不想出门，老头这时就厉声叫一句：走！小雪止没法，只得老老实实跟在爷爷后边走，直走到镇外野地里，当爷爷的说：好了，就站这里！于是小雪止就迎了风站在爷爷身边，任雪粒往自己的脸上砸。又如，下大雨时，别的人家都是把孩子叫回屋里，老头却偏偏让小雪止披上蓑衣，随他一块绕镇子走一圈，雷鸣电闪加上雨点，常把小雪止吓得紧扯住爷爷的衣襟，可当爷爷的每逢这时，总要把小孙子拉自己衣襟的手打掉，只准他跟住自己身后踉踉跄跄地走。一个下雾雨的夜里，天黑得像抹了锅底灰，镇上有个男子出门小解，忽听镇外有小雪止的哭声，觉了奇，以为是小雪止出门拾柴回来晚了，便慌忙回屋拿了电筒循声去找，谁知赶到一看，只见雪止爷爷就蹲在孙子身边。问雪止为什么哭，小雪止就说：爷爷让他再摸黑朝前走五百步，他害怕。那人就诧异地问雪止爷：这是干啥？老头沉默了一刹，而后慢慢说了两个字：玩玩。

接下来，人们又注意到，老头对孙儿的管教也很是怪异。那次镇上的三叔进塔院，正瞥见老头把一个菜刀往小雪止手上递，逼他把拴在树上的一只鸡杀掉，小雪止因为害怕，手哆嗦着不敢接刀，但在爷爷的威逼下，最后还是接了刀，颤颤着手把鸡提在手里，杀了。何以非让小孩杀鸡不可？这一幕把三叔看得又吃惊又糊涂。老头在小雪止床头的墙上，贴了两张白纸，一张纸上一个缩肩弯腰的男子，另一张纸上画一个挺胸昂首的男人，画的是谁，并不能看得分明。人们只是知道，那老头常指着那两张纸向孙子讲着什么，但一逢人走近屋门，老头就立即住口，而且小雪止也绝不回答人们对此事的询问，所以，老头对孙子的讲话内容，一直无人知晓。

要不是看到那老头每日照样对护塔的事十分尽责，而且常在灯下为孙儿缝补衣服，人们是真会把老头当神经病患者来看的。

人们觉到了那老头有些怪异。

日头一天一天地换，不知不觉间，十几年竟已过去。小雪止就长成了一个粗壮结实的棒小伙子，身子宛如铁铸一般，而且胆大得惊人，仿佛世上没有他不敢干的事情。小雪止从十五岁开始，逢镇上人杀猪祭塔时，老七爷总在镇上百十个小伙中，选中他扛祭礼上塔。因为这塔是护柳镇风水的，所以每年镇上人就都要祭一次，即使在“文化大革命”中，这种祭祀也没有停，不过是改在夜里罢了。镇上的领导都是本镇人，对此事睁一眼闭一眼，并不进行干涉。祭塔时，要杀一头二百斤重的大猪，猪杀完，在锣鼓、唢呐声中，由镇上一个壮小伙将猪扛在肩上，沿着塔内的一个旋转小木梯，一股气扛上塔顶，在塔顶停放一个时辰后再扛下来。这扛祭礼的人必须身强力壮，要不然，二百斤东西压在肩上再爬七层塔，是要压垮的，加上祭塔时图吉利，要求扛祭礼的人上塔时一步不停，所以镇上很少有人能胜任此事。但小雪止连扛几年祭礼，每次都是脸不变色腿不发软。每当他扛着祭礼出现在塔顶时，围在塔四周的人就都向他欢呼，特别是那些和他差不多年龄的姑娘们，欢呼声更尖、更响，都想博得站在塔顶的雪止看她们一眼。

这个时候，雪止爷是更加老了，腰伛偻得越发厉害，咳嗽声也愈见粗重，抱着扫帚扫塔院，常常是扫不到一半就得歇歇。镇上的老七爷常拄了拐杖去看他，见了面，总是先喘一阵粗气，然后说：雪止已经长大，你的苦也算熬到头了，赶紧给他娶个媳妇，也好有人伺候你了。雪止爷听罢，每次总是哦哦地应一声。雪止十八岁那年，因为平日很招姑娘们喜欢，又到了婚配的年纪，上门提亲的媒婆就很有几个。镇上人都以为，雪止爷会马上给孙儿定一房媳妇，从此安度晚年。却不料，雪止爷对媒婆们都未作答，而是突然向镇政府提出：让孙子去当兵！

那时候南方边境上已有些紧张，广播里总在说要准备打仗，老头在这时提出让孙子去当兵，很让镇上人觉着意外。几个老人特地赶来劝他：队伍上也不缺你这一个孙子，你已经到了这把年纪，万一孩子出去有个三长两短，你往后靠谁？雪止爷听罢，只含混地应着。到了征兵开始时的一个晚上，老头去了老七爷家，一进屋竟屈膝朝老七爷跪了下去，口中抖抖地说：七哥，你在镇上有威望，求你成全我一回，去给镇上领导说说，让我的孙子去当兵！老七爷未料到对方让孙子当兵的心如此迫切，也受了感动，就去给镇上领导讲了讲。

雪止于是被通知去体检。

雪止那身体，只要参加体检，就没有被淘汰的可能。

雪止当兵临走的那天早晨，有人看见，老头一大早起来，先拎一把斧子，提一个凳子走到塔院门口，把斧子往凳上一放，这才又回屋烧火做饭帮孙子收拾行李。待雪止吃完饭背上行李同爷爷走到塔院门口时，当爷爷的拉了孙子的手，指着院门旁凳上的斧子，很低地说了几句什么，雪止极肃穆地听着，听罢，把头点点，这才出了门。

雪止爷就扶着门框，看孙子慢慢走远。

当运新兵的汽车在镇政府大门口启动时，有人注意到，扶着门框的雪止爷，抬手摸了一下脸。

老头开始一个人过日子。每天早上，他依旧早早起床，抱了扫帚扫塔院和附近的街道；扫完，就进屋拉动风箱做饭；饭后，常搬个木梯，颤颤地爬上塔去修补防鸟扩塔的铁丝网；干上一阵，便又慢慢地爬下来，搬个小凳坐在门外，眯了眼晒太阳。

当初放在门口的那个凳子和斧子，仍旧放在原处。那斧子，渐渐生了些锈。

少了雪止，镇上的年轻人很少再进塔院，于是，那塔院里就完全断了说笑声，常常的，整晌听不到那院里响动，除了老头那越来越闷哑了的咳嗽。

一日，镇上的邮递员给老头送来一封信，是雪止寄来的。几个平日同雪止要好的青年，担心老人不识字，上前要替他念信。他摆了摆手，拿起信转身进了屋，半晌之后他才出来，仍然默默地坐在门前。几个青年就问；雪止信上说了啥？老头把头摇摇，答：没啥。

后来，有两个年轻人从城里听来消息，说雪止已随部队开到了南边，正在打仗。但大多数镇上人并不信，如果雪止真要去打仗了，总要告诉他爷爷一声，可现在老头那样平静，不像。

时光在飞快地流走，老头的身子也愈发地显得不济。人们常常看见，他搂了扫帚弯着腰在那里咳嗽，好一阵才能直起身。镇上人商议着：护塔的事该换个人了，不能再让他劳累。但这事一和雪止爷说，他就坚决地摇头，说：我行！

忽然有一天，镇长带着镇政府的一帮人和两个军人来到塔院。镇上的人有些诧异，就都围了来看。正坐在门外晒太阳的雪止爷，慢慢地站起身。两个军人上前一步，极恭敬地向老人敬礼，说：爷爷，我们代替雪止来看望您。

“是战死的？”老人只直直地盯着两个军人的脸，平静地问。

两个军人先是眼圈一红，随即含了泪把头点点，又抖着手掏出一枚一等功军功章和一包雪止的遗物，向老人递过去。

老人接了军功章和那包遗物，没听镇长的安慰，径直向塔院门口蹒跚着走，到了门口，伸手拿开一直放在凳上的那把斧子，这才朝门外极轻地说：进来吧，孩子。

众人见状，以为他被这突然的打击弄得有些糊涂，就一齐过来劝慰。他却摆了摆手说：没啥，你们都去忙吧，让这两个当兵的陪陪我。

两个军人直陪他坐到天黑才回镇招待所。那天晚上，邻人们注意到，塔院里那间小房的灯，一直亮着。

第二天，直到太阳出来时，人们还没听到雪止爷的扫帚声，塔院的门也还紧紧关着，大家以为老人悲伤，就没去惊动他。到了晌午时分，看到几个小孩在塔院门口骇然地指指门缝叫：快看！快看！大人们才有些着慌，才急忙弄开了塔院的门。门一开，大伙都一怔；只见雪止爷扑倒在塔前的一个木梯下，一只手端一个盛了浆糊的碗，一只手里攥了一卷纸。人们急忙上前去扶，方知道老人早已停了呼吸。当最初的慌乱过去之后，人们才发现，在二层塔身上，已经贴了两张纸，纸上写满很工整的毛笔字，第一张纸上写着——

杨家列祖列宗：

不肖子杨豫泽曾有辱先人家国，铭心刻骨，没齿不忘。如今耻辱终得洗雪，杨门重生辉，死亦瞑目。

第二张纸上写着——

柳镇诸位乡亲：

原谅我一直对你们隐瞒自己的身分。我真名杨豫泽，宛城人。自幼上学，长大教书，民国三十二年九月三日，我在去学校途中被日军抓获，受不

这张纸上就写了这些字。

还有一卷纸攥在老人手里。

两个年轻人想去取下老人手中那卷纸看个明白，被老七爷威严地骂开：奶那蛋，滚远！

雪止爷手攥那卷纸被放进棺材。

柳镇人为杨豫泽举行了隆重的葬礼；老七爷亲自拄拐引领着杨豫泽的灵柩绕塔走了三圈——这是柳镇德高望重的人才能享有的葬仪。

那天有风，白色的纸钱被风卷起，在砖塔的四周飞旋。

有人注意到，七层风水塔的每一层上，都落有两枚纸钱。

第二日，晨起，柳镇人闻见，街上弥漫着一股悠远的荷花香味。

那香味久不散去……

关于战争消失那天庆贺仪式的设计

战争最后消失的那一天，离我们的生活肯定还有很远很远，但这并不妨碍我们对那一天的向往。按照人类的理想和努力，那一天最终是会到来的，倘若这样一个人人盼望的日子真的来到，自然应该举行一个盛大的庆贺仪式。那仪式应该怎么开？该安排哪些内容？现在就考虑这件事似乎有点早了，不过凡事想早点没坏处。鉴于此，我便想代后人预先设计出一个方案来——

仪式举行地点：联合国总部门前

参加仪式人员：世界上所有国家的总统和每个国家、每个民族的代表

仪式开始时间：上午9时9分9秒

仪式主持人：联合国当月主席

仪式程序和内容：

一、仪式主持人宣布：人类庆贺战争消失仪式现在开始。万门礼炮开始轰鸣，每门炮鸣十响，每一响代表一年，十万响礼炮象征人类对这个日子盼望了十万年之久。

二、乐队奏《和平之歌》。所有参加仪式的人用各自的语言唱四句歌词：把战争瘟神送走，让和平长存地球，再不用刀枪相向，使人类其乐悠悠。

三、联合国秘书长讲话。讲话中将公布下列数字：

自人类爆发第一场战争以来，共发生战争××××万场。

在这些战争中共死亡×××××万人。

共造成残废×××××万人。

这些战争共费时×××××万小时。

这些战争共耗费金钱折合黄金××××××万吨。

四、展示从世界各个旧战场上挖掘出的阵亡者的白骨。会场四周的数十块超大电视屏幕上，同时出现白骨挖掘场面和成堆成堆的白骨。

五、播放各个时代记者们保留下来的战争中伤者的惨叫和死者亲属们的哭

泣声。

六、销毁现有的一切武器。随着主持人的宣布，四周的超大电视屏幕上出现一个小星体，星体上堆满世界各国制造的各种各样的武器，从核导弹、氢弹到坦克、大炮。这时，一个男孩和一个女孩走上主席台同时按动了销毁武器的电钮，顷刻间，那些武器和那颗有可能撞向地球的小星体被炸成了灰烬。

七、放飞和平鸽。主持人刚一宣布，抱在数万名儿童怀中的数万只和平鸽便一齐腾上碧蓝的天空。那些鸽子在空中渐渐飞成一个巨大的“爱”字。

八、冲洗战争在地球上留下的血迹。摆放在主席台上的一个巨大的地球仪开始缓缓转动，人们能够看清那地球仪上各块大陆都沾有象征血迹的红颜色，世界上所有民族均派一名代表上台各拿一根喷水管对着地球仪喷水，两分钟后，那些“血迹”被冲洗干净。

九、数千名各国演员参加演出的大型团体操开始，演员们手中的花环组成了一行大字：我们都是兄弟姐妹！

十、赠送不良情绪发泄器。主持人说：鉴于世界上物质产品已极大丰富，政治上已实行了充分的民主，引发人间争执的原因已不再是经济政治因素而主要是人的情绪，故特向每个人赠送一个不良情绪发泄器。今天先向到会的每个人赠送。说到此处，他按了一下身边的一个开关，只听嘭的一声，从空中飞下来无数个小皮球，每个到会的人怀中都落下一个，那球上写着：你生气了请砸我！有个男子砸了一下那球，球里立即弹出一个漂亮的仿真姑娘，那姑娘弯腰鞠躬道：对不起，请消消气。同时施放一种极清雅的香气。有个女子砸了一下那球，球里立即弹出一个漂亮的仿真小伙儿，那小伙儿弯腰鞠躬道：对不起，请消消气！同时施放一种含有男性淡淡汗味的清香气息。

仪式在轻柔的《活在世上真美好》的音乐声中结束。

上述方案，只是活在1999年的一个中年男子的设计，它的不全面、不恰当之处，肯定很多。随着社会的发展和人的精神世界的丰富，这个仪式的内容自然还应该增加。我建议，每到世纪末，即2999年、3999年、4999年、5999年、6999年……都应该有一个人来修改丰富这个方案。假若到战争最后消失的那天，人们修改来修改去，还是觉得我的这份设计好，庆贺仪式最终用的是我的方案，那么请一定付给我设计费。我已经给我的儿子做了交代，不管届时是我的哪一代孙子在，他都会继续使用我现在的账号：666——88888888。

请一定记准不要把账号弄错！